本书为 2016 年度国家社科基金艺术学重大项目
"戏曲剧本创作现状、问题及对策研究"（16ZD03）前期成果

上海戏剧学院编剧学教材丛书

# 戏曲写作教程

宋光祖 著

上海人民出版社

# 总　序

　　如果从 1946 年创办编导研究班算起，上海戏剧学院（以下简称上戏）的编剧教学已有 70 年历史。从 70 年间积累的有关编剧教学的教材、专著、论文、参考资料、案例汇编中遴选出一批可供教学与研究的编剧教材，整理出版"上海戏剧学院编剧学教材丛书"，是我多年的愿望，限于各种原因，一直未能付诸行动。此次借上海高峰高原学科建设之东风，终于遂愿。丛书印制在即，责任编辑建议，考虑到有些教材出版已有些年头，原有的序言等内容可能会让读者产生距离感，希望能有个总序，说些新话。我以为，此见甚好。为之，约请了几位比较适合作此书序的同仁，不想均被婉拒。不得已，只好赶鸭子上架，由我滥竽充数。当然，我自知也说不出新话。


一


　　细心的读者一眼就看出，编剧教材怎么成了"编剧学"教材，多了一个"学"字，应作何解？那就先聊聊编剧学吧。

　　编剧，作为专业，有 2500 年的历史，应该是比较客观的论断。现存的古希腊戏剧，如索福克勒斯的《俄狄浦斯王》剧本也有 2400 多年了。编剧的相关研究，自亚里士多德的《诗学》算起，也有 2300 余年。中国戏剧晚出，现存最早的戏曲剧本是南宋的《张协状元》；至于编剧的研究，一直到明末清初李渔的《闲情偶寄》，才以结构、词采、音律、宾白、科诨、格局六方面论，对戏曲编剧的理论与技巧有全面的概括与精当的阐述。若论大学的编剧专业教学，最早的，有案可稽的是美国的乔治·贝克教授于 1887 年在哈佛大学担任戏剧文学和戏剧史等课教学，并主持总名为"课程第 47 号的实习工场"的系列戏剧课程。

创建编剧学则是近几年的事。

2007 年 5 月，我调任戏剧文学系主任，时任科研处长的姚扣根教授提议，我们是否建一个戏剧创作学。我听了眼睛一亮。虽然一个新学科的建立，需要具备各种重要条件，如要有社会需求与发展前景；要有深厚的学术积累；要有明确的研究对象；要有稳定的研究队伍；要有学术共同体与学术刊物；要有卓越的研究成果；要有学术派别；要有高等教育；要有学科带头人，等等。而这些条件，未来的编剧学新学科都已具备。加上上戏有悠久的编剧教学历史，有许多老教授的研究成果，有新一代教师和学者的求索精神，如果乘势而上，顺势而为，坚持数年，相信必有成果。经反复考虑，我觉得时机成熟，决定试试。征询系里同仁意见，也都很支持。正好有个由我执笔修改学校公文的机会，便试探性地将"筹建戏剧创作学三级学科"写进文件（参见上海戏剧学院档案室文件：《上海戏剧学院行政报告·2008 年 3 月 27 日》），获得认定后我们便围绕筹建新学科开始运思并做了一些基础性的工作。2009 年 12 月 3 日，在学校中层干部会议上，我以"学科建设：戏文系事业可持续发展的生命线"为题作交流发言（参见《戏文通讯》2009 年号），明确提出"争取在三五年内将戏剧创作学建成上海市教委三级重点学科"的工作目标。至 2011 年 4 月，学校在江苏木渎召开学科建设会议时，在校学术委员会主任叶长海教授及学术委员会同仁与校领导的支持下，该项目被列入学校三级学科建设计划，正式命名为"编剧学"（需要说明的是，编剧学应运而生，是中国戏剧教育、戏剧研究、戏剧实践的必然结果，姚扣根教授与我，仅仅是在一个恰当的历史时段顺手轻轻推开了那扇迟早要被人推开的编剧学之门）。

众所周知，编剧，原来是戏剧戏曲学中的一个子系统，一直依附或混杂于文学、戏剧和电影的部分。如今逐渐步入独立自主、自我完善的体系化，最终成型并自立门户，实在是经过了漫长的求索之路。编剧学的建立，既是编剧专业自身发展的内在需求，也是戏剧影视与文化创意产业发展的自觉选择，更是编剧这一人类创造性活动获得人们进一步重视的必然结果。

何以见得？

第一，从编剧涉及的实践领域看，编剧早已突破原有的戏剧、电影的框架，有了广播剧、电视剧、纪录片，及应运而生的新媒体戏剧，如手机剧、网络剧、游戏动漫、环境艺术、场景艺术等众多的人文活动新领域。随着演艺艺术、图像艺术、视听艺术的普及，包括竞选、广告、婚宴、庆典等，都需要编剧的策划和撰稿，将人类所有的仪式化的活动，化为"剧"的因素。诗意的栖居，行动即表演，戏剧的人生，成了现代人的某种生活方式的追求。在这样的态势下，传统的编剧理论与编剧方法受到严峻挑战，现实需要更多的学术回应。

第二，从编剧涉及的理论研究看，编剧的理论早已突破原有的戏剧学、电影学的研究框架。今日的编剧专业作为核心，连接了几乎所有的社会和人文的前沿学科，甚至包括了一些自然学科的最新成果。如语言学、符号学、叙事学、美学、心理学、创意学、传播学、接受美学、人类学、教育学、策划学等；包括医学、运动学、生命学、数字技术、材料学等多学科与交叉学科。编剧涉及的新理论与技巧，如雨后春笋，早已拓展研究领域并收获鲜活成果，呈现了前所未有的蓬勃姿态。具体体现为：有关编剧的论著与论文、教材与译著，数量上升，质量提升；越来越多的高校面向本科生、研究生开设编剧课程；相关前沿理论的融合渗入，国内外频繁展开的学术交流与切磋，提供了良好的研究路径与发展平台。

编剧，作为戏剧、影视、游戏、新媒体等诸多艺术创作链上的一环，既是"无中生有"的第一环，更是决定作品成败的最重要一环，一方面具有最悠久的历史传统与最稳定的经久不衰的运行系统，另一方面无论是实践还是研究，又是一个充满无限活力、富有蓬勃生机的新领域。

对照社会的发展和需求，我国目前编剧理论与学科基础尚显薄弱稚嫩，整体水准还处于不稳定的初级状态。有的研究取向单一，路径狭窄，自我封闭，亟须"破茧成蝶"；有的存在着"分化不够"问题，编剧专业的主要领域和一些次领域没有得到充分的衔接，没有建立一个独立而完善的学术体系；有的存在"融合不足"的问题，编剧专业在内与文学、戏剧学、电影学、传播学等内部各次领域的学术对话不够充分，在外与心理学、社会学、哲学等其他学科的跨学科研究交流不够积极。从本土文化研究的角度看，吸收和消化西方编剧理论，创建具有东方美学特征与戏曲剧作思维的中国编剧理论和方法论，还远远没有形成成熟的体系与模式。

鉴于此，为实现编剧专业在学科领域的进一步发展，适应实践和理论的现实需求，创立编剧学就成了我们这代人不可回避的学术使命。由于天时地利人和，我们终于迈出了重要的一步：凝聚各方资源，创建编剧学独立学科，在学科层面上推进专业知识之间合理的分化和融合，从而借此提升整个专业、行业、事业的学术水准。幸运的是，2011 年国务院学位办通过了艺术学升为门类的决议，我校的戏剧与影视学由此上升为一级学科，编剧学也随之升格为二级学科。最近，有关部门在全市所有高校中遴选出 21 个学科列为上海高峰学科建设计划，上戏的戏剧与影视学有幸入选，编剧学也躬逢其盛，忝列其中，此乃幸事。

提出创建一个新学科也许还容易，关键是如何实施，如何一步一个脚印地去推进。换句话说，编剧学要做什么？概言之，主要有两件事：一是编剧理论研究，二是编剧实践研究。如果再具体一点，那就是：编剧史论，即编剧学史研究；编剧理论，即编剧本体研究；编剧评论，即剧作家作品研究；编剧技论，即剧作方法技巧研究。

首先，要梳理传统的编剧理论，从中国演剧艺术的实际出发，在中国与西方学术传统的基础上，在现代向传统继承发展的前提下，探索创造适应现实发展的新的知识体系、研究方法和教育方法；其次，要加强学科基础建设，创建以创作为核心的科研、创作、教学的新学术框架；再者，要对商业文化的冲击和现代技术的影响等社会环境变化作出及时反应，一方面不断拓展适应前沿领域实践发展的学术研究，另一方面不断拓展相关的边缘学科，以多学发展一学，实现整个学科体系的开放和活跃，并在这种开放性、活跃性中厘清编剧学的结构体系，创建中西融合的编剧课程，梳理编剧特色的学术框架，创建具有中国特色的编剧学。

因为学科建设的成果最后总是要作用于教学，作用于社会服务，编剧学又是实践性很强的学科，所以，在上戏，习惯的说法是，学科建设要注重科研、创作、教学与社会服务的"四轮并进"。依照这一思路，这些年，我们以上戏编剧学研究中心为载体，为编剧学新学科做了一些奠基性的实事：

### 1. 科研方面

《1980 年代以来汉语新诗的戏剧情境研究》，列国家社科基金青年项目；

《中国戏剧评价体系研究》，列上海高峰学科建设项目；

《故事开发与应用实验室》，列上海高校一流学科建设项目；

《编剧软件》，列上海高校一流学科建设项目；

《中国现当代编剧学史料长编》(3 卷)，列上海高校一流学科建设项目；

"上海戏剧学院编剧学丛书"(6 种)，列上海高校一流学科建设项目；

点评版《中外经典剧作 300 种》(30 卷)，列上海高校一流学科建设项目，上海人民出版社重点书目；

承担《中国大百科全书·戏剧卷》戏剧文学分支各条目的设计与编纂工作，列国家重大出版工程。

### 2. 创作方面

话剧《国家的孩子》获 2014 年度国家艺术基金资助；

话剧《徐阶》获 2015 年度国家艺术基金资助；

话剧《万户飞行奇谈》《四岔口》《春天》《爱不释手》《海岛来信》《分

庭抗争》，戏曲《寻找》《长乐亭主》(均为编剧学专业学生创作) 等获上海文化发展基金会青年编剧项目资助。

### 3. 教学方面

与哥伦比亚大学联合培养编剧专业 MFA 研究生，将两位美籍研究生的课程作业搬上中国舞台，出版《碰撞与交融——上海戏剧学院与哥伦比亚大学联合培养编剧专业 MFA 研究生课程记录》；

优化戏剧文学专业建设，列国家级特色专业建设点；

探索戏曲写作教学创新实践，获上海市优秀教学成果奖；

总结编剧教学 60 年历史，出版《编剧教学研究论文集》；

鼓励编剧学教师重视自身的创作与研究，出版《上戏编剧学教师年度文选》(2013 卷，2014 卷)；

出版《上戏编剧学研究生作品选》(4 卷)《俄罗斯题材戏剧小品选》《新剧本创作选》《倒春寒》《国家舞台艺术精品工程入选剧目研究课程论文集》等，举办"上戏编剧学研究生作品京沪专家研讨会"；

出版《故事——上海戏剧学院编剧教学参考资料》(20 本)；

探索《编剧概论》《独幕剧写作》《大戏写作》《戏曲写作》《电视剧写作》等核心课程的改革创新；

倡导学生注重社会实践，建立编剧学余姚、南通、绍兴、松江教学基地，新疆、西藏践习基地，出版《戏文系学生暑期社会实践调查报告》(2009 卷，2013 卷)。

### 4. 社会服务方面

在市教委相关部门支持下，创立上海校园戏剧文本孵化中心，借助上戏创作中心、编剧学研究中心的力量，先后推出《钱学森》《王振义》《潘序伦》《钱宝钧》《熊佛西》等一批原创"大师剧"；

出版《上海校园戏剧文本孵化中心1+1丛书》；先后主办第一届、第二届全国校园戏剧剧本征稿比赛活动；

举办9期全国高级编剧进修班，同时为新疆、西藏、内蒙、湖南、山西等地培养青年编剧人才。

上述事项，都直接或间接与编剧学学科建设的总体部署相关，有的已经完成，有的还在进行中。而整理出版10卷本"上海戏剧学院编剧学教材丛书"，自然是编剧学建设的题中应有之义了。

一个"学"字，作此解释，自觉有些啰嗦了。

## 二

教材建设是学科建设的一项重要内容，这应该不会有异议。问题是，整理出版旧教材，有意义吗？毕竟是存量，不是增量，有价值吗？朝花夕拾，未栽新株，有必要吗？一句话，为什么要整理出版这套教材丛书呢？那就说说我的想法。

首先，我以为，这是编剧学学科建设的需要。

学科建设主要承担知识的传承与创新，学科人才梯队的构建与培育。但是，如前所述，最终的成果都要作用于教学，作用于社会服务。而体现这个功能的一个重要载体就是教材。换一个角度说，一个学科，没有完整的、科学的、有说服力的教材系列是无论如何也说不过去的。

事实上，每个历史时段问世的编剧学教材，都会融入特定时期的学科、专业与教学改革的最新成果。所以，系统地整理出版已有较成熟的教材，既可以从中窥见学科与专业建设前行的足迹，揣摩先驱者筚路蓝缕、既开其先的进取精神，更可以为编剧学学科建设成果的受众反馈提供真实信息。

其次，也是编剧学新教材建设的需要。

上戏建校 70 周年，编剧教学贯穿始终，有教学，必有教材。包括基本教材，即基本知识的传授；实践教材，即学生能力培养的指导；参考教材，即学生外延能力培养的辅助。应该说，这三类教材的储备我们都有。但是，无论是质还是量，与建设一流艺术大学的目标要求还有距离。特别是，随着社会的发展，知识更新周期越来越短。有资料说，联合国教科文组织对此曾经做过一项研究，结论是：在 18 世纪时，知识更新周期为 80 ～ 90 年，19 世纪到 20 世纪初，缩短为 30 年，上个世纪 60 ～ 70 年代，一般学科的知识更新周期为 5 ～ 10 年，而到了上个世纪 80 ～ 90 年代，许多学科的知识更新周期缩短为 5 年，而进入新世纪时，许多学科的知识更新周期已缩短至 2 ～ 3 年。编剧学的知识更新周期当然不可能如此短暂，由于其实践性很强的专业特点，许多编剧技术与方法具有较强的稳定性。但知识更新终究是不可能绕开的学术话题。如何将编剧学最新的研究成果转化为教学内容，就成了一门十分重要的功课。而做好这一功课的前提是，必须摸清现有家底，盘点已有积累，再看看有哪些缺失需要补上，哪些软肋需要强化，哪些谬误需要订正，哪些新知识、新观点、新方法、新理论需要整合，从而为编剧学新教材建设提供重要参照。

最后，当然也是培养创新型编剧人才的需要。

培养合格的创新型编剧人才，离不开教学内容与教学方法的改革，在有限的时间和空间内给学生有用的知识，都亟须科学性、实践性、先进性兼备的教材。而鼓励学生系统地研读已有的较成熟的教材，一方面可以强化学生的专业基础，另一方面可以昭示后学以前辈为例，养成努力探索学术真谛、把握科学规律的治学习惯，培育跟踪学科前沿、贴近创作实际的良好学风。

因为有了上述理由，至少让我为原初也曾经有过的犹豫找到了释怀的依据。

三

也许，还应该谈谈这 10 本教材的特点以及入选的理由。

是否可以这样说，这是国内第一套在编剧学领域比较全面科学地总结探讨话剧、戏曲、戏剧小品、电视剧编剧理论与技巧的教材丛书。著者注意吸收国内外编剧研究的理论成果，结合中国当代编剧实践，内容涉及编剧学、剧作法、编剧艺术、剧作分析、中外编剧理论史、编剧辞典、国外剧作理论与教材翻译等，在努力揭示编剧观念、创新思维、写作规范、本质特征和剧作法则等方面作出了可贵的努力。毫无疑问，这10 本教材各有各的特点，限于篇幅，我只能挑主要的感受来表达，以初版时间为序，逐一介绍。

### 1.《编剧原理》

著者洪深（1894—1955）、余上沅（1897—1970）、田汉（1898—1968）、熊佛西（1900—1965）、李健吾（1906—1982）、陈白尘（1908—1994）。此著为六位中国现当代话剧史上重要的理论家、剧作家、教育家的主要编剧理论著作的汇编，书名借用熊佛西老院长的编剧理论专著。这六位先贤为上戏草创时期的名师。此次选取的文字，既是重要的学术论文，又具有教材意义。先贤们围绕"戏剧是什么"、"怎样写剧"、"怎样评剧"等问题展开阐述，娓娓道来。反复咀嚼几位著者的论述颇有醍醐灌顶、引导统率的作用。学习戏剧，同时还需要理解戏剧与文学、戏剧与社会、写意与写实、话剧与戏曲等多重关系，书中对此都有翔实的分析。同时，有关历史剧、诗剧、哑剧、小剧场戏剧等戏剧类型的论述，也颇能体现作者从实践经验中摸索出的戏剧规律，对于从事编剧创作和研究的学生而言，则是一笔宝贵的理论财富。

### 2.《编剧理论与技巧》

著者顾仲彝（1903—1965）。这本编撰于1963年的教材，材料丰富，案例得当，论点精辟，旁征博引，通过对古今中外优秀剧作和戏剧理论的研究，系统探索了编剧艺术的规律。其中关于戏剧创作基本特性的论述尤为精彩。著者在对西方戏剧理论作系统梳理的基础上，作出"冲突说"的归纳，简明而又有力量。在戏剧结构章节中，著者依据欧洲戏剧史上对于结构类型比较科学的分类方法，把戏剧结构分为"开放式结构"、"锁闭式结构"和"人像展览式结构"三种类型，并对不同结构的特点作精当分析，同时又选择"重点突出"、"悬念设置"、"吃惊"、"突转与发现"四种主要的结构手法作介绍，可谓鞭辟入里。稍嫌不足的是，书中难免留有那个时代所特有的政治痕迹。但这怎么能去苛求前辈呢？而且我一直以为，此著为中国编剧教材的奠基之作，在顾先生之后，几乎所有编剧教材都程度不同地受惠于此著。再说一句可能会有些偏颇的话，就教材的整体质量而言，这也是至今难以超越的经典之作。

### 3.《戏曲编剧理论与技巧》

著者田雨澍。本书强调戏曲的独特性,以廓清与话剧、电影等艺术形式的区别。歌舞表演是戏曲的外在表现形式,戏曲的本质是"传神",即不断地深化、剖析人物的精神面貌、内心世界和灵魂图谱,而实现"传神"的有效方式便是虚实结合原则。以此为基础,著者较为全面地透析了戏曲人物、情节、冲突、场景和语言特色,又调度经典戏曲剧本案例辅证论点,挖掘出戏曲审美特质。全书尽可能地吸收古典论著、序跋、注释当中的散论,又广纳民间艺人从实践中总结的口诀谚语,为教学和创作提供了生动而鲜活的理论依据。

### 4.《戏剧结构论》

著者周端木(1932—2012)。原书名为《一座迷宫的探索》,易用现书名的缘由当然是为了体例的规整,倘若周先生有知,想来是可以理解的。此书围绕"戏剧结构"展开。戏剧,可以是冲突结构,可以是人物意识流程结构,可以是佯谬结构,可以是理念结构,可以是立体复合式结构。此著特别强调戏剧动作是组织结构的首要特性,并以此统领全著。作者还有意打破流派的分歧和界限,就情节的提炼,悬念、惊奇的运用,情节的内向化发展,独幕剧的结构特点等话题进行深入阐述,同时将不同的戏剧流派纳入讨论范围,包括《罗生门》《三姐妹》《万尼亚舅舅》《推销员之死》《野草莓》等剧作的细致分析,无疑具有生动实用的借鉴意义。

### 5.《戏曲写作教程》

著者宋光祖(1939—2013)。本书是专以戏曲写作为中心撰写的教材，入编时我将宋教授另著《戏曲写作论》中的"戏曲写作的理论与技巧研究"部分内容也纳入本教材。此著致力于探讨戏曲写作的历史传统和写作方法，条分缕析，深刻细致，系统完整，切实起到强化戏曲思维与写作过程中的答疑解惑之作用。作者也未局限于戏曲的特性，而是注重向话剧理论学习，以人物的性格描写、感情揭示和心理分析为主，事件或者情节为从，由浅入深、体贴入微。该著是作者经过20余年的教学实践摸索而建构的一整套独立的戏曲写作理论，格外遵从教学需求，以指导学生的写作训练为轴心，推崇从读剧看戏中总结戏曲写作理论，因此全书涉及众多中国现当代戏曲范例，还汲取了古典戏曲理论和剧作的精华，对于研习戏曲编剧的学生而言具有很强的应用性。

### 6.《戏剧的结构与解构》

著者孙惠柱。戏剧作为一种满足人类心理需求的"体验业"，不仅有赖于故事的叙事性结构，也需要剧场性结构的支撑。此著致力于探讨艺术家对于"第四堵墙"的态度、用法，进而分析戏剧结构的不同特点。他首先溯源穷流、归纳整理，将2500年以来戏剧的叙事性结构类型进行分类，力图展现各个时期、各种流派提倡的戏剧结构特色。其次，与相对成熟的叙事性结构相比，有关剧场结构的论著还相对匮乏。著者以编导演模式为视点，横向比较世界戏剧美学体系，纵向挖掘中国的戏剧美学脉络，中西参照、点面结合、归类清晰。全书涉及的案例从历史到当下、从传统到后现代、从经典到热点，博采众长、配图精美，乃编剧学教学的重要参考著作。作者以宽容的姿态审视不同的戏剧流派，作为编纂者，我揣测大概对于当下话剧的弊端分析也是直面戏剧乱象的必经之途。另外，就叙事性结构与剧场结构的关系研究，也颇具启

总

序

发，这也是未来编剧学所要努力研究的重要方向之一。

### 7.《电视剧写作概论》

著者姚扣根。该著被列为教育部"十一五"规划国家级教材。此著区别于以往的电视剧写作教材，动态地对电视剧这一特定对象进行考察研究，将电视剧作为一门交叉边缘学科，既与戏剧、电影和大众传播等学科有关，又涉及其他人文学科，如文艺学、叙事学、心理学、伦理学、社会学等。另一方面，该著在阐述电视剧传承戏剧、电影及文学元素的同时，更注意站在电视媒介上，努力找出它们之间存在的不同点。换句话说，相对戏剧、电影理论的借鉴和传承而言，该著更注意符合电视媒介的需求，更注意电视剧是一种新兴的叙事艺术门类。同时，该著注意写作理论和文艺理论的相互渗透、交织，从教学方面充分注意了可操作性和示范性，提供了中外经典案例，提供一种科学的、系统的序列性训练。一方面训练学生掌握围绕具体文本写作的材料、主题、语言、结构和类型等主要内容，同时着重阐述那种得之于心，应之于手，只可意会不可言传的写作经验和技巧，并使之明朗化、系统化，并根据初学者的写作状态，循序渐进，有助于激发学生的学习兴趣，以理论推动实践训练，以实践提升理论素养。对电视剧写作的教学、研究者而言，本著可谓是一本难得的写作指南。

### 8.《编剧理论与技法》

本著为笔者所撰，曾获上海普通高校优秀教材一等奖。与他著相比，自知简陋。倘硬要找些特色，似乎也有。一是全书融入自己大量的创作感受，可能比较"贴肉"，具有一定的操作性；二是章末附有针对教材讲解内容的"思考与练习"，计有20道思考题，部分要求写成文章，另有20道练习题，要求编写7个小型剧本提纲、6个剧本片段与7个小型戏剧剧本。希望通过这样的"多思考、多实践"，让学生领会课程内容并掌握从剧本提纲到剧本片段再到完整的剧本写作的整个流程，虽然浅显，但较为实用。

### 9.《戏剧小品剧作教程》

著者孙祖平。本书系统地论述了戏剧小品作为一种独立的艺术样式，有着属于自己的创作特征。著者首先从戏剧小品的起源入手，详细介绍了古代小戏和现代小戏的发展历程。然后从戏剧小品的构造特征、情境张力、情节过程、结构模式、形象造型、意蕴内涵、审美途径、语境语言及样式类别等九个方面入手，对戏剧小品的创作特征进行了详尽的阐述。此著一大特色是发现了戏剧创造系统中"片段"的位置存在和价值取向，清晰地指出"场面并不直接构成一场戏或是一幕戏，在场面和幕（场）之间，还存在着一个构造组织——片段"，从而提出了"戏剧小品是一个片段的戏剧"的定义，并论述了相应的特点。由此进入，戏剧小品研究的种种难题，皆能迎刃而解。同时，这一发现也使戏剧构造的理论更加科学、客观、合理。

### 10.《世界名剧导读》

著者刘明厚。本著遴选各个世界戏剧历史阶段中具有代表性的优秀剧目，如《俄狄浦斯王》《李尔王》《海鸥》《萨勒姆的女巫》《一个无政府主义者的意外死亡》等进行评析，涵盖了从古希腊悲剧以来西方戏剧的发展历史，以及戏剧观念、艺术表现手法的革新与变迁。在这些脍炙人口的名剧里，我们能感受到人类共同的价值观念和人文理想。此著不仅从编剧艺术分析的角度切入，还结合社会学、接受美学等理论去审视这些西方作家作品。全书评析中肯，见解独特，显示出作者具有开阔的学术视野和严谨的治学态度。

综合起来看，这10本教材，既备自成一体、各有千秋之特色，也具相互补充、相得益彰之功能。《编剧原理》虽然问世最早，文字简要，但所述概念、知识、要旨均属提纲挈领，为编剧学开山之作。《编剧理论与技巧》是前著的拓展与深化，集中外编剧专业知识之大成，可引领习剧者登高望远，总揽全局，按图索骥，成竹在胸；而与此著仅一字之差的《编剧理论与技法》则可看作是对顾著学习的心得集成，倘仔细揣摩，便可登堂入室，舞枪弄棍。《戏曲编剧理论与技巧》紧扣戏曲写作特点，阐述基本要领，给习剧者提供描红图谱；而属同类型研究性质的《戏曲写作教程》，则抓住关键要点，深入展开，时现真知灼见，令人茅塞顿开。《戏剧结构论》为著者倾情之作，所述要点，枚举案例，均融入情感色彩，既有感染力，也具说服力；《戏剧的结构与解构》虽与周著同题，但中西交融，视野开阔，观念新进，脉络清晰。两著比照着读，获得的不仅仅是对戏剧结构的融会贯通。《电视剧写作概论》与《戏剧小品剧作教程》则提供了两种不同艺术样式的写作指南，概念清晰，案例生动，特别是对写作环节的引领性提示，因为融入著者数十年创作经验，令读者释卷即跃跃欲试，如入无人之境。《世界名剧导读》既悉心绍介经典剧作，又给后学提供阅剧、评剧、品剧经验，可谓有的放矢，细致入微。

这10本教材织就编剧学知识经纬，也在一定程度上体现了编剧学之所以成为一门系统学科的实力。

至于这 10 本教材入编本丛书的理由，其实非常简单，一是为上海戏剧学院教师所著；二是必须正式出版过的；三是在教学过程中使用本教材产生较好效果的。我想，有这几条也就够了吧。

末了，请允许我再说说由衷的感言。

首先要感谢所有入编本教材丛书的编撰者（包括部分编撰者家属）的倾力支持。记得我把出版本丛书的决定与编撰者及相关人士通报时，获得的反馈竟全是热情的鼓励与诚恳的期待。为了使本丛书得以顺利出版，有的还毅然中止了与原出版社的合同；有的则搁下手头繁忙的学术研究与剧本创作任务立即对自己的原著进行补充、改写、修订；有的专门来与我商讨丛书的入编标准、装帧建议、使用范围等。凡此种种，都令我感动不已。

其次要感谢青年学者翟月琴女士的辛勤付出。作为月琴攻读博士后的合作导师，尽管知道她近期正在为国家社科基金青年项目的撰写与出站论文的修订殚心竭力，但我还是毫不犹豫地让她参与本丛书的编辑。除了深知她有丰沛的学养储备与严谨的治学态度外，更重要的是，希望她通过参与本次劳作，能更深入地了解上戏编剧学教学、理论与实践的家底，为她日后的编剧学理论研究打好基础。

月琴果然不负众望，投注热情，奉献智慧，既做了许多编务工作，又在学术上付出心血。举一个小例子，编辑工作遇到的麻烦之一是引文注释的复核，不少引文与原文有出入，或版本不详，或缺少页码，包括转引文献和作者凭感性经验引用的语句，都需要重新翻阅原著、甚至是作家全集，逐一核实。对任何一个人来说，这都是一个挑战修养与责任心的活儿，月琴做好了，而且毫无怨言，令我感动。

再次要感谢本书的责任编辑赵蔚华女士。她不仅对丛书的装帧设计，文字版式，内容规范，前言后记，体例题型都有自己独到的见解，而且还对人编的每一本教材都认真审读，并提出各种专业性很强的意见和建议，借此机会，向她表示深深的谢意。

　　最后，还要郑重感谢的是上戏70年间一代一代的学子们！正是你们求知若渴的目光、如切如磋的声波、进取奔放的心律所构成的温暖的"学巢"，才孵化催生了这一本本饱含著者心血、印有时代胎记、留下几多遗憾的编剧教材。毫无疑问，有关编剧学所具有的一切的丰润与一切的留白，都属于你们，属于未来！

　　我们，仅仅是戏剧征程上匆匆行走的过客……

<br>

陆军
2015.10.8

# 目　录

**总　序** ⋯⋯ 001

**第一章　戏曲剧作特点** ⋯⋯ 001
　　一、叙述体戏剧 ⋯⋯ 002
　　二、以诗写剧 ⋯⋯ 008
　　三、受表演形式的制约 ⋯⋯ 014
　　四、民间性传统 ⋯⋯ 019

**第二章　情节** ⋯⋯ 029
　　一、戏曲重情节 ⋯⋯ 031
　　二、传奇说与境遇说 ⋯⋯ 034
　　三、曲径通幽 ⋯⋯ 042
　　四、情节的歌舞化 ⋯⋯ 049

**第三章　结构** ⋯⋯ 052
　　一、戏曲结构与戏剧冲突 ⋯⋯ 053
　　二、整体布局 ⋯⋯ 068
　　三、场子编排 ⋯⋯ 081
　　四、结构手法 ⋯⋯ 096

**第四章　曲白** ⋯⋯ 106
　　一、曲白的音乐性 ⋯⋯ 107
　　二、曲白的舞台性 ⋯⋯ 124
　　三、曲白的文学性 ⋯⋯ 130

第五章　戏曲人物 …… 137
　　一、性格描写 …… 139
　　二、感情揭示 …… 154
　　三、心理分析 …… 162

第六章　戏曲改编 …… 170
　　一、传统剧目的改编 …… 172
　　二、古典名剧的改编 …… 183
　　三、莎士比亚戏剧的改编 …… 186

第七章　戏曲新编 …… 190
　　一、新编古代戏 …… 190
　　二、现代戏的优势和劣势 …… 199

第八章　小型戏曲 …… 204
　　一、释义与分类 …… 206
　　二、以小见大　以少胜多 …… 210
　　三、情节的高度集中 …… 213

第九章　当代戏曲的写实倾向 …… 215

第十章　史剧创作"意识"种种 …… 220

第十一章　剧本简洁的范例——读"梅"偶得 …… 227

第十二章　越剧剧作特点 …… 234
　　一、剧本创作状态 …… 235
　　二、儿女情事 …… 238
　　三、情感纠葛 …… 251
　　四、诉情三境界 …… 260
　　五、雅俗共赏的品位 …… 269

代后记　戏曲剧本写作课是一门训练课 …… 281

# 第一章 戏曲剧作特点

中国戏曲与话剧虽然都是由演员扮演角色，在舞台上当众表演故事的艺术，但却是两种风格和观念迥异的品种。即以表演形式而论，戏曲综合了唱、念、做、打"四功"，是不同于生活自然形态的歌舞；而话剧则运用语言和动作以摹仿生活，力求逼真。因此戏曲和话剧必然各有与其表演形式相适应的剧本形式。但人们往往忽视两种剧本形式的区别。查《辞海》"剧本"条，曰："文学作品的一种体裁，是戏剧艺术创作的基础。"此话并无疑义。又曰："主要由人物的对话（或唱词）和舞台指示组成。"此话似也不错，然而失之含混肤浅，没有概括戏曲剧本的本质，好像戏曲剧本仅仅比话剧剧本多了唱词而已，岂非印证了戏曲界那种"话剧加唱"的实践和主张吗？也许这个条目为了包容一切形式的剧本而又限于篇幅，就不得不然吧。

那么，什么是戏曲剧本？至今尚无权威性的定义。戏曲作家范钧宏有个解答。他说："根据戏曲情节结构，使用戏曲文学语言，运用戏曲艺术程式写出来的剧本，就是戏曲剧本。[①]"这个解答包括了戏曲剧本形式三要素——戏曲的结构、戏曲的语言和戏曲的程式，把程式列为形

---

① 范钧宏：《戏曲编剧技巧浅论》，中国戏剧出版社 1984 年版，第 1 页。

式要素之一，道出了戏曲剧本的本质特点，极有见地。唯一的不足是对"剧本"一词没有加以诠释。

据我的理解，戏曲的剧本是戏曲综合艺术中的文学成分，是作为舞台艺术创造的基础的那个故事。凡有舞台演出就必有剧本。幕表制演出也是有剧本的，只是它没有形成文字，情节和语言多有变动，即兴创作的成分较多而已。如今一提起剧本，人们就想到那个本本，这是因为如今的创作习惯都是在排演前先写出书面的剧本（称为文学本）的缘故。范钧宏解答中的"剧本"一词，就是上述习惯性思维的结果。那么，到底什么是戏曲剧本？戏曲剧本是运用戏曲独特的结构方法、文学语言和艺术程式创作的故事。它是戏曲综合艺术中的文学成分，是舞台艺术创造的基础。

本章先就总体上概述戏曲剧作特点。

## 一、叙述体戏剧

早在古希腊时代，亚里士多德《诗学》就已指出悲剧与史诗表达的方式是不同的，悲剧是表演（动作），史诗则是叙述（事件），两者的主要区别是，舞台表演难免受时间、空间的严格限制；而史诗的叙述则不受时空的限制，便于反映广阔的生活画面。时至现代，高尔基总结当时的戏剧形式说："剧本要求每个剧中人物用自己的语言和行动来表现自己的特征，而不用作者提示[1]"。这个关于剧本的简明解释进一步把"作者提示"这种"叙述的语言"排除在戏剧之外，从亚里士多德到高尔

---

[1] ［苏联］高尔基著，孟昌、曹葆华、戈宝权译：《论文学》，人民文学出版社1978年版，第57页。

基，确立了欧洲戏剧的戏剧体剧本体制。

然而，远在东方的中国戏曲却是另一番景象。欧洲戏剧不能兼容的表演与叙述，竟然共存于中国戏曲之中，甚至达到水乳交融的地步。不但戏曲比欧洲戏剧有更多时空自由，而且在戏曲剧本里随处可见"作者提示"。这是因为——正如许多权威的史论著作所公认的——在戏曲形成的过程中，说唱艺术既为戏曲提供了丰富的题材内容和音乐材料，又把它的叙述方式带给戏曲。所以，有的理论家把戏曲剧本体制称为"叙述体戏剧"，表明戏曲兼有戏剧与叙述两种成分，有别于纯戏剧体的欧洲戏剧。

### （一）戏曲叙述成分的表现形态

1. 结构方面：时空自由

关于中国戏曲的时空自由，人们已经谈论得很多了，海外的研究者对此也有深刻的认识。法国作家莫泊桑在 1880 年就曾著文论及中国戏剧不受三一律的拘束，剧作者可以自如地变换地点。苏联木偶艺术家奥布拉兹卓夫在 20 世纪 50 年代初期考察了我国的民族戏剧之后对此也有详尽的阐述。他写道："为了能够利用舞台来表述一切事件，为了使戏剧情节有节奏地发展，剧院运用了民间曲艺艺术所积累的全部表现方法，它们既能说明时间的转移，也能表明剧情地点的变换"[1]。我要说的仅仅是，切莫无视使戏曲结构独具形态的时空自由原是叙事文学所固有的特点，是"民间曲艺艺术所积累的全部表现方法"。

德国戏剧家布莱希特受中国民族戏剧的启发，试图突破亚里士多德

---

[1] ［苏联］奥布拉兹卓夫著，林来云译：《中国人民的戏剧》，中国戏剧出版社 1985 年版，第 22 页。

戏剧传统，填补叙述体与戏剧体之间的鸿沟，给戏剧演出穿插进叙述因素。他的方法是利用现代科学技术成就，在舞台背景上采用大型插画描绘别的地点发生的事件，采用幻灯投影补充情节的不足。

中国戏曲与布氏戏剧都兼备叙述体与戏剧体两种成分，但实行的方法各别，效果也有大有小。布氏戏剧的剧中人所处的时空是固定的，虽然插画和投影延伸了舞台时空，但剧中人并不在其中活动，故舞台叙述仍然受到相当大的限制。而中国戏曲舞台的时空是假定性的，流动的，它随着演员的上下场及虚拟表演而转换，故更便于舞台叙述，做到"有话则长，无话则短"。

京剧《失、空、斩》叙西城诸葛亮、街亭马谡、王平以及司马懿几个的事，都是通过人物上下场变换地点的。马、王到达街亭后安营扎寨，忽儿上山，忽儿下山，是借助念白和虚拟动作进行交代的。王平下山后仰望山顶，马谡在山顶俯视，则舞台上同时出现山下和山顶两个空间。此剧时间的处理也很灵活。探子一报街亭失守，二报司马进军西城，三报兵近西城，按照生活逻辑，三报之间是有时间距离的，演出中只以诸葛亮两段念白把三报间隔开来，比实际时间大大缩短了。但唯其三报接踵而至，才显出军情紧急。而司马懿领兵到了城下，见诸葛安坐城楼抚琴，大为惊疑，判断城内设有伏兵，下令人马倒退三十里。这个思考过程是在刹那间完成的，但城上城下的唱念延续了很长时间。京剧就是依靠这种叙述方法把一场战役表现得有声有色。

2. 描写和叙述方面："作者提示"

戏曲的叙述成分除了指上述独特的结构形式之外，还指大量的"作者提示"。所谓"作者提示"，按照高尔基本人的说法，是指小说作者"给读者解释所描写的人物的隐秘思想和隐藏的行为动机，借自然与环境的描绘来衬托他们的心情"[1]。而这些正是戏曲的独唱独白和打背躬所具备的功能。在戏曲人物独唱独白或打背躬的时候，剧情发展暂告停顿，呈现在观众面前的是编导对人物进行的心理分析。《空城计》中的诸葛亮闻报司马兵近西城后紧张地思考对策，他此刻的焦虑除了做颤抖将髯等动作加以表现外，就是那一段著名的独白独唱了。演员在锣经中念道："天哪，天！汉室兴败，就在这空城一计也！"接着唱四句〔西皮摇板〕："我用兵数十年从来谨慎，错用了小马谡无用的人。没奈何设空城计我的心神不定，望空中求先帝大显威灵！"向来从容自信的诸葛亮居然也有求告天神保佑的时候！此剧正是借助人物独白独唱揭示其陷于绝境的内心活动，从而塑造了一个比《群英会》中的诸葛亮更具人情味的形象。

欧洲古典戏剧也有相当于戏曲独唱独白和打背躬的独白旁白，麦克白在谋害国王后关于刀子滴血的独白多么惊心动魄。但到近代戏剧中它们已被逐渐废止，原因就在于它是小说手法即"作者提示"。英国戏剧理论家威廉·阿契尔在《剧作法》中激烈批评独白旁白，说它好比是作者站在旁边不断地对他的剧中人物的动机和感情进行人为的揭示和评论，因而是不真实的，是不允许存在的。这个批评恰好道出了中国戏曲独唱独白和打背躬的叙述体性质。所幸在我们这里没有人试图把它逐出舞台，顾仲彝称赞它是一种表白内心活动的独特技巧，是描写人物、深化矛盾的最有效的办法。要是取消了京剧《红灯记》中"提起敌寇心肺炸"等独唱，取消了京剧《沙家浜》里阿庆嫂、刁德一和胡传魁三人背躬唱，这些名剧定会减色不少呢！

---

[1]　[苏联] 高尔基著，孟昌、曹葆华、戈宝权译：《论文学》，人民文学出版社 1978年版，第 57 页。

戏曲中有许多交代性独白，它既非人物出声的自语，亦非人物无声的思考，而是作者借人物之口向观众所做的提示。其中有交代时空转换的；有交代环境和情节的；也有主角首次出场交代本人姓名、身世、志向、处境和所要做的事，称为"自报家门"。"自报家门"在戏曲学习话剧的过程中受到非议，认为是传统中落后的东西，在新创作中予以废止，就因为它是叙述成分而非戏剧成分，就像欧洲戏剧中独白旁白所遭遇的那样。

"自报家门"直接地介绍主要人物和主要事件，提出矛盾，开展情节，自有其开门见山的效用。《失街亭》诸葛亮上场，在念完引子和定场诗后是一段定场白："老夫复姓诸葛名亮，字孔明，道号卧龙。先帝白帝城托孤遗言，扫荡中原，保留汉室。闻得司马懿兵至祁山，必然夺取街亭，必须派一能将，前去防守，方保无虞。"紧接着便是马谡进帐讨令，迅速开展情节。欧洲近代戏剧介绍人物和事件是在对话中零星地完成的，这种介绍好像是不经意的，要尽量不使观众看出人为的痕迹，于是必然大费周折。"自报家门"的长处难以抹煞，有识之士便将它稍加变化而用之。如京剧《白毛女》用于次要人物穆仁智的过场里；湖南花鼓戏《打铜锣》蔡九上场后极有情趣地从两个锣槌引出一段往事，随即转入与林十娘二次较量。

凡不与同场人交流而是直接诉诸观众的曲白，不论是第一人称还是第三人称，都属"作者提示"。如果说第一人称的独唱独白和打背躬是"作者提示"的核心部分，交代性曲白为其次外层部分，则处于最外层的便是第三人称的叙述和议论，此时，隐蔽在剧中人物背后的作者直接站到了观众面前，如许多地方剧种普遍采用的幕后合唱和高腔剧种帮腔等。有的作品还出现一个时而出戏时而入戏的角色作为作者替身，京剧《曹操与杨修》中那个敲锣呐喊的招贤者便是一个例子。招贤者串连剧情，指点人物，时有妙语。在《踏雪》一场他议论杨修道："这种人真是有点讨厌，不过话又说回来了，要是没有这种讨厌的那就讨厌了。"从《曹操与杨修》中的招贤者可以联想到《桃花扇》中副末扮演的老赞礼，又从老赞礼联想到传奇介绍剧情梗概和创作意图的"副末开场"或"家门始终"。总之，戏曲是把情节置于一个叙述性框架之内的，并在叙述情节的过程中安排戏剧场面的。

### （二）叙述成分加强戏剧性

在戏曲作者们看来，剧本的叙述成分决不是一块必须搬开的绊脚石，反而是一座登上戏剧殿堂的阶梯。不但"自报家门"等交代性语言帮助了戏剧冲突的开展，不但时空自由帮助实现了"有话则长，无话则短"的结构原则，而且独唱独白打背躬对于人物内心世界的深刻揭示也大大加强了剧本的戏剧性。京剧《徐九经升官记》中主人公"当官难"一段独唱表现他陷入困境——情与理、权与法的夹缝。顺从私情和权势大的一方可以升官，但那是昧心官，不屑为；坚持公理与法制做良心官，但要被罢官，不甘心。于是徐九经在梦境之中竟出现良心和私心两个自我幻影的辩斗。这个剧烈的内心冲突反映了人物与环境的矛盾，充分宣泄了这位不畏权势的清官的愤懑之情，从而带来全剧情节的转折和主题的深化。谁不承认这段独唱是极富戏剧性的一个场面？同样，又有谁不承认《西厢记·闹简》中红娘"晚妆残，乌云亸"等背躬唱段增添了无限戏剧情趣？戏曲中叙述与戏剧两种成分互相融合，共同服务于塑造人物，贯彻作者创作意图。

戏曲叙述还有它独立的美学价值。布莱希特从中国戏曲发现的"间离效果"，大半是由叙述造成。叙述破坏幻觉。（也是由歌舞化表演造成演员的技艺使观众"出戏"）布氏能够建立起自己的理论，也是得力于此。中国剧坛现时在戏剧的观赏价值之外提倡戏剧的思考功能，以此而论，叙述性也是重要的。

演剧方法与剧本体制应当是配套的。我们既然以中国戏曲是世界上独树一帜的演剧体系而自豪，我们也就应当尊重戏曲剧本的特殊体制。不是说这个体制不需要改革，而是希望通过改革，在新的条件下继承和发扬这个体制的基本特点，决不要削弱了这个基本特点。还是张庚说得好："有些人以为现在戏曲的结构和形式，由于它有说唱的某些遗迹，所以必须彻底改造，我以为是大可不必的。戏曲虽然由于它的特殊历史发展使之带有说唱的痕迹，但并不一定妨碍它的艺术表现力。何况在这种特殊的形式上，在长久的积累中也创造了许多特殊的艺术表现呢！"[1]

思考与练习

京剧《杀惜》有哪些叙述成分？


## 二、以诗写剧

戏曲表演艺术综合了唱、念、做、打"四功"，或者说综合了诗、乐、舞多种艺术成分，而诗是其中的文学成分。所以，戏曲是以诗写剧，是把剧写成诗。戏曲与诗存在着血缘的关系。"曲为诗之流派"[2]。张

---

[1]　张庚：《张庚戏剧论文集》，中国社会科学出版社 1981 年版，第 272 页。
[2]　黄周星：《制曲枝语》，中国戏曲研究院编：《中国古典戏曲论著集成》第七集，中国戏剧出版社 1959 年版，第 120 页。

庚据此提出了剧诗说，认为剧诗是抒情诗、叙事诗以后的第三种诗的形态。这是符合戏曲文学的实际的。

### （一）戏曲的"言志"

既然戏曲剧本是一种戏剧形态的诗，它就具备诗的"言志"特性。戏曲总是坦露作者的怀抱——对人物的鲜明褒贬，对善恶的强烈爱憎，对美好理想的憧憬，以此感染与教化观众。所谓"其歌有思，其哭有怀。嬉笑怒骂之间，大都有所激发而作"①。我们通常说戏曲的立意，就是指作者的怀抱，它不排斥理性的思考，但更多地带有情感的成分。

戏曲是抒情的，但它又必须叙述一个故事，抒情与叙事如何协调呢？事乃情之载体，情渗透于事之中，一句话：借事抒情。洪昇在《长生殿·传概》中说："借太真外传谱新词，情而已。"他是借杨贵妃的遭遇抒帝妃"真心到底"之情。这在《长生殿》后半部表现得更分明。唐玄宗的入蜀、还都、改葬、觅魂，杨贵妃的寄物，以及帝妃在天上重圆，无不抒发了相思长恨之情。

戏曲抒情不但与叙事结合，而且还与写景、状物结合，景和物也无非情之载体。剑阁闻铃，玄宗断肠，是写景抒情的杰作。

熔叙事、写景、状物与抒情于一炉乃是我国古典叙事诗的传统，作为剧诗的戏曲正是继承了这个传统。但戏曲抒情又必须是戏剧性的抒情，是在戏剧境遇和人物行动中的抒情。如恩格斯所说的从场面和情节中流露出作者的倾向来。洪昇为写帝妃之恋，构思了一场醋海风波。玄宗倾慕虢国夫人天然淡雅之美，借春游曲江的机会将她留宿，杨贵妃因

---

① 贾湖子：《红情言传奇题记》，转引自吴毓华编：《中国古代戏曲序跋集》，中国戏剧出版社 1990 年版，第 336 页。

此使性，被玄宗怒而遭返相府。事后玄宗追悔不已，欲待召取回宫，却又难于出口，若是不召她来，无法排遣相思，于是茶饭不思。此刻内监前来进膳，第一个被责打监禁，第二个又被责打罚役。最后高力士乘机献上贵妃托他捎回的一缕青丝，以表依恋之意。玄宗执发而哭，痛感与妃子恩情中断，犹似此发。遂连夜召回妃子，各自谢罪认错，"恩情更添十倍"。帝妃之恋就在这番戏剧冲突中表露无遗。

戏曲作品中超现实的幻想情节，不受生活逻辑的限制，便于自由驰骋想象，往往能热烈表露作者的感情和愿望。再以《长生殿》为例。杨贵妃在马嵬驿为情而死，一缕香魂飘荡回宫，见旧日沉香亭、长生殿等处荒凉冷落，不觉泪垂，后遵玉旨，元神入殻，复为太真玉妃，仍居蓬莱仙院。玄宗做太上皇后遭临邛道士上天入地，遍觅香魂，终于在仙山得见，取回金钗钿盒的一半。剧终上皇飞升月宫，与杨太真重圆，实现生生世世永为夫妇的誓愿。这个瑰丽的想象赞美了生死不渝的爱情，是"专写钗合情缘"所不可或缺的，虽然这些描写的艺术成就稍逊于本剧其他一些部分。

关于超现实的幻想情节，最著名的要数关汉卿《窦娥冤》刑场三愿，即血溅白练、六月飞雪、三年亢旱，是作者借助想象向黑暗现实发出的血泪控诉。

戏曲作者在作品中表露倾向主要采用情节手段，同时也采用非情节手段，如"副末开场"、幕后合唱、帮腔、人物自我褒贬等叙述成分。《长生殿·传概》介绍下半本情节的曲词，其同情、感叹、庆幸的情绪溢于言表。词曰："西川巡幸堪伤，奈地下人间两渺茫。幸游魂悔罪，已登仙籍。回銮改葬，只剩香囊。证合天孙，情传羽客，钿盒金钗重寄将。月宫会、霓裳遗事，流播词场。"戏曲以非情节手段表露倾向的方法不同于欧洲戏剧，不符合恩格斯"倾向应当是不要特别地说出"的意见，因而受到某些人的批评。但是它符合以诗写剧的特点，从情节流露还不足以抒情，就要直接表露。新编戏曲仍然采用这种传统方法。试看川剧《四姑娘》那段"三叩门"中的帮腔："啊，动乱年头造悲剧，害多少有情人难成眷属！"四姑娘被娘家催嫁，前夫强求复婚，何去何从？深夜到茅棚找姐夫金东水请教。金东水为避嫌不敢开门，于是就有门里门外一段好戏。这句帮腔安在第三次叩门前，把这场戏引向了高潮。又由于这场戏哀怨凄婉，易使观众感觉压抑，这句帮腔帮助观众（和作者）宣泄了他们的愤懑。这类剧情关键处的"作者提示"，能有效地加强作品倾向性。

### （二）戏曲的意境

近代艺术理论家王国维在《人间词话》中提出境界说，作为词学最重要的审美特征。所谓境界，是指寓情于景，情景交融者，这是抒情的极致。境界说在中国诗坛影响深远。

戏曲文学既是剧诗，也应有诗的境界。果然，王国维在《宋元戏曲考》中把境界说引进戏曲理论，建立起戏曲"意境"说。他是这样解释意境的："写情则沁人心脾，写景则在人耳目，述事则如其口出是也。"意境要求言情真挚，写景生动，述事毕肖，情、景、事统一于戏剧人物，通过人物曲词描述出来。王国维意境说是他在评价元杂剧的"文章"——曲词时提出的，是专指曲词而言的。意境确实存在于许多优秀的元剧之中，成为元剧一项突出的艺术成就，兹以《单刀会》第四折二支曲为例。

〔双调·新水令〕大江东去浪千叠，引着这数十人驾着这小舟一叶。又不比九重龙凤阙，可正是千丈虎狼穴。大丈夫心别，我觑这单刀会似赛村社。

〔驻马听〕水涌山叠，年少周郎何处也，不觉的灰飞烟灭。可怜黄盖转伤嗟，破曹的樯橹一时绝，鏖兵的江水犹然热，好教我情惨切。（云）这也不是江水，（唱）二十年流不尽的英雄血。

这两支曲气势磅礴，意境壮阔。赞美眼前重峦叠浪，缅怀昔日战斗场景，是为了抒写关羽过江赴会时一腔凛然正气和压倒敌人的气概，自然的和历史的雄奇之美烘托了剧中人的豪壮美，为关羽在单刀会上挫败鲁肃的计谋作了充分的铺垫。曲词从苏东坡《念奴娇·赤壁怀古》词蜕化而来，原词的情景已经融入了戏剧情节中，与关羽的行动结合，巧妙地化为关羽的性格化曲词，其情调更积极昂扬。

但王国维断定意境为元人所独擅，似失之偏颇。后世剧作的意境确乎呈现了不同的舞台面貌，这是因为明清传奇的情节较元剧丰富曲折，上场角色都可开唱，剧本体制变了。像《长生殿·闻铃》的意境与元剧《梧桐雨》第四折在风格上是一致的，但《哭像》的意境就曲、白、科并用，而且主要出自精选的情节和细节。《哭像》是写玄宗为爱妃建庙造像，亲自送像入庙供养。在"数声杜宇，半壁斜阳"之中，玄宗为爱妃生像奠酒三怀，哀悼芳魂，痛悔自己在马嵬兵变中辜负了金钗钿盒之情。不料生像闻之竟也伤心得满面泪痕，于是宫女、内侍纷纷哭拜。这夸张的一笔顿时使意境全出。明代以来戏曲的意境，是通过性格化的曲、白、科达到意与境的浑成，人物主观的情感与客观环境的统一。贵妃生像落泪不是玄宗（及宫女、内侍）的哀伤外射于环境的结果吗？保留在当今舞台上的不少传统折子戏如《夜奔》、《出塞》、《思凡》等，由于现代戏曲表演艺术的精进，其意境的体现更加多姿多彩。

现代新编戏曲中，程砚秋主演的《春闺梦》就融入了唐诗《新婚别》和"可怜无定河边骨，犹是春闺梦里人"的意境。梅剧《洛神》也富意境。流播遐迩的如越剧《红楼梦·哭灵》。三十四句曲词直抒胸臆，是生者对死者的哀悼，对现实的反思。意犹未尽，紧接一段"问紫鹃"的对唱，借物寓意，引发观众的联想，并交织起三重情感：黛玉的恨，紫鹃的怨，宝玉的悔。曲词有文采而不艰深，配上越剧徐派唱腔，堪称珠联璧合。这段对唱曲词抄录于下。


宝　玉　问紫鹃，妹妹的诗稿今何在？

紫　鹃　如片片蝴蝶火中化。

宝　玉　问紫鹃，妹妹的瑶琴今何在？

紫　鹃　琴弦已断你休提它。

宝　玉　问紫鹃，妹妹的花锄今何在？

紫　鹃　花锄虽在谁葬花！

宝　玉　问紫鹃，妹妹的鹦哥今何在？

紫　鹃　那鹦哥，叫着姑娘，学着姑娘生前的话。

宝　玉　那鹦哥也知情和义，

紫　鹃　世上的人儿不如它！


一般地说，在新编戏曲特别是现代题材戏曲中，意境的营造是一个缺陷，以致诗味淡薄。我们要学习古今营造意境的宝贵经验，真正把戏曲剧本写成剧诗。

思考与练习

1. 举例说明什么是戏曲"言志"的主要途径。

2. 背诵《单刀会》第四折〔双调·新水令〕接〔驻马听〕曲词，并把它与苏轼《念奴娇·赤壁怀古》词相比较，体会戏曲意境的特征。

苏轼《念奴娇·赤壁怀古》词：

大江东去，浪淘尽、千古风流人物。故垒西边，人道是、三国周郎赤壁。乱石穿空，惊涛拍岸，卷起千堆雪。江山如画，一时多少豪杰！　　遥想公瑾当年，小乔初嫁了，雄姿英发。羽扇纶巾，谈笑间，樯橹灰飞烟灭。故国神游，多情应笑我，早生华发。人生如梦，一樽还酹江月。


## 三、受表演形式的制约

我们曾说，演剧方法与剧本体制是配套的。怎么配套呢？是剧本服从表演还是表演服从剧本？由于一个剧目的创作过程是编剧在前，排演在后，自然会得出表演服从剧本的结论。但是一个新手写成的戏曲剧本有幸交付排演时，常常会遇到导演和演员提出各种修改要求，这些要求往往是技术性的，不是唱段零碎，便是舞不起来，等等。一个剧本只有通过表演才能树立于舞台，作者只得遵命修改，于是，好像是要剧本服从表演了。到底应当怎样认识剧本与表演之间的关系呢？

戏剧家焦菊隐对此有过精辟的论述。他说："我国传统表演艺术和西洋演剧最大的区别之一是，在舞台艺术的整体中，我们把表演提到至高无上的地位……欧洲戏剧的发展规律是：时代的美学观点支配着剧本写作形式，剧本写作形式又在主要地支配着表演形式。戏曲却是：时代的美学观点支配着表演形式，表演形式又在主要地支配着剧本写作形式。"[1] 原来在编演的关系上，中国戏曲与欧洲戏剧（以及中国话剧）也是不同的。话剧是剧本形式决定表演形式，作家有创作形式的自由。戏曲则相反，是表演形式决定剧本形式，剧本创作受表演形式的制约。

话剧创作何以如此呢？原来话剧表演形式万变不离其宗——生活形态，称为生活化表演，而话剧剧本形式无论怎样创造，也无非由经过提炼了的语言和动作构成，话剧编演有一个共识——摹仿生活。所以在生活化的范围内，只要作家写得出，演员就演得出。据说焦菊隐曾经约请郭沫若为北京人艺写个剧本，说随便怎么写都能够把它搬上舞台。话剧编剧的这个特点是某些处女作竟然一举成功的原因之一。戏曲作者中的新手就无此幸运。

### （一）表演的程式性

与话剧创作的特点相反，戏曲不是怎么写就怎么演，而是怎么演就怎么写。这是因为戏曲表演形式虽然也来自于生活（人类社会和自然界的飞禽走兽、花卉草木）但又不同于生活形态，它基本上是一种歌舞形式，由唱、念、做、打综合而成，称为表演程式。所谓表演程式有两层含义，一是指它的格律性，一切生活的自然形态都要按照美的原则予以提炼概括，使之成为节奏鲜明、格律严整的技术格式。生活形态如何才能美化？一个重要的方法就是吸收音乐、舞蹈、武术、杂技、绘画、雕刻等艺术成分创造出戏曲的歌唱和舞蹈来。二是指它的规范性，每一种

---

[1]　焦菊隐：《〈武则天〉导演杂记》，《焦菊隐戏剧论文集》，上海文艺出版社 1979 年版，第 147 页。

表演技术格式被创造出来并逐渐完善后就被固定下来，得到普遍采用。表演程式不是某几个人凭空想出来的，是一代代艺人在长期的舞台实践中锤炼出来的。比如"亮相"是剧中人在上下场或一段舞蹈动作结束时的短暂停顿，是表现人物精神状态的形体造型。

戏曲表演艺术的"四功"各有程式。

唱，戏曲语言的基本形式之一，是戏曲表演的主要部分，"四功唱为首"，各剧种皆然。曲词与曲调、板式、锣鼓点结合而成为唱段。曲词的句式、用韵、声调都有明确的规定，曲词有各种类别，其布局也有一定的法则。

念，又一种戏曲语言基本形式，没有音乐帮衬，全靠演员的功夫，故有"千斤话白四两唱"的戏谚。有的剧目偏重发挥话白功能，称为"白口戏"，与"唱功戏"相对。在京剧中，唱念几乎是并重的，但在有些地方剧种里，唱为主，白为宾。念白包括韵白和以方言为基础的散白两类，分别为不同的行当所用，两类念白都具备音乐性。

做，是舞蹈化形体动作，由眼、手、步、身（腰腿肩肘等）的动作在音乐节奏中组成整体的身段，用于开展情节，表达剧中人的思想感情，演员身上的服装插戴和某些砌末如水袖、帽翅、翎子、甩发、髯口、扇子、手绢等都有助于舞蹈化表演。焦菊隐强调"做"的功能，认为无声的形体动作有时比语言更能传达生活气息和人物微妙的感情。

打，是吸收融化了武术、杂技等技艺的舞蹈化动作，用于搏击、战斗等场面。打也分两大类，一类是把子功，使用刀枪把子打斗或独舞；一类是毯子功，在毯子上翻滚跌扑的技艺。

唱念做打不但能够编织剧情，塑造人物，而且与上下场并用，能够灵活地表示时空的转换。戏曲分场的结构形式也离不开表演形式。为了使剧本付诸演出，剧本必须以唱念做打作为自己的艺术语汇。当然不是每本戏或每场戏都是四功并用，有所侧重是必要的，但从总体上讲总得包括四功（或唱念做三功）。人们批评有的剧本写得"满"，没有为表演留下余地，就是作者只靠唱念写人写事，忽视做打的功用。所以，不可忘了"曲白不欲多"[①]的古训。人们批评的"话剧加唱"，就是除了唱以外，摒弃了念做打的程式动作而采用话剧的生活化表演，唱和生活化表演在风格上不统一，大大丧失戏曲特色。"话剧加唱"的演出首先是剧本造成的。所以，导演胡导主张戏曲剧本应该运用戏曲程式进行创作。如果作家只习惯西洋话剧的编剧法，那么他写出来的戏曲剧本只能是"话剧加唱"的，导演也只能把它处理成"话剧加唱"了。

　　戏曲作者要遵守四功各自的程式，还要善于统筹兼顾，恰当地用其所长。唱长于抒情，是描写和分析人物心理的主要手段，念做打长于叙事，是表现人物行动的主要手段。粗略地说，一本戏先用念做打开展剧情，然后用唱深入到人物内心世界。而对于人物心理的剖示可推动剧情的发展，进一步发挥念做打的效用。唱与念做打是互相配合的。还有另一种方式的配合，在分别以念做打为主的场子里，大都用得上唱。

　　戏曲表演程式不是刻板的东西，剧作者应当而且可能根据表现内容的需要加以灵活运用，进行适当配置，在剧本形式上有所创新。程式好比拼音文字的字母，可以拼写出千万个词语来。戏曲剧本写作是受表演形式制约的自由创造。

---

① 臧懋循《元曲选序》，郭绍虞主编：《中国历代文论选》第三册，上海古籍出版社 1980 年版，第 172 页。

### （二）为演员写戏

一个即使优秀的戏曲演员，也难以做到四功俱佳。戏曲演员的表演艺术是有其特长和局限性的，只有当他扮演的角色恰能发挥他的特长时，他才能创造好这个角色。再从观赏方面考虑，中国戏曲观众看戏要看故事，更要品味演员的表演。因此，根据演员特长和演员流派艺术风格选择题材，选用程式，编写剧本，就具有特殊的意义。

在戏曲创作中，假使就剧本论剧本的高下，只是一种文学的评价。只有从演出论剧本优劣，不仅衡量其文学价值，而且考察其为表演提供了怎样的基础，才算是全面的评价了一个剧本。所以，剧本与表演是一对"同命鸟"，剧作者要使自己取得成功，首先要帮助演员取得成功。戏剧理论家余秋雨说得极其透彻，作者对演员不要不买账，戏曲（话剧影视也一样）艺术总归是演员艺术，你能够为优秀演员写戏，就成功了一半。"站在剧本立场上，演员只是角色的载体；而站在宏观演剧的立场上，各种角色只是梅兰芳、俞振飞、严凤英、常香玉们发挥自身魅力的载体。"①

为演员写戏，作者可以在创作过程中与演员共同取材共同构思，共同选用程式，这样写出来的剧本当能发挥演员所长。京剧名丑肖长华在回忆旧戏班子编剧经验时说，每打一出戏，动笔之前，打戏的人必要先与演员一起商议研讨一番。把戏的布局、情节的发展、场子的穿插、角色的安排……——商量妥当。当年卢胜奎为程长庚的三庆班编剧，他编的连台三国戏如《赤壁鏖兵》等都经历了这样的过程。百多年来，这

---

① 余秋雨：《明星的震颤力》，载《新民晚报》1991 年 7 月 13 日第 2 版。

些戏盛演不衰。四大名旦梅兰芳、程砚秋、荀慧生、尚小云各有与其合作的杰出编剧家，他们是齐如山、罗瘿公、陈墨香、清逸居士（爱新觉罗·溥绪）。荀慧生曾邀请陈墨香在十一年间为他打过 45 个本子。他在 1957 年 7 月对《剧本》月刊编辑部的同志谈话时也充分肯定了这样的合作方式。这种创作集体若能长期稳定，大有利于提高剧目质量，形成艺术流派。

为演员写戏，发挥演员的特长，目的是要使剧本适合于演出，收到最佳演出效果。所以不能片面发挥演员特长而破坏剧本的艺术完整性，损害剧本的文学价值。


思考与练习

京剧小生演员叶盛兰扮相英俊，气度大方，表演细腻，嗓音宽亮，文武兼擅，尤工雉尾生。有"活周瑜"之称。

试析叶盛兰是如何在《群英会》中发挥特长塑造周瑜形象的。


## 四、民间性传统

中国戏曲产生于民间，长期流播于民间，它根本上是一种民间艺术。所以郑振铎《中国俗文学史》把戏曲归入俗文学范畴。古代的花部地方戏是民间创作，当然被农民当做自己的艺术；即使文人创作，其优秀部分，也多有丰富的民间性。因为那些文人作家与民众在精神上是相通的，其中有些人长期生活在社会下层，了解民情，如关汉卿等元代书会才人。

高尔基曾正确地指出西欧戏剧民间性的特点。他强调指出："我国的戏剧没有达到西欧——特别是西班牙和英国——的戏剧在中世纪就已达到的那种高度……这是因为，西欧的戏剧是从'民间创作'的材料发展出来的。"[1] 他举了歌德写《浮士德》的例子，歌德采用过16世纪一个纽伦堡鞋匠汉斯·萨克斯的诗。类似创作《浮士德》的例子在中国文人戏曲中是不胜枚举的。元代悲剧代表作《窦娥冤》题材源于《汉书·于定国传》所载"东海孝妇"传说。元代喜剧代表作《西厢记》是直接从说唱《西厢记诸宫调》改编的。明代汤显祖的《牡丹亭》取材于话本《杜丽娘慕色还魂》。如此看来，比起西欧戏剧来，中国戏曲的民间性特点是更为突出的。试从作品的主题、人物和情节考察戏曲民间性传统。

### （一）世俗的主题

我们从京剧传统戏《赤壁鏖兵》与新编京剧《赤壁之战》的比较谈起。两剧都以三国时孙、刘联合破曹于赤壁的历史故事为题材。前者是从清代地方戏楚曲《祭风台》演变而来，本身就是民间创作。它的情节重心在三方统帅的斗智，突出诸葛亮超群的智慧，赞颂他顾全大局的宽广胸怀。剧中周瑜、曹操不但智慧低于诸葛，而且周的嫉妒、曹的骄横这些性格缺陷妨碍了他们的斗争。此剧以民间的眼光审视历史故事，总结处世经验，主题是世俗性的，能为普通观众所关注和理解。《赤壁之战》虽然保留了前者那些脍炙人口的情节和场面，增写的部分也不弱，但它的着眼点是从政治、军事的高度总结历史经验，提炼出"团结对敌，以少胜多"的中心思想，尽管不乏认识价值和教育意义，但已远离世俗性，甚至让戏曲担负起它力所不及的历史教育的责任。因此自《赤

---

[1] ［苏联］高尔基著，孟昌、曹葆华、戈宝权译：《论文学》，人民文学出版社1978年版，第69页。

壁之战》编演以来三十余年，观众还是爱看《赤壁鏖兵》，坚持对世俗性主题的选择。当然，观众爱看《赤壁鏖兵》的原因不限于此，还因为它的浪漫主义想象和幽默感等。请参看陈毅《在戏曲编导工作座谈会上的讲话》。

包蕴世俗性主题的作品，其内容贴近民众，多家务事、儿女情，即使描写民族斗争的大题材，也往往与家庭生活的描写交织起来，如全部杨家将戏。更重要的是作品反映了民众的生活见解和人生体验，成为他们的自我表现。其中，直接以民众生活入戏者固然富有世俗性，如《拾玉镯》、《孙成打酒》、《三家福》以及许多优秀民间小戏；而以上层社会生活入戏者也可能充满民间情趣而获得世俗性。后一类作品的艺术特色是运用质朴的想象把上层社会描绘成一幅民间风俗画，向帝王将相、才子佳人的躯壳内植入了民众的灵魂，无名氏作北杂剧《陈州粜米》关于包公乔装私访，为妓女王粉莲牵驴的描写，关于计斩杨金吾的描写，都表明剧中"包公实际上只是穿上官服的农民而已"。① 在文人创作中，民间因素也随处可见。如《西厢记》第五本莺莺思念赴考的张生，给他寄去汗衫一领、裹肚一条、袜儿一双、瑶琴一张、玉簪一枚、斑管一枝，一番描写令人联想到古代农妇以物代字寄给远方丈夫的情景。至于红娘形象更是民间绝妙的创造。前述《长生殿》帝妃恩爱，尤其是后半部，实是民众爱情观的移植。

世俗主题另一种表现便是对剧中人的道德评价。古人把作品的道德内容作为戏剧批评的首要标准，"若于伦理无关紧，纵是新奇不足传"。②

---

① 见《中国大百科全书戏曲曲艺卷·中国戏曲》。
② 丘濬：《伍伦全备忠孝记》传奇"副末开场"，隗芾、吴毓华编：《古代戏曲美学资料集》，文化艺术出版社 1992 年版，第 87 页。

当然，民众的道德不同于丘濬宣扬的封建道德，但强调道德评价倒是一致的。他们要求戏剧舞台上的人物也像生活中一样恪守道德规范，反过来又把戏剧舞台作为道德课堂。"父老杂坐，乡里剧谈，某也贤，某也不肖，——如数家珍……其感化何一不受之优伶社会哉？"①把这个戏剧现象与西方戏剧加以比较就可以看得更清楚。这就是歌德对一部"中国传奇""彻底遵守道德"表示惊叹的原因。

道德规范在民间创作中确实得到彻底遵守。故焦循在《〈花部农谭〉序》中批评昆山腔剧目"多男女猥亵"；赞扬"花部原本于元剧，其事多忠孝节义，足以动人。"②焦循对昆山腔剧目的批评是否准确姑且不论，但他确实道出了花部剧目的一个思想特点。

《赤壁鏖兵》对三方统帅的道德评价的成分是很重的。湘剧高腔《琵琶记》是个优秀传统剧目，它本于高则诚《琵琶记》而结局不尽相同。高本思想的深刻之处在于它把蔡伯喈弃亲背妇的罪责归之于当朝，第三十七出张大公为蔡辩解道："这是三不从把他厮禁害，三不孝亦非其罪。"但湘剧本却以张广才打蔡"三不孝"——"生不能养，死不能葬，葬不能祭"作结，故此剧亦名"打三不孝"，显然是民众的道德评判。我们应当尊重民众的意愿，但地方戏曲偏重个人的道德责任，而有所忽视社会原因，也不能不认为有其局限的一面。1985年改编本（彭利农、范正明改编）把两个对立的结局捏合起来，张三次举杖欲打，终因蔡的辞试、辞婚、辞官"三不从"被证实而免打，既谴责了蔡，又归咎于环境，似为两全。

---

① 柳亚子：《二十世纪大舞台发刊辞》，郭绍虞主编：《中国历代文论选》第四册，上海古籍出版社1980年版，第338页。

② 中国戏曲研究院编：《中国古典戏曲论著集成》第八集，中国戏剧出版社1959年版，第225页。

贴近民众的生活，表现民众的生活见解，人生体验和道德规范，便构成戏曲主题世俗性。借用吕天成衡量传奇"第十要"来表述，"合世情，关风化"①是也。

随着时代的变迁，世俗的内容也在更新，但这一条剧作特点还是延续下来了。一些新编戏曲，经得起观众和时间双重考验的，大都离不开世俗性。那种出于民众不了解上层生活而产生的失真描写已逐渐为逼真的描写所代替，但世俗的视角被保留下来了。如在红楼戏中，且不说据刘姥姥三进大观园的篇章改编的戏曲，越剧《红楼梦》的成功似乎也与此有关。作者以宝玉和黛玉的爱情悲剧作为戏的中心事件，从形式上讲解决了一个材料取舍和结构方法的问题，从内容上讲则解决了一个世俗性问题。"王谢堂"里的家务事、儿女情是能够为"百姓家"所理解和关心的，何况故事是从黛玉这只"燕"叙起——"乳燕离却旧时窠，孤女投奔外祖母"。而黛玉出身于外省一个没落的官宦人家，来到京城的皇亲大族，以她的所见所闻引导观众入戏，自有一种新近感。作者后来介绍《红楼梦》改编经验时恰好也谈到与观众的距离要近，可谓金玉良言。近年戏曲界谈论剧作家"主体意识"是必要的，但"主体意识"要与民众的意识保持一致。谈论"自我表现"也不错，但要把作家的小我放进民众的大我之中，戏曲作家要成为民众的代言人。"探索"则首先要探索戏曲在现代条件下如何贴近民众，如果越"探索"离民众越远，将是戏曲的不幸。

至于道德评价，仍然应当成为现代戏曲的重要内容。新编古代戏和现代戏都要重视道德评价。当我们塑造社会主义新人形象时，要使他们

---

① 《曲品》卷下，中国戏曲研究院编：《中国古典戏曲论著集成》第六集，中国戏剧出版社 1959 年版，第 223 页。

焕发出社会主义道德的光辉。评剧《风流寡妇》中吴秋香是改革开放时期农村妇女的一个典型。她早在16年前挣脱买卖婚姻枷锁,与前夫齐老蔫离婚了。如今她办饲养场发了家,盼望结束独身生活,找一个如意郎君,过上美满幸福的家庭生活。即使齐老蔫热切期待,女儿从中积极拉拢,她也决不恢复早已死亡的婚姻。这不是她的自私,而是她掌握自己命运,实现自身价值的正当权利,是社会主义的道德行为。最后当吴秋香从万柳镇出走时,把全部财产赠送给老蔫,流露出她对前夫同情、歉意、关心等复杂的心理。传统道德对这位中年农村妇女的影响是显而易见的,这就增加了人物性格的真实性和内涵丰富性。

改革开放时期商品经济的发展既可能产生新的道德观念,又可能使那些重利轻义等旧道德沉渣泛起,需要认真对待。新时期道德评判的任务历史地落在戏曲艺术的身上。这项任务是建设社会主义精神文明的组成部分,大有可为。

新编戏曲对历史人物的道德评价必然牵涉到历史评价问题,而道德评价与历史评价有时可能是矛盾的,应当如何处置呢?比如一个小丑侥幸成为顺应历史潮流的英雄,可否把他如实地写成一个小丑呢?或者一个十分复杂的历史人物可否取其一点不及其余呢?我想这都是允许的。艺术作品不是历史教科书,一本戏也不是一份人事鉴定书。戏曲擅长的是陶冶人的道德情操。

### (二)人物情节的理想化

传统戏曲多清官戏、女杰戏、神鬼戏,多圆满结局。

清官戏。在中国封建社会里,清官少如凤毛麟角。不是没有立志做清官的人,而是封建官场这个大染缸染污了几乎所有清白的人,从《四进士》可略见一斑。即使有出污泥而不染者，也为环境所不容，如《徐九经升官记》中的徐九经无奈挂冠而去。民众需要清官而不得，就在舞台上把他创造出来，于是，包公戏、海瑞戏应运而生。

戏曲舞台上清官的共同品质是"两袖清风"、"执法如山"、"为民请命"等，甚至敢于藐视皇权。他们已经不是现实中清官的写照，而是民众愿望的化身，寄托着民众"清正廉明"、"王子犯法，与庶民同罪"等民主思想。

女杰戏。中国古代妇女备受封建制度的束缚和男子的压迫，其命运十分悲惨。但在戏曲中却有一批胜过须眉的巾帼英雄如谭记儿、赵盼儿、穆桂英、花木兰等，大长了广大妇女的志气。周扬说过："在长期封建社会中，她们是最受压迫最受侮辱的；但是在舞台上的女将、乔装的女秀才、复仇的女性，却特别引人注目。在封建外衣之下，不正是表现了最强烈的反封建主义的民主精神吗？"[1]

神鬼戏。《白蛇传》、《闹天宫》、《窦娥冤》和《红梅记》等优秀神鬼戏，并不是宣扬迷信的，与"不问苍生问鬼神"[2]的鬼神不同，他们是"苍生"意志的幻化。如白素贞、孙悟空以大无畏斗争精神反抗神权，捍卫自己的幸福自由。屈死的窦娥、李慧娘化为厉鬼，完成悲壮的复仇行动，堪称鬼雄。非现实的神鬼世界其实就是现实的人间世界。

圆满结局。追求圆满是我们的民族心理。这是"不如意事常八九"实际生活的逆反，借舞台以求实现。剧目的圆满结局通常称为大团圆，

---

[1] 周扬：《进一步革新和发展戏曲艺术》，中国戏曲现代戏研究会文化部艺术一局创作研究室编：《进一步革新和发展戏曲艺术》，中国戏剧出版社1984年版，第18页。

[2] 李商隐著，周振甫选注：《贾生》，《李商隐选集》，上海古籍出版社1986年版，第142页。

大团圆好不好？要具体分析，一种是积极的，它能暴露黑暗，鼓舞进取，应该肯定；一种是消极的，它能制造幻想，消磨意志，应该否定。其间的界限看主人公是否为正当的目的进行了艰苦卓绝的斗争。《白蛇传》属前者；据《窦娥冤》改编的《金锁记》属后者。《金锁记》改动原剧重要情节，窦娥临刑天降大雪，官府疑为冤案，发回重审，终得平反，父女夫妇团圆，官府原是个暴露对象，由它自动纠错，大大削弱了批判力量。当然，主人公经过斗争不见得就能如愿，甚至在一般情况下是不能如愿的，这时借用一点外来力量，如一道圣旨，完成圆满结局，对此我们无须苛求。对于"才子及第，奉旨完婚"的剧目，也要看主人公进行过斗争与否而评价其结局。对不经过斗争的戏也不是一概否定，就全剧看，仍然可能有暴露黑暗的进步意义。

田汉改编的《西厢记》以张生下第、与莺莺并骑出走煞尾，在不违背原著精神的条件下加以合理的发展与提高，作者说是历史真实与人民愿望的结合。可谓战斗的大团圆。《春草闯堂》李阁老被迫认婿，李半月与蒋玫庭得以成亲，完全是春草促成的，也很有战斗性。一些新编佳作合于情理的大团圆，既适应了观众的趣味，又有积极的思想意义，是难能可贵的。

现在有人偏爱不圆满结局的悲剧和正剧，认为那才叫真实和深刻，这是囿于欧洲戏剧的悲剧模式，不顾及中国的民族心理和戏剧传统的表现。

上述种种表明戏曲多理想化的人物和情节。这个理想是民众的理想。戏曲在表现民众的情绪和愿望方面是无与伦比的典范。民众因此把戏曲当作自己的艺术。从创作方法而言，戏曲是浪漫主义的，它要在实际生活的基础上根据群众的愿望，以丰富的幻想和热情，创造出应当有的生活来，鼓舞人们为去实现美好的理想而奋斗。奥布拉兹卓夫在他的著作《中国人民的戏剧》中以《白蛇传》为例对此作了生动的描述。他说白蛇被镇在雷峰塔下，过了几百年以后，青蛇终于毁塔，救出了不幸的白蛇。时至 1936 年，西湖畔的雷峰塔真的倒塌了。1949 年革命成功，千百万中国妇女从封建枷锁下得到了解放，作者总结道："传说中却说到了还没有发生、但是必然会发生的事。"我要补充一句，民众的理想，是先在舞台上发生，随后就在生活中实现。

让理想先在舞台上发生，是戏曲创作与话剧不同之处。讽刺喜剧《钦差大臣》满台是反面角色，幕后的作家是唯一的正面人物；作家的理想就存在于他对俄国官场否定性的评价之中。高甲戏《连升三级》也是一个讽刺喜剧，在作品所本的故事中原先也无正面人物。女主角甄似雪是作者虚构的理想人物，她敢于撰对联揭露权宦魏忠贤篡位阴谋，在崇祯帝宣召她与贾福古成亲时，她敢于在金殿与贾会文，当场揭穿这帮无赖、庸臣、昏君的丑恶嘴脸，翩然离去。作者通过甄似雪暴露腐朽的封建制度，寄托民众的爱憎，构成尖锐的戏剧冲突，"更适合中国戏曲传统的表现手法，易为观众所理解与感受"[①]。出现高于现实的正面人物有利于表达理想，确实是"戏曲传统的表现方法"。传奇《双熊梦》取材于话本《错斩崔宁》，却比话本增加了一个理想人物况钟，是较早的一个例证。

新编古代戏继承这个传统创造出一大批理想人物而使作品取得极大成功，他们除甄似雪外，还有春草、佘太君、海瑞、徐九经等。但是这个传统在现代戏创作中似乎中断了。这也许是我们的现代戏不如古代戏

---

① 王冬青：《我在〈连升三级〉的创作实践中学习》，福建省戏曲研究所编：《福建传统喜剧选》，上海文艺出版社 1980 年版，第 173 页。

受观众欢迎的一个原因吧？我想现代戏与理想人物不应当是无缘的。由此想起一个叫《权与法》的话剧来，它写某市一个新书记大义灭亲，执法如山，揭发了前任书记（也是老战友和舅弟）的错误，演出后很受欢迎。但却受到了一些批评，理由是要真正健全民主与法制，是要经过长期的艰巨的斗争的，戏的结局圆满了，离真实的生活远了。批评是有理的，比较写实的话剧是有责任让观众清醒地看到现实，理想化的人物情节不太符合话剧的传统。但是它恰恰符合戏曲的传统啊！如果在戏曲舞台上创造一个新时代的包公来，观众一定欢迎。


思考与练习

1. 试析元代杂剧《陈州粜米》的民间创作特色。

2. 谈谈你对戏曲现代戏创造理想人物的看法。

# 第二章　情　节

　　什么是戏曲的情节？据我的理解，戏曲情节是作者为抒怀而安排的"出之实，用之虚"的戏剧性事件。

　　情节是事件，不是一般的事件，是加以多种限制的事件。对事件的一个重要限制是戏剧性，事件要引起观众兴趣。如何产生戏剧性的事件？又如何使之生动曲折地发展？我们将加以研讨。而对事件根本的限制是在反映生活方面。

　　戏曲情节形成也是源于生活又高于生活，与其他门类的艺术一样。但它"高于生活"的表现形式却与众不同。试与话剧相比较。打一个比喻。如果说从生活到话剧是将米煮成饭，那么从生活到戏曲是将米酿成酒。话剧情节是将生活素材经过集中、概括、提炼等方式的加工制作而保持了生活的原貌；戏曲情节则可能是发生了变形的生活，在加工制作的过程中不但有集中、概括、提炼，而且充分发挥了想象和夸张，创造出一个奇妙的艺术天地，像戏谚所描写的："世上有，戏上有；世上没有，戏上也有。"只要是合乎人情的，切合作者抒怀的目的的，世上没有的也完全可以写在戏上。这些意思，我引用王骥德语"出之实，用之虚"加以表述。

此语的全文是"剧戏之道，出之贵实，而用之贵虚"①。意谓写戏既要出之于现实，又要超脱于现实，不拘泥于生活逻辑而进入艺术逻辑，升华到一个诗意的灵动的境界。汤显祖的作品是以虚用实的典范。这个剧戏之道是说得很好的，虽然不必每戏必有变形的幻想的情节，但戏曲是天然地倾向于超脱现实的。

我们构思现代戏的情节要重视以虚用实的传统方法。我很欣赏京剧《东邻女》观音送子的梦境。日本女演员昭子来华演出，周总理获悉她为身患不育症而痛苦，选请老中医为她会诊，昭子回国后终于怀孕。导演在此安插了昭子梦见送子观音的一段戏，以优美的送子观音神话表现现实中的中日友谊佳话，极有诗意戏味。20世纪80年代初在写国家领导人的戏里设计这么个情节是难能可贵的。不过这个舞台处理尚有可以改进之处。假使观音不是推出推进的偶像而用活人扮演，排出一场优美的舞蹈来，将更为精彩。

另有一例值得研究。沪剧《芦荡火种》有一场戏，新四军伤病员被困芦苇荡内，阿庆嫂和沙奶奶等人焦急万分，县委领导人假扮郎中前来诊病，及时指示阿庆嫂等将伤病员转移红石村。假郎中见刘副官在场，不便直言，巧妙地把话语暗藏在药方的药名里，特地提醒说，"若问此方妙何处，妙处全在药名上。上，上，上。"阿庆嫂心领神会，迅速把各个药名的第一个字连接起来，读出了暗语："防水没，当天寄红石村。"这个秘密接头的方式既有戏味，又表现了地下党的智慧，令人惊喜赞叹。这个情节到京剧《芦荡火种》里，改成假郎中在开药方时偷写偷递一张"转移红石乡"的纸条，不在药方上弄巧。指示直截了

---

① 《曲律·杂论第三十九上》，中国戏曲研究院编：《中国古典戏曲论著集成》第四集，中国戏剧出版社1959年版，第154页。

当，无须揣摩，不会误事，但戏味已减。其后，《沙家浜》又把写纸条改为支开刘副官，由假郎中当面口头交代任务。指示不仅明确，而且不留形迹，可保无虞。然而它没有给观众留下多少印象。一个情节，三种处理，愈改愈符合秘密工作的原则，愈改愈接近生活真实。但以戏曲情节的特点而论，却是愈改愈远，在艺术性上是愈改愈平庸了。再细想一下，即使专从生活真实来看，要是刘副官在离去前坚持赶走郎中，故事还能编得下去吗？这是说的情节源于现实又超脱于现实，升华到一个诗意的灵动的境界。

情节的诗意和灵动要适应戏曲歌舞表演的需要。情节的歌舞化也是本章所要讲授的内容。

现在，我们先从情节在戏曲中的地位讲起。

## 一、戏曲重情节

高尔基曾经把语言列为文学的第一要素，把情节列为文学的第三要素，这是因为文学（主要是指小说）中的情节不是作品内容的全部，文学在叙述情节之外有许多描写和分析的笔墨。而语言则是文学的基本工具，它与多种生活现象结合在一起构成文学的材料。为了形象地说明语言的特性，高尔基用了一个民间的比喻："不是蜜，但是它可以黏住一切。"

在戏曲中，唯一的内容就是情节，"可以黏住一切"的也是情节，在演员的唱念做打中，情节无所不在。有声的语言——唱念表达的是情节，无声的动作——做打表达的也是情节。戏曲多哑剧。京剧《四进士》宋士杰盗书和抄书两段哑剧明显是情节，即如京剧《杀惜》中宋江返回阎惜姣房中寻觅招文袋，有一组回忆的动作，这一组动作在生活中只是一闪念，在戏曲中被演员用可视的动作表演出来，也成为情节。再如有时在武打的场面中，扮演主将的演员在开打前后独自耍枪花，这无对象的使枪是不是没有了内容的纯技术表演呢？不是的。它表现了主将昂扬的斗志和胜利的喜悦。至于戏曲中的叙述成分，由于其绝大部分以代言体出之，只能归入情节范畴。所以，情节是戏曲的内容要素。

戏曲情节如果生动曲折，即使性格描写差些，仍然有其吸引力。长时期来，戏曲培养了一代又一代爱看故事的观众，观众又反过来要求新编戏曲有个好故事。戏曲故事的动人在于情节新奇曲折。"非奇不传"既是戏曲剧作法一大信条，又是戏曲批评的重要标准，一部戏曲史验证了它的真理性。那样，岂不成情节戏了吗？不是的。许多优秀戏曲作品中，新奇曲折的情节同时洋溢着激情，处于独特遭遇中的主人公有可能迸发出内在的情感来，戏曲并不满足于铺陈动人的情节。这是戏曲文学——剧诗的本质所决定的，诗，在抒情诗之外还要叙事诗，是为了在事中容纳诗人更丰富复杂的情。但叙事诗传情的媒介只是语言。剧诗通过演员的表演把事直观地展现于舞台，事所内蕴的情可能更充分地抒发出来。我在第一章第二节中说过，戏曲中的事乃情之载体。现在进一步说，新奇曲折之事乃情之最佳载体。李笠翁在《闲情偶寄》中既说"非奇不传"，又说"凡说人情物理者，千古相传"，人情与奇事缺一不可。在另一篇文章里，他就把情与事合起来说了，叫做"情事不奇不传[1]"。这是一个很完整的表述。

研讨情与事的关系，也就是研讨人物与情节的关系。不妨这样说，情节是基础，人物是主导。老舍曾告诫剧作者要紧紧盯住人物。我想说，戏曲作者要紧紧盯住情节中的人物。戏曲人物是在新奇曲折的情节

---

[1] 李笠翁：《〈春草亭〉传奇序》，吴毓华编：《中国古代戏曲序跋集》，中国戏剧出版社 1990 年版，第 369 页。以后凡引用《闲情偶寄》者不加注。

中塑造的，情节与人物是并传的。当我们想起谭记儿，也同时忆起她假扮渔妇在望江亭上巧妙窃得势剑金牌的情节。而想起赵盼儿，也必然忆起她为营救风尘姐妹向周舍骗取休书的情节来。当人物以他特有的方式行动时，情节有了，人物性格也显现了。近代欧洲戏剧则与此不同。它是把情境和冲突中的人物性格刻画置于首位，多用日常生活场景，少用奇事甚至排斥奇事。结果人物形象如浮雕般突出，但情节散碎。中国话剧继承了近代欧洲戏剧的传统。但是如果中国话剧希望争取更多观众，就不能不加强情节性。繁荣于 20 世纪五六十年代的方言话剧、通俗话剧走的就是这条路。近年来话剧界出现所谓"淡化情节"的主张，不知效果如何。这个主张应用于戏曲，可以一试，只是恐怕难以受到普通观众的欢迎，所以不宜作为戏曲改革的方向。

情节淡的戏曲不是没有，梅兰芳的古装戏如《天女散花》演如来佛遥知维摩居士有病，命众菩萨前去问候，并传旨天女前去散花。天女行于云路及散花于维摩室中时有优美的舞蹈，但无戏剧性情节。梅兰芳 1946 年在京剧改革座谈会上对剧作家翁偶虹说："我的新剧，以《凤还巢》、《生死恨》为转折点，在这以前，差不多都是佳话题材，没有什么情节。可惜像《凤》、《生》这样的戏太少了。我很喜欢您给老四（指程砚秋）写的《锁麟囊》，多么动人哪！您能不能也给我写这样一个剧本？"[①] 请注意，梅当年是从京剧改革的思路对"没有什么情节"的戏进行反思的。但是像京剧《东邻女》虽无强烈的外部动作和热闹的场面，却把简单的情节安排得曲折跌宕，且有深沉的感情和主人公自我矛盾，风格上很像一幅素雅的水墨画。若把它归入情节淡化一类，这样的"淡

---

① 翁偶虹：《翁偶虹编剧生涯》，中国戏剧出版社 1986 年版，第 343 页。

化"是可取的，尽管不一定观者如云。

中国古代戏曲受唐传奇，宋话本以及诸宫调等说唱艺术的影响极大。许多戏曲作品是直接从小说、说唱中汲取故事的。据《中国戏曲通史》统计，在53个南戏剧目中，有18个取材于话本。一些中国文学史著作指出，古代小说、说唱的艺术特色之一是有引人入胜的情节。戏曲在汲取小说、说唱的故事时也继承了这个艺术特色。

戏曲之所以能够铺叙引人入胜的情节，也得力于它自由转换时空的叙述体，它的分场结构形式。以后还要谈到。

戏曲重情节是戏曲剧作的一个特点，也是它的一个优势。

思考与练习

以"情节淡化论与戏曲"为题组织一次讨论会。

## 二、传奇说与境遇说

戏曲重情节，必定有关于情节创作的理论。在古代，有比较完整的影响深远的传奇说。它侧重于研究如何从生活中选择和提炼戏剧性事件。在现代，众说纷纭，我以为范钧宏的境遇说比较切实，它侧重于研究如何从境遇生发戏剧性情节。虽然境遇说只是被当作个别剧目的创作经验提出，然而是有普遍意义的，是值得重视的。

### （一）传奇说

在我国长期的封建社会中，生产斗争、阶级斗争、科学实验和民族战争造就了许多英雄人物和杰出人才，他们有着异于常人的作为，留下惊天动地、可歌可泣的传闻。即使那些小人物，在剧烈动荡的社会生活中也多奇特的遭遇。这些奇异的人和事是戏曲传奇性的生活基础。

传奇故事首先出现在小说和说唱中，以后及于戏曲。唐代文言短篇小说就称为传奇。至元末明初，北杂剧和南戏均可称为传奇。直至明代嘉靖以后，传奇才专指明清间以演唱南曲为主的戏曲形式。以后经花部地方戏迄于现代，戏曲作家还喜欢把作品标明为传奇，如《药王庙传奇》等。这个创作传统反映到理论上就形成传奇说。对此说李渔的阐述最为详尽。它有完整的内容，至少包括以下三层意思。

第一，事甚新奇，生活中不常见者。

事件要又奇又新，这是对传奇说直接的理解。孔尚任在《桃花扇小识》中说："传奇者，传其事之奇焉者也。"李渔说："新，即奇之别名也"（见《闲情偶寄》，下同）。好奇求新是人类共同的审美心理。"观众喜欢看的是百岁挂帅而不是百岁养老，是十二寡妇征西而不是十二寡妇上坟，是武松打虎而不是武松打狗，是木兰从军而不是木兰出嫁。"[1]满足观众的爱好是作者乐意做的事。不但生活中不常见者可以入戏，而且只存在于幻想世界的新奇事何尝不可入戏！

但是，追求新奇而不慎，可能走上猎奇的道路，以荒唐怪异招揽观众。这种不良倾向理应受到批评纠正，于是传奇说有了进一步的阐发。

第二，事甚新奇，生活中有之而戏场中未见者。

李渔告诫说："凡作传奇，只当求于耳目之前，不当索诸闻见之外。"又要可见，又要新奇，也是可以做到的，生活不可穷尽，必有戏剧未曾涉及者。

---

① 胡可：《习剧笔记》，解放军文艺出版社 1983 年版，第 59 页。

古今写秀才赴考的戏不计其数，川剧《巴山秀才》的作者从光绪二年四川东乡惨案中筛选出东乡秀才在试卷上书写冤状的奇事，从而打开了创作思路。史载四川总督错杀三千东乡灾民。幸存者赴省鸣冤，却呼告无门。适逢提学使张之洞入川主持科举，一群东乡秀才乘考试机会牺牲功名，在试卷上书写冤状，震动朝廷，迫使慈禧太后下诏追查。这件奇事就成了《巴山秀才》情节的基础。

同是选用新奇事入戏，似乎古今还略有差别。古人偏爱第一类，今人偏爱第二类，《巴山秀才》是一个例子。再以女兵事作比较，杨业妻佘太君组织过一支女兵，后演变为极度夸张的十二寡妇征西故事入戏；近代红灯照入戏，偏重生活真实。也许，这是创作方法从以虚用实向以实用实的转变？

第二类创作，"戏场中未见"是必要条件。如果因袭前人，即使模仿得惟妙惟肖，也无新奇可言。戏曲史上王实甫《西厢记》问世，仿作迭出。其中有两本戏较为有名，一是郑德辉的杂剧《㑇梅香翰林风月》，写裴尚书家侍女樊素撮合小姐裴小蛮同书生白敏中的婚姻。清梁廷枏《曲话》评曰："《㑇梅香》如一本小《西厢》，前后关目，插科、打诨，皆一一照本模拟。"[1] 评语列举二十项情节雷同之处。二是白朴的杂剧《董秀英花月东墙记》，写书生马文辅和董秀英相爱，隔墙听琴和诗，丫环从中传递书信，两人结合，马被董母逼赴京师应举，中了状元，夫妇团圆。也是一本小《西厢》！既是仿作，还说什么有名？原来是作者有名，同属"元曲四大家"。不过《东墙记》可能是明人所作，托名白朴。

第三，新的情理。

---

① 中国戏曲研究院编：《中国古典戏曲论著集成》第八集，中国戏剧出版社 1959年版，第 262 页。

李渔提倡摹写人情物理，"凡说人情物理者，千古相传"。传奇只要入情，取自耳目前的奇事可以传世。即使是闻见外的奇事也不乏传世者。事件的真实是作品外在的真实，人情的真实是作品内在的真实。一本戏曲只要具备了内在的真实，它就获得了生命。事件的"失真"也许反而加强了人情的真实性，并且加强了作品的娱乐性。《牡丹亭》的"至情"倾倒了多少古代男女青年，当时的娄江俞二娘为之痛断肝肠，后有杭州商小玲演《寻梦》未终而气绝。今人对《牡丹亭》的推崇也在"至情"二字。

李渔提倡的情理是作者独特的情感体验，不与他人相雷同，当是新的情理。新的情理从哪里来？"布帛菽粟之中，自有许多滋味咀嚼不尽，传之久远"①。作者从生活中获得属于自己的真切感受是绝对必要的。清代两大传奇《长生殿》和《桃花扇》都写了爱情与政治，前者借兴亡之事写离合之情，后者"借离合之情，写兴亡之感"。寄托各别，源于作者的感受迥异。

李杨爱情是一个老故事了，被洪昇翻出新意。中国戏曲史上反复出现这种创作现象：事件框架基本照旧，人物形象则予以重新解释和塑造，作品的思想艺术面貌为之大变。情新不妨事陈。李渔的解释是"即前人已见之事，尽有摹写未尽之情，描画不全之态"。后人的时代环境和个人经历不可能与前人重复，他对前代故事的感受和理解也可能不与前人重复，于是，就写出了"未尽之情"。《长生殿》是这样产生的，《西厢记》也是这样产生的。"新杂剧，旧传奇，《西厢记》天下夺魁"②。

---

① 张岱：《答袁箨（tuò）庵》，见《琅嬛文集》卷之三，岳麓书社 1985 年版，第 143 页。

② 贾仲明《补录鬼簿吊词》，陈多、叶长海选注：《中国历代剧论选注》，湖南文艺出版社 1987 年版，第 90 页。

李渔评曰："此为最上一乘，予有志焉，而未之逮也。"

西方戏剧也有改编现成故事的传统。现代瑞士剧作家迪伦马特在评论"三一律"时指出，希腊悲剧"没有虚构它的历史背景"，它表现的是"为人熟知的事物"。因此，"观众知道戏的全部内容；观众的好奇心不是集中在故事上，而是更多地集中在它的处理上。"[①] 对众所周知的故事作出独特的处理，必然使作品体现出新的情理。莎士比亚也有类似的成功经验，他自己概括为"推陈出新"[②]。他的《罗密欧与朱丽叶》就取材于 16 世纪中叶意大利作家所写的传闻轶事。但西方戏剧这个传统不如中国戏曲稳固。

### （二）境遇说

范钧宏在总结《杨门女将》改编经验时指出"情节要有'戏'"，为了构思表现人物的有"戏"的情节，要重视"境遇的选择"。"因为人物总是在千差万别的境遇中，经历着独特的遭遇而显示自己的个性的"。[③] 境遇即人物所处的境地，面临的遭遇。选择境遇要从规定情景和人物关系出发，使之足以开启人物独特的经历，从而显示其个性。人物独特的经历是构成情节的基础。所以寻觅到不一般的境遇，情节就水到渠成了。话剧作家胡可对戏曲有深入的研究，他也确认不寻常的境遇可以激发出有力的行动，从而有助于人物性格的深刻揭示。人物的行动是

---

① ［瑞士］弗里德里希·杜仑马特：《戏剧的问题》，中国社会科学院外国文学研究所外国文学研究资料丛刊编辑委员会编：《外国现代剧作家论剧作》，中国社会科学出版社 1982 年版，第 155 页。

② ［英］莎士比亚著，梁宗岱译：《十四行诗》第 76 首："推陈出新是我的无上的诀窍"，四川人民出版社 1983 年版。

③ 范钧宏：《情节——〈杨门女将〉写作札记》，《戏曲编剧论集》，上海文艺出版社1982 年版。

戏剧情节的主体，胡可也指出境遇产生情节。

范钧宏认为自己据以改编的原作——扬剧《百岁挂帅》第一场情节之所以脍炙人口，就得力于境遇的选择。这一场开始时的规定情景是天波府为远在边关的杨宗保庆贺五十寿辰，突然传来西夏入侵、宗保殉国的噩耗。扬剧作者在描写了穆桂英、柴郡主丧夫失子的巨大悲痛之后，又巧妙地利用人物关系，表现她们为防止惊吓太君，暂时隐瞒真相，强颜欢笑，照旧参加祝寿仪式，这就造成了一个喜宴与噩耗尖锐对立的境遇，从中铺排出闹酒、盘诘、遥奠等有强烈戏剧性的情节来。

京剧改编者受原作的启发，在《惊变》后构思了请缨的情节。当时的规定情景是女将们痛悼忠魂，决心报国仇，雪家恨。不料偏逢朝廷无人挂帅，宋王苟安乞和。"忠烈杨门"的女英雄处于这个境遇，当然愤慨难平，势必要坚持向宋王请缨。

这场戏设在灵堂是极其高明的一着。灵堂上穿白戴孝的悲壮气氛使怯懦苟安的宋王深感空虚和尴尬；百岁太君则更具挺身请命的激情。一门女将才得以面君，满怀激愤参与这场冲突。于是就生发了太君主动挂帅和桂英等三次上场请求发兵的动人情节。环境是构成境遇的一个因素，对于情节构思和人物刻画有重要作用。

为了进一步理解戏曲境遇说，不妨简明介绍与之相近的西方戏剧情境说[1]。正因为两者相近，可以结合戏曲实例介绍情境论。

在莆仙戏《春草闯堂》中，春草闯公堂是全剧最重要的一个戏剧行动，春草乃不得已而为之。原来吏部尚书公子吴独在九华山调戏春草服侍的小姐李半月，她是李相国家的千金。义士薛玫庭路见不平，为主婢

---

① 徐闻莺、荣广润：《戏剧情境论》，《剧本》1983 年第 4 期。

解了围。后来薛又因吴强抢并击毙民女而打死了他，到西安府衙自首。知府胡进受尚书夫人的威逼要把薛当堂杖毙，春草这才挺身而出为薛辩护，甚至冒认他为姑爷，迫使巴结高官的胡进不敢下毒手。薛的危急处境对于春草是一个客观情势，作者创造了这个客观情势，就能够激发春草的行动。

这个戏丰富的戏剧性在于它的客观情势不断发展变化，接二连三激发出春草的行动，也激发出其他人物的行动。

被激发出来的行动如果遇到阻力，就会爆发冲突。况钟判斩发现冤情，便有了请求缓刑复查的行动，官僚周忱嫌况钟多事，死死加以压制，遂有一场舌战。此前，况钟在判斩时还经历了一番内心冲突，以致手中朱笔久久不能落下。况钟的内心冲突以及舌战都是由客观情势促成的。

依据上述，情境是激发人物行动的客观情势，是促使戏剧冲突爆发和发展的契机。情境大都是人物的一种困境。人物为摆脱自己所处的困境，便会以自己特有的方式积极地行动起来，排除障碍而前行，在行动中冲突中显现自己的意志和性格。情境是情节构思的重要环节。所以 19 世纪德国哲学家黑格尔说："艺术的最重要的一方面从来就是寻找引人入胜的情境，就是寻找可以显现心灵方面的深刻而重要的旨趣和真正意蕴的那种情境。"[①]18 世纪法国戏剧家狄德罗也说："人物性格要根据情境来决定"[②]。是的，春草的正义和智慧，况钟为民请命的高风亮节，不都是取决于情境吗？

那么如何设置情境？根本的一条，要使情境与人物身份矛盾，与人

———————————

① ［德］黑格尔著，朱光潜译：《美学》第一卷，商务印书馆 1986 年版，第 254 页。
② ［法］狄德罗：《论戏剧诗》，伍蠡甫、胡经之主编：《西方文艺理论名著选编》，
　　北京大学出版社 1985 年版，第 246 页。

物行动相背，与人物性格对立。又是狄德罗说得好："真正的对比是人物性格与情境间的对比①。"小小的丫头竟然闯进了权势者为所欲为的公堂，无权干预成案的监斩官偏遇冤情。

具体地说，当特定的人物关系被特定的事件介入时就构成情境。潮剧《张春郎削发》第一场中张春郎与双娇公主之间是一对未婚夫妻，却互不相识，而且又是公主与驸马的君臣关系。当张假扮小和尚为公主敬茶被识破，遭到削发的惩处时，情境构成了——自尊心受到伤害的张向公主施行报复，拒绝还俗成亲，公主无意间破坏了自己期待着的美满婚姻。

事件的发生离不开环境，环境也是构成情境的一项条件。环境是指地点、场合、时间、条件等因素。环境的恰当设计，可以加强人物行动和戏剧冲突。

现在我们回过头来试用情境论解释《百岁挂帅》第一场。特定的人物关系是郡主、桂英与太君的婆媳和祖孙媳关系，特定事件是宗保殉国的凶信传来，柴、穆因爱护太君，暂时隐瞒凶信，情境就此构成。寿堂的环境则加剧了桂英与众人的冲突以及她内心的冲突。可见情境论与境遇说是相近的。但它们又有差别，情境论与冲突论相联系，着眼于情境引发冲突；境遇说着眼于境遇把人物引向独特的遭遇，悲欢离合的经历，当然，遭遇中也往往有冲突。

最后，还要指出传奇说与境遇说可以互补。新奇的情节含有不寻常的境遇，不寻常的境遇可能产生新奇的情节。范钧宏就曾说明境遇与出奇是一致的："写戏既要引人入胜，就很难排斥出奇制胜。"②《杨门女将》

---

① [法]狄德罗：《论戏剧诗》，伍蠡甫、胡经之主编：《西方文艺理论名著选编》，北京大学出版社 1985 年版，第 246 页。
② 范钧宏：《情节——〈杨门女将〉写作札记》，《戏曲编剧论集》，上海文艺出版社 1982 年版。

的情节产生于不寻常的境遇，而极度夸张到百岁挂帅，驰骋想象到孤寡出征，不也是奇而又奇的吗？再看陈仁鉴如何谈《春草闯堂》的构思："我主张每个戏都应该以'局式'取胜，使许多情节都落入一个'局'，令人意料不到，而又在情理之中。"① 由"局式"产生新奇的情节，与境遇说传奇说的精神完全一致。

思考与练习

杜牧《赤壁》诗云："东风不与周郎便，铜雀春深锁二乔。"以剧作法加以分析，上句提供了一个境遇，下句提供了一个结局。据此编写一个戏剧故事，或假托为曹操的梦，或假托为周瑜的梦。


三、曲径通幽

戏曲情节的特点之一是它的曲折性。"山重水复疑无路，柳暗花明又一村，"情节曲曲折折的发展，渐入佳境，叫做曲径通幽。李渔把情节的引人入胜列为"好戏文"的重要条件。他说："戏法无真假，戏文无工拙，只是使人想不到，猜不着，便是好戏法、好戏文。"那些平铺直叙、一览无余的演出是引不起观赏的兴趣的。

戏曲情节多写人物遭遇，这一点与古希腊悲剧相仿。② 人们的遭遇固然有比较顺当的，但更多的是大大小小的曲折，甚至达于离奇。人的遭遇的曲折与其所生存的自然环境和社会环境的不断运动变化有关，真

---

① 陈仁鉴：《改编〈春草闯堂〉的一些体会》，《陈仁鉴戏曲选》，中国戏剧出版社 1981 年版，第 139 页。

② 卡斯特尔维屈罗认为，"诗人的功能在于对人们从命运得来的遭遇，作出逼真的描绘"。见《西方文论选》上卷 193 页。上海译文出版社 1979 年版。

是"天有不测风云，人有旦夕祸福"。而戏曲动态地把握世界和人生，敷演曲折的情节，是为了达到抒情的目的。所以戏曲多离合悲欢的故事，唯其有离有合，才能忽悲忽欢。《幽闺记》是传奇敷演离合悲欢故事的早期代表作，剧中王瑞兰母女、蒋世隆兄妹在战乱中不幸失散，造成了蒋世隆与王瑞兰在旷野的奇遇，两人终于结为患难夫妻；王瑞兰与父亲王镇在客店汇合又造成了她与丈夫的分离；最后，蒋瑞莲与王瑞兰姑嫂相认，王瑞兰与蒋世隆文状元实现夫妻重圆，蒋瑞莲与陀满兴福武状元奉旨完婚。《幽闺记》是一部情节曲折跌宕，悲欢交替又交集的古典名著。

情节要敷演得曲折，它就必须保持相当长的时间跨度，不能过于短促。把情节浓缩在一昼夜的戏曲作品是很少的。有一句描写庐山形状的诗，叫"横看成岭侧成峰"。"横看"庐山，它是一条逶迤的山脉，竖看庐山，则是一座突兀的山峰。戏曲情节就是逶迤的山脉，作者要善于"横看"庐山，铺叙出一波三折的情节。

### （一）偶然事件的导入

陈仁鉴曾经回忆他是如何构思《春草闯堂》一段改书情节的。全剧后半本戏，根据戏路要求，李阁老必先坚决拒绝薛玫庭这门亲事，剧终迫于客观情势又违心认婿，从而产生喜剧效果和讽刺意味。为使情势逆转，要让春草和小姐采取一项行为，或者说要导入一个事件。然而这个事件好难找啊！剧本搁置了一年有余。有一次作者随手翻阅《隋唐演义》，书载李密致函徐茂公，内中有"不赦南牢李世民"句，徐茂公与秦叔宝一起谋划，私改"不赦"为"本赦"。作者移用这个改书之计于剧中，设想李仲钦致函胡进，说"老夫不许他乘龙"，却被春草和李半月改为"老夫本许他乘龙"。但至此情节还未贯通。后来作者翻阅一册旧地图，图上把省会称作首府，他忽悟"府"字可由"付"改来，于是又得一句"首付京都来领赏"，是指示胡知府携带薛某首级赴京领赏。主婢改付为府，首府成为知府的代称，是指示胡知府赴京领赏，因为他办事得力，胡进接到相爷手谕，急忙打鼓吹笙，护送贵婿上京，情节就此贯通，情势急转直下。

这则《春草闯堂》创作谈恰好印证了巴尔扎克一句名言："偶然是世上最伟大的小说家：若想文思不竭，只要研究偶然就行"①。正是主婢改书这个偶然事件使作者已经枯竭的文思复如泉涌。我们的戏曲作者为了编出令人"想不到，猜不着"的好戏文，善于先把情节推向一条绝路，然后导入一个偶然事件，为情节开辟出一条新路来。当然，在艺术创作中导入偶然只是手段，透示必然才是目的。从哲学上讲，"被断定为必然的东西，是由纯粹的偶然性构成的，而所谓偶然的东西，是一种有必然性隐藏在里面的形式"②。虽然偶然与必然是同一的，但由于必然是隐藏着的，不易把握，因而要防止因醉心于偶然而忘却透示生活的本质。所以剧作导入的偶然事件，不但要能够推动情节发展，而且要有助于环境和人物的典型化。改书事件正是刻画春草正义机智的品格和胡进趋炎附势恶习的有力一笔。

前述特定事件介入特定人物关系构成情境，这个特定事件往往是偶然的，如主婢改书；我们已经作为例证提出来的一些特定事件也大体如此。《杨门女将》中焦、孟二将若是奉杨元帅之命回天波府庆寿是常理，

---

① [法]巴尔扎克，丁世中译：《〈人间喜剧〉前言》，《巴尔扎克论文艺》，人民文学出版社 2005 年版。
② 《马克思恩格斯选集》第 4 卷第 240 页。

而报凶信，搬救兵却是反常的，偶然的。《张春郎削发》中张驸马回避公主是常理，而假扮小和尚偷看公主则是违礼的，偶然的。

偶然事件不一定都很重大奇特，也可以是细小的生活琐事，它们同样能制造情节的波折。昆剧《十五贯》命案的起因是一句家常戏言：肉铺老板尤葫芦借来十五贯本钱，谎称是卖女所得，女儿苏戌娟信以为真，连夜出逃。京剧《四进士》中杨春陪同杨素贞到达信阳州越衙告状，本与宋士杰无涉，只因杨春如厕，素贞在街上遭流氓追赶，得到宋士杰搭救，认了干爹，才把宋士杰卷进一场官司，杨春偶然如厕的琐事引出了全剧的主人公。

有时，一个偶然事件还不足以产生曲折，就要并用两个以上偶然事件，称为巧合。张春郎与公主邂逅于青云寺，杨宗保殉国的凶信传到天波府恰逢庆寿的日子，都是巧合，"无巧不成书"，是确实的。也有两个以上巧合的连用。苏戌娟出逃使娄阿鼠得以过门而入，谋财害命，是一个巧合。苏戌娟路遇熊友兰，结伴同行，熊友兰携带的钱也是十五贯，是又一个巧合。巧上加巧，遂成奇事。

巧合总是超越常规，难免带来误会。尤葫芦人命案两个巧合相交，是造成过于执错判的客观原因。过于执是按常情猜度，判断苏戌娟"私通奸夫，偷盗十五贯钱，杀父而逃"，只是貌似在理。然而生活是复杂的，偶然和巧合会掩盖真相而迷惑人，把审案引向歧途。

巧合和误会是喜剧常用的手法。贾福古偶被相士怂恿，入京应试；在京城偶然冲撞权奸魏忠贤马头，被送进考场；在考场巧遇巴结权奸的考官，被点为状元；在金殿巧遇昏庸的皇帝，任为修撰；又因一副对联而连升三级，则是极大的误会……一个无赖集众多偶然于一身，得以飞黄腾达，必然引起观众对这个社会制度发生疑问，终于看清它必然灭亡的前景。

爱情题材作品是偶然大显身手的场所。蒋世隆与王瑞兰两人门第悬殊，经历大异，在茫茫旷野之中，居然因误听一字而遇合。观众就是爱看这样的戏。自古以来，恋人们的遇合大都出于偶然，以致不得不用"缘分"加以解释，叫做"有缘千里来相会，无缘对面不相逢"。原来人类的爱情纯属情感领域，甚至涉及潜意识，微妙而神秘。贾宝玉初见林黛玉时，就有一种亲近感油然而生，他满脸含笑地说："这个妹妹，我好像曾见过的。""虽没见过，却看着面善，心里倒像是认识的一般。"此处，越剧作者适时地安排一段两人背躬唱，表达他们互相倾慕之情。可以这样说，不善于在情节中导入偶然的作者是写不出美妙的爱情剧来的。

### （二）深入开掘矛盾

我们如果仔细分析一些优秀作品，可以得到一个启示，在全剧的情节框架搭建之后，在几个重点场子初定之后，便要在此基础上深入开掘形形色色的矛盾，特别是比较细小的矛盾，尽力把情节编排得曲折有致。

在全剧中段——"猪肚"（或称"熊腰"）处深入开掘矛盾，能使情节充实饱满，人物性格丰满。比如已经考虑好要有一场《四进士·头公堂》，又怎么写此前宋士杰代干女儿杨素贞递状的情节呢？宋是前任刑房书吏，递个状子轻而易举，可以一笔带过。然而作者偏偏写宋士杰路遇公人丁旦，要向他请教公事，被他推辞。丁请他喝酒，他的酒瘾上来了，就进了小酒馆，错过了州官升堂理事的时间，状子没有送到，宋气恼之下打了丁一个嘴巴。归家受到干女儿埋怨，便激她去击鼓鸣冤。击鼓被看堂人阻拦，宋用计摆布了看堂人，重重地撞击了堂鼓。路遇这个偶然事件引出了宋与丁、宋与杨、宋与看堂人之间的种种矛盾，最后还因违反告状程序而激化了宋与顾读的矛盾，使他们一见面就唇枪舌剑地斗起来。递状一番曲折描绘了宋爱打不平的大善和贪杯的小过。

剧本写田伦行贿和顾读受贿也颇多矛盾，两人的犯法都是违心的，被牵累的。这不是为他们开脱，是与双塔寺盟誓呼应，并反映了封建社会里少数人贪赃枉法的环境因素。

在全剧结尾处深入开掘矛盾，自然地掀起余波，留有余韵，形成一个俏丽的"凤尾"。越剧《碧玉簪·送凤冠》便是这样一个"凤尾"。此剧演到《对书明冤》，李秀英的冤情已明，王玉林对妻子的误会消除，似乎可以闭幕了。然而尽管真相大白，李秀英受尽折磨，怨气未平，夫妻间的矛盾以新的内容和方式继续存在。同时，观众要对人物进行道德评判，责备主观武断的王玉林，让委屈的李秀英一吐为快。作者体察观众的情绪，追踪情节的轨迹，编出一场著名的《送凤冠》。作者深挖细找错综复杂的矛盾，抓住夫妻间这个主要矛盾，又适当点染父女、姑婿、父子、母子间的矛盾，曲尽人情，大得团圆之趣。

《送凤冠》在秀英拒绝王玉林的凤冠霞帔后，玉林首请岳父调解，秀英埋怨父亲错选女婿、错怪女儿，把他挡了回去。玉林又劝岳母劝解，李母抢白了女婿几句，来劝女儿，秀英埋怨母亲把当初王玉林的无礼举动都遗忘了。玉林回头求父亲出马，遭到父亲责骂和拒绝。王母怕媳妇不肯赏脸，只因儿子要撞死阶前，才硬着头皮讲情，于是就有了一段广为流传的唱："玉林是我手心肉，媳妇大娘侬是我的手背肉。手心手背都是肉，老太婆舍不得侬两块肉……"可惜这位善良的婆母还是碰了钉子。解铃还需系铃人。终于王状元屈膝下跪，求妻子接了凤冠。这场戏要是由我来写，让王玉林一求二躬三跪，李秀英就轻易接受凤冠，不会发挥得那样淋漓尽致。

对这场寓民众褒贬、富戏剧情趣的好戏，有人以为是"蛇足"，横加砍杀。但是观众不答应。《碧玉簪》全剧离不开《送凤冠》，《送凤冠》倒是可以作为折子戏单独演出。也有人探寻剧目流变，得知《碧玉簪》原是婺剧剧目，在移植到越剧时改动结局，出现送凤冠情节，迎合观众大团圆心理。原剧李父自京回乡，责问女婿。其婿抛出一支碧玉簪和一封"情书"。李父气恼之下，一脚踢得女儿口吐鲜血。女儿临死辩说碧玉簪系媒婆借去。其父对了女儿笔迹，又审问媒婆，查明真相。诬陷者锒铛入狱，死于狱中。其婿悔恨成疯，三家都绝了后，故此剧也称《三家绝》。这个悲剧结局被认为是深刻揭露了封建伦理吃人的罪恶，大大优于《送凤冠》。但我以为《碧玉簪》并无控诉封建伦理的重大主题，它只是写了家务事、儿女情，鞭挞了破坏别人家庭幸福的道德败坏者，警戒了主观武断者。所以大可不必灭门绝户，还是让夫妻重归于好吧。

在剧作结尾处开掘矛盾，可使情节曲折紧张，往往还能深化主题。《四进士》在平反了杨素贞的冤案后，情节陡转，宋士杰因百姓告官获罪，他不免老泪纵横。幸而素贞发现巡抚大人就是柳林写状的先生，宋士杰抓住毛朋这个把柄反诘，得以免罪。这个波折在暴露封建官场黑暗的主题之上进一步揭露了封建王法的阶级本质。

不论是深入开掘矛盾也好，也不论是导入偶然事件造成情势逆转或者构成情境也好，都能够加强戏曲的戏剧性，加强对人物的描写。因此，戏曲是通过情节的曲折性发挥戏剧性，是寓戏剧性于情节的曲折性之中的。

思考与练习

为京剧《红灯记》（中国京剧院 1990 年演出本）另写铁梅出狱后的情节，表现她是如何识破鸠山布置的骗局，勇敢机智地把密电码安全送交北山游击队。注意不可更动前面的情节并要与之衔接，不可横生枝节。


## 四、情节的歌舞化

我们已经知道戏曲剧作的基本特点之一是以诗写剧，我们也已经知道戏曲的内容要素是情节，所以就应当知道戏曲情节是诗化的情节，诗化的情节搬演于舞台就形为歌舞，即唱念做打。故大家喜欢引用王国维这句话："戏曲者，谓以歌舞演故事也。[①]"戏曲中歌舞与故事的关系是形式与内容的关系，没有情节，歌舞无所依附；没有歌舞，情节无以充分表现。歌舞为情节插上翅膀，帮助它飞进观众的心空。所以作者必须构思能够付之歌舞的情节，要在情节中为歌舞提供内在的依据和外在的凭借。

为歌舞提供内在的依据就是写好人物的感情，要使人物有迸发激情的机会。因为歌舞是表情艺术。一般地说，传奇性事件中的人物是处于激情之中的，所以要写奇事，要善于选材，更要善于编织情节，把人物的激情释放出来。于是又要选择境遇了。《巴山秀才·智告》是一场动人的高潮戏，孟登科迁告被责打，愤而焚毁《八股制艺》，孟娘子见自

---

① 王国维：《戏曲考源》，见《王国维戏曲论文集》，中国戏剧出版社 1984 年版，第 163 页。

己的凤冠梦即将破灭，跪求丈夫赴考。夫妻有声情并茂的独唱和对唱。在京剧《曹操与杨修》中，当曹操明白倩娘送衣是杨修用的计谋时，他就处于圆谎和保妻的两难境遇："不舍贤妻难服众，欲舍贤妻我怎能！"这场戏仅从情节为歌舞提供内在依据而言是成功的。

内在依据是重要的，如果一个戏感情平平，歌舞编排地道，只是徒有其表，可悦目而不可动人。京剧小戏《审椅子》演民兵查出地主分子藏匿的"变天账"，情节紧张，但成了一个公案戏，人物是观念的化身，感情贫乏。

在歌与舞之中，作者特别要重视舞——做打的安排。我们已经说过，有时无声的动作比有声的语言更能够传情达意。戏谚曰："翎子表态，扇子传情，把子说话，褶子谈心。"又曰："打出人物，舞出性格。"要有配合唱的做，有时也要有些哑剧场面。俞振飞舞台生活70周年祝贺演出，杨春霞、蔡正仁合演折子戏《百花赠剑》，有一段风趣的哑剧，公主与江海俊在闺房一见钟情，私订终身，同拜天地后，公主要送别海俊，海俊迟迟不肯离去，两人有一番纠缠。演员用身手示意，眉目传情，似比语言更蕴藉，更符合人物身份。

若据杜牧《题木兰庙》"弯弓征战作男儿，梦里曾经与画眉"句意，构思一段哑剧，描绘木兰在梦里脱下战袍，换上红妆，与女伴一起对镜梳妆的情景，以表现木兰在边疆战斗生活中思念昔日乡居的心态，当能让演员施展他们优美的舞姿，以娱观众。

为歌舞提供外在的凭借是指要有一个激发人物感情的环境，借以创造情景交融的意境。环境最好是虚拟的，便于演员动起来，舞起来。这类场面在传统戏中很多，但在现代戏中却少见，所以京剧《智取威虎山》中杨子荣打虎上山一段歌舞就是可贵的尝试。杨以广阔的林海雪原为背景，扬鞭催马，纵横驰骋，抒发襟怀："我恨不得急令飞雪化春水，迎来春色换人间！"新编的马舞很有气势和时代感，也很美。打虎舞蹈也是整套的虚拟动作：闻虎啸、马惊、马失蹄、马嘶惊退、下马拴马、拔枪、隐蔽……最后一个斜身跃起的"提腿蹦子"，乘势连发一梭枪弹。这段戏以前批评较多，主要是虚拟的表演与栋梁松的布景在风格上相矛盾。但这是不难解决的。《智》剧另有行军舞、滑雪舞和威虎厅开打等舞蹈性较强的场子，都是相当不错的。

一个戏的歌舞不可太零碎，要相对集中在重点场子里。如《宝剑记·夜奔》、《孽缘记·思凡》等就是这样的场子。戏谚曰："男怕《夜奔》，女怕《思凡》。"这两出戏要一个演员单独歌舞几十分钟，很"吃功夫"，是对演员技艺的考验。但唯其是功夫戏，才有长久的舞台生命力。观众正是要品品演员的技艺。相反的，一个戏如果没有长歌酣舞的重点场子，尽管也有歌有舞，却是难以久演的。《桃花扇》传奇就有这个缺陷。其"耐唱之曲，实不多见。[1]"即使世人称道的《眠香》、《却奁》诸出，也未成为长歌酣舞的重点场子。《桃花扇》的可读性与可演性不平衡，是中国戏曲史上一大憾事。


思考与练习

杜牧《秋夕》绝句云："银烛秋光冷画屏，轻罗小扇扑流萤。天阶夜色凉如水，坐看牵牛织女星。"据此诗意构思一个歌舞场面。

---

① 吴梅：《吴梅戏曲论文集》，中国戏剧出版社 1983 年版，第 177 页。

戏曲写作教程

第二章 情节

051

# 第三章　结　构

在情节构思基本完成，产生一个大体完整的戏曲故事以后，剧本创作就可进入结构阶段。固然有人在构思情节的同时就已形成某些戏剧片断，但全面的结构工作还是后于情节构思的。

结构，就是要以立意为本，以塑造人物为中心，对情节加以剪裁，梳理其线索，安排发挥戏曲综合性的场子。

古人论结构，以李渔之说为系统和精当，至今仍有重要指导意义。他一反"填词首重音律"的传统而"独先结构"。他认为结构难于音律；且若结构未善之剧，往往不得搬演于舞台。只是李渔"结构"一词的涵义较大，相当于"构思"。

欧洲编剧著作也多以结构为重点。如威廉·阿契尔《剧作法》23 章中有 16 章是谈结构的，作者解释道："如果说在编剧的艺术中有哪一部分是可以教的，那么，这也只不过是比较机械的和形式的一部分——结构的艺术——而已"。结构比起既是形式又是内容的情节和人物，是更偏重于形式和技巧的，比较容易捉摸。但它又是复杂和艰难的。胡可觉得结构是编写剧本全部工程当中最为困难的工作。戏曲结构包括程式，比话剧更加不易驾驭。掌握戏曲的结构的唯一途径便是多观摩、多实践、多研讨。

## 一、戏曲结构与戏剧冲突

剧本写作在进入结构阶段的时候，作者首先面临一个重大的选择：要不要依据冲突律安排情节？换言之，要不要把戏剧冲突概念纳入作者的思维之中？

戏曲结构与戏剧冲突的关系是一个实践问题，也是一个戏曲美学的理论问题，人们的认识有很大的分歧。有人说戏曲中戏剧冲突或有或无，可有可无，戏曲与戏剧冲突并无必然的联系。又有人说戏曲也要以戏剧冲突为基础，没有冲突便没有戏曲。双方各有例证，各执一端，似乎谁也没有说服谁。依本人愚见，我们如果不是笼统地而是具体地分析这个问题，不是静止地而是发展地考察这个问题，把戏曲如实地当作一个多元的体系，承认它与戏剧冲突的关系是呈现着复杂的状态，则有可能把自己的认识向前推进一步。我们发现古代戏曲不同的结构类型与戏剧冲突的关系是有明显差异的，我们就从此入手进行解剖，然后谈到开头提出的问题上来。

### （一）南戏传奇——故事型结构包含冲突

从南戏传奇到近现代戏曲，其间经过清代地方戏，是一脉相承的。但两者不属于同一种结构类型，它们与戏剧冲突的关系各异。

试比较以下三组剧目。

1. 传奇《双熊梦》与昆剧《十五贯》

《双熊梦》叙熊友兰和熊友蕙兄弟两件冤案的形成和平反的故事。友蕙因老鼠肇祸，被指控私通邻居侯三姑，谋杀其亲夫。友兰因与苏戌娟同路，陷入娄阿鼠谋财害命一案。两案都与十五贯宝钞有关，都由过于执错判，况钟平反。况钟的清明出于双熊之梦的暗示。全剧情节离奇曲折，针线绵密。表现了况钟、过于执、周忱三个官员在审案中不同的思想作风，触及了受害者与过于执之间、况与周、过之间以及况钟与娄阿鼠之间的冲突。但是三官员不同的思想作风是分散地描写的，没有组织到一起，造成鲜明的对比和冲突。况、周冲突在《乞命》一出就结束了，没有贯串下去。在《夜讯》、《踏勘》和《廉访》中，都是梦警帮助况钟发现冤情，找到物证和真凶，削弱了冲突。

昆剧《十五贯》在删除熊、侯一案的同时，把表现况钟与周、过冲突的情节选择出来，加以充实发展，成为体现主题的冲突主线。受原作《踏勘》的启发，增写况钟到尤葫芦家踏勘，标目《疑鼠》，让过于执也到现场，嘲讽况钟细察详问的作风，使况、过二人有一个正面交锋的机会，并使主线得以贯串。《访鼠》中况钟对娄阿鼠的暗访是从属于况与周、过的主要冲突的。在《审鼠》中加了个周忱派来监审的中军，向况钟兴师问罪，使这一场戏从纯属交代结局变成况、周冲突的继续，挂到了主线上。

2. 传奇《雷峰塔》与京剧《白蛇传》

清代方成培所著《雷峰塔》（方本）是敷演白蛇故事的传奇作品。它从释迦牟尼命法海到东土镇压白蛇、点悟许宣叙起，到许宣归真，白蛇获赦，升入天界为止，其间白、许的婚姻历经波折，包容着多种强烈的戏剧冲突。剧中主要冲突是白娘子追求自由幸福的爱情横遭法海（及其后台如来）的干涉破坏。这个冲突于第二出《付钵》作正面交代，直到第二十三出展开，跳过发展阶段即进入高潮《水斗》、《断桥》，于第三十出《归真》结束，没有贯串全剧。那些次要冲突如赠符逐道、端阳显形、赠银赠巾遇祸等都与主要冲突没有直接的联系，它们相互之间也无联系。方本除了堆砌冲突性事件外，还详写人物和事件的来龙去脉，包括许士麟高中、祭塔、完婚。剧中交代性的过场戏多，其中大都是无须正面交代的。这种结构形式，在传奇中并非特例。

田汉著京剧《白蛇传》（田本）头两场叙白娘子与许仙幸福地结合。第三场《查白》提出白娘子与法海的矛盾，交代法海"先度许仙，后降白氏"的行动步骤。这就是贯串于全剧的白、法之间维护或破坏自主婚姻的冲突，其表现方式为双方争取许仙的斗争。《说许》是法海在许仙面前中伤白氏，引出《酒变》中白、许矛盾的激化。正是法海的预言使许仙在妻子酒醉卧床后耐不住拨开帐帘看究竟。经过《盗草》和《释疑》，白、许矛盾得到缓和。但许仙之疑未能尽释，法海揭露内情，许仙再次动摇，被骗上山，关闭寺中。《索夫》、《水斗》是白、法的正面冲突。法海的凶残导致法、许矛盾，许仙要逃离金山寺。至《断桥》，冲突达于顶点，发生转折，夫妻重归于好，白娘子在情理上取得胜利。但她难逃法海魔掌，被镇于雷峰塔底，全剧冲突集中。

3. 南戏《琵琶记》与评剧《秦香莲》

《琵琶记》自蔡伯喈上京赴试后，分头描写蔡伯喈和赵五娘各自不幸的遭遇。一头是蔡辞婚辞官不从，受到环境压抑，产生内心痛苦；另一头是赵这个弱女子挑起生活重担，受到天灾人祸的折磨，也受到相思的折磨。两条线索交错推进，冲突发展缓慢。赴试前还有蔡宅祝寿和牛女劝婢的情节，一夫两妇团圆后尚有扫墓旌表等事。

《秦香莲》的题材与《琵琶记》相近，写秦香莲对喜新厌旧的陈世美的斗争，戏剧冲突很尖锐。它开门见山，秦香莲欲闯宫门，迅速展开秦、陈间的冲突。在《琵琶词》中王丞相挽救陈世美失败，为冲突的激化蓄势。经过《杀庙》，夫妻之情已绝，终于依靠包公伸张正义，铡了陈世美。

综上所述，《双熊梦》有冲突但微弱且分散；《雷峰塔》的冲突强烈但主线不贯串；《琵琶记》的冲突集中贯串但发展缓慢。所以，可否说南戏传奇包含着或强烈或微弱、或集中或分散、或贯串或断续的发展都较缓慢的戏剧冲突。近现代戏曲的戏剧冲突则是强烈、集中、贯串且发展迅速的。而在结构上，南戏传奇的冲突总是被纳入甚至淹没于一个详尽完整的故事之中，其原则是铺叙事件过程，这与近现代戏曲表现事件中的冲突是不同的。这样理解有无以偏概全之嫌呢？事实是，所选上述剧目是有相当代表性的。《琵琶记》是南戏成熟期作品，是南戏代表作，又是同一题材作品的集大成者。方本《雷峰塔》是清传奇晚期作品，又是同一题材作品的最佳者。《雷峰塔》传奇自黄图珌本始，几经变迁，直到方本仍保留着话本《白娘子永镇雷峰塔》的故事框架，包括游湖借伞、订盟赠银、庭讯发配、远访成亲、赠符逐道、佛会改配、重圆警奸、化香谒禅、付钵合钵等情节。可见，铺叙事件过程是南戏传奇稳固的结构原则。田本《白蛇传》也是一项"集体创作"，足以代表近现代戏曲创作的结构原则。田汉说："倘使把它比作一口剑，我可算磨了它十二三年了，而且不只我一个人在磨，是好些人在一块儿磨哩"，[1] 据此，我们不妨认为，南戏传奇是包含戏剧冲突的故事型结构的艺术。简言之，它是故事型结构而包含冲突。

阿契尔称戏剧是一种激变的艺术。小说是一种渐变的艺术。意谓小说多写矛盾的发展，少写紧张的冲突，戏剧刚好相反。南戏传奇就接近

---

① 田汉：《〈白蛇传〉序》，见《田汉文集》第 10 集，中国戏剧出版社 1983 年版，第 440 页。

于渐变的艺术，当然，也有局部的激变。

但是，传奇的结构不是一成不变的。传奇在其发展过程中不断地加强着戏剧冲突。如黄本《雷峰塔》完全照搬话本故事，在黄本上演二十余年之后出现陈嘉言父女的改编本，陈本增补了《端阳》、《盗草》、《水斗》、《断桥》、《指腹》、《祭塔》等重要场子。这些场子大都正面表现冲突，歌舞性也强，为此后的方本所吸收，并且成为田本的主要内容。高潮戏《水斗》和《断桥》都在内了。又如《双熊梦》取材于话本《错斩崔宁》，却比话本增加了一个况钟，于是就有了《夜讯》、《乞命》、《廉访》等出戏中正面表现冲突的场面。这三出戏后来成为昆剧中《判斩》、《见都》、《访鼠》三场戏的基础。

传奇一方面增加冲突的场子，另一方面删减不必要的场子，缩长为短，适应观众需要。如李渔所说，"将古本旧戏，用长房妙手，缩而成之"。洪昇《长生殿》五十出，由他的友人吴舒凫缩为二十八出。新作便以二三十出居多。甚至有短至十几出的。南杂剧也突破四折的格局，出现十折的本子。

折子戏同时应运而生，称为"摘锦"。摘什么样的锦？一般地说，要抒情性歌舞性较强的；人物形象较鲜明的；兼及不同行当、不同（文武）场子的表演艺术。如《雷峰塔》常演的折子是《盗草》、《水斗》、《断桥》等（恰恰是陈本增补的戏）。艺人们在长期的演出过程中不断地丰富提高了折子戏的表演艺术，增加情节科白，形成了有别于原作的舞台演出本。值得注意的是，折子戏与戏剧冲突的关系不是远了，反而是近了。有直接表现双方尖锐冲突的如武打戏；有细致地表现人物内心冲突的如《烂柯山·痴梦》、《孽缘记·思凡》、《周仁献嫂》等；有两种冲突交织的如《断桥》；即使那些看似单纯抒情的，也大都有作为背景的冲突存在。如《文昭关》只是表演老生的唱工，但它的背景是伍员的父兄被害，自己也被通缉，处于生死关头，要不他何以须发一夜变白？折子戏的出现否定了传奇铺叙事件过程导致松散拖沓的弊端，走上了戏曲向戏剧冲突靠拢的路子。许多优秀折子戏在解放后整理改编的剧目中被保留下来，而且成为重点场子。

折子戏兴盛时期昆曲没有重要的新创作，昆曲居然延续了两百多年，显示了折子戏旺盛的生命力。但是折子戏演出不可能永久代替新创作。于是李渔以他丰富的创作经验和理论知识，总揽全局，提出创作适应新观众需要的"新剧"的设想："予谓全本太长，零出太短，酌乎二者之间，当仿元人百种之意而稍稍扩充之，另编十折一本或十二折一本之新剧，以备应付忙人之用。"此种"新剧"——李渔时代的"未来戏剧"，在折数上恰巧与现代戏曲的篇幅基本相符：京剧《白毛女》十二场，京剧《红灯记》十一场，昆剧《琼花》十场，越剧《红楼梦》十二场……至于"新剧"的构成"当仿元人百种之意"——李渔要人们参照北杂剧结构原则。那么，北杂剧结构原则是什么呢？

### （二）北杂剧——冲突型结构突出主唱

为了解北杂剧的结构，我们仍然从对比入手，这回是将明传奇与北杂剧加以对比。

先看《赵氏孤儿》。它在元刊本中为四折一楔子，第一折程婴盗孤，韩厥自刎；第二折程婴与公孙杵臼密谋救孤；第三折程婴献孤，公孙殉难；第四折结局，程婴解释"手卷"，激发孤儿义愤，至此，公孙杵臼、程婴等忠臣义士为保存和抚育赵氏孤儿所进行的艰苦卓绝的斗争宣告结束，孤儿报仇的意志也已交代，完成了人物形象和主题。也许明人不满足，似为此剧增写第五折（见明刊《元曲选》）。第五折正面铺叙孤儿程勃如何"奏知主公，擒拿屠岸贾，报父祖之仇"，以及晋悼公如何平反冤狱。此外，明徐叔回据南戏《赵氏孤儿报冤记》写了个《八义记》传奇，用明场表现了保赵人物钼麑、灵辄、提弥明，而这些人物在北杂剧里是不出场的，由屠岸贾在《楔子》里补叙。再者，南戏传奇创造出一个替赵朔而死的周坚。显然，元刊《赵氏孤儿》与同一题材的南戏传奇本，在结构原则上是不同的。

传奇对北杂剧《西厢记》（《北西厢》）的改编是又一个例证。《北西厢》发展了董解元《西厢记诸宫调》中的矛盾冲突，同时，它已经比别的北杂剧作品更多地注重故事的完整性，而明人在改编时又增补了新情节。增补的用意在交代来龙去脉，使故事完整。如陆采《南西厢》把《北西厢》第一本楔子扩大成三场戏，让郑恒提早出场，等等。南北《西厢》的结构原则是不同的。

一般地说，北杂剧为了在短小的篇幅里敷演故事，刻画人物，表情达意，它必须在戏剧冲突的基础上结构剧本。北杂剧常常截取一个表现"激变"的富于动作性的生活片断，迅速展开并发展矛盾，在高潮处写足，结局较简洁。集中、精炼、严谨是北杂剧结构的固有特点。如《救风尘》写侠妓赵盼儿以美人计从周舍魔掌下救出风尘姐妹宋引章事，时间仅跨数月。第一折宋引章受周舍哄骗，执意嫁他，毁却了与秀才安秀实的婚约。安求助于赵盼儿。赵劝阻宋未成。一开场人物就行动起来，形成纠葛。第二折宋被周虐待，写信向母亲和赵姐姐求救。赵慨然应允，设计救宋。冲突展开了。第三折赵赴郑州客店，假意与周订亲。冲突向前发展。第四折周休弃宋，赵宋二人逃奔，周追上骂宋："你是我的老婆，如何逃走？"对赵说："你也是我的老婆"，但都无凭无据。此处是高潮。于是告官，宋判归安为妻，周杖六十，赔了夫人又折兵。

《单刀会》结构的特色是为开展冲突而安排情节。第一折，东吴大夫鲁子敬设三计要向关羽索取荆州，元老乔公断然反对，因为"关云长好生勇猛"。第二折，贤士司马徽力辞鲁肃之邀，不敢与关公同席，因为关公"酒性躁不中撩斗"。第三折，关羽胸有成竹，不听关平劝阻，接受鲁肃宴请。前三折描写了鲁肃索取荆州的意志不可更改，更在冲突中从侧面从正面描写关羽的神威，为高潮铺垫。第四折，关羽单刀赴会，舟行中流，豪情满怀，自然过渡到席间斗争，以关羽的胜利告终。《单刀会》作者着意描写从过江到酒宴的高潮，塑造关羽的形象，颂扬英雄主义，寄寓民族感情，不在于叙述一个完整的故事。所以创造了上述结构。有人认为此剧结构特殊，其实它倒是鲜明地体现了北杂剧结构原则。

北杂剧结构有一个根本的特点，就是一人主唱成套曲子，成为重点场子。成套的抒情唱段是北杂剧塑造人物的重要手段，这种抒情大抵是戏剧性的抒情，是处于冲突之中的人物的抒情。即使如《梧桐雨》第四折和《汉宫秋》第四折，已是情节的尾声，冲突也已结束，但它仍是全剧主要冲突所激起的波澜，成为主要场子，为历来曲论家所称道。以这样的抒情场子结束全剧，足见主唱对于北杂剧的重要。《中国戏曲通史》在论及杂剧剧本形式时说："重点场子，可以集中描写戏剧冲突，刻画人物性格，用唱来抒发主要人物的思想感情。无唱的场子，则主要用来交代剧情，发展冲突。"[1]

因此，北杂剧结构形式可否概括为冲突型结构突出主唱。

北杂剧的情节比较简明，科白远逊于曲词，可说是它的短处。王国

---

① 张庚、郭汉城主编：《中国戏曲通史》上册，中国戏剧出版社1980年版，第157页。

维就批评过元剧关目拙劣。怎样看待北杂剧这个短处？北杂剧既然在有限篇幅里突出了主唱，就只能简化情节，是其结构所决定的。王国维所说的"未尝重视"、"草草为之"均非主要原因。一种艺术形式总是长短并存的，从而形成它的特色。但是有些专家依据北杂剧情节和科白不及传奇丰富的情况判它作为戏剧是不成熟的。如果把传奇当作戏剧成熟的标准，此说尚可成立；如果按照现代戏曲的观念来衡量，北杂剧的戏剧冲突则是优于传奇的。

南北曲与戏剧冲突的关系以及结构类型的不同，可以从它们各自的体制和演出条件等方面得到解释。北杂剧直接继承了比较规范的金院本传统，又受诸宫调和其他民间艺术影响，形成"北曲四大套"的音乐结构。因此歌唱占用大量篇幅。它演出于城市勾栏，适应市民作息的习惯，演出时间较短。故相应地要求于剧本结构的是每本戏的容量不能过大，情节必须高度精炼。北曲的歌唱限于一人，主唱者就成为全本中心人物，笔墨主要用在他的身上，结构必然高度集中，重点描写主唱者一人，简写其他人物，也可使情节精炼。而要在精炼集中的情节结构中描写人物，传达主题，作者势必着眼于选择提炼含"激变"和动作性的生活片断。人物性格和人物感情在戏剧冲突中，在"激变"时最易显露和抒发。

南戏从温州一带的民间歌舞小戏中萌生，尽管受到讲唱文学的影响，仍保留着自己的某些特征。它在音乐上不叶宫调；所有出场人物都可以唱，既有独唱，也有对唱、合唱，形式比较自由。它以分出的形式叙事，全本和各出可长可短，以求故事的完整和情节的连贯。南戏生长于农村环境，农民常在闲时和节庆日昼夜看戏，所以一本南戏往往长达数十出。南戏大量搬演讲唱文学的长篇故事，供农民观众连续欣赏。传奇体制与后期南戏略同并发展得更加完善。

### （三）近现代戏曲——冲突型结构兼重情节

对于李渔设想的"新剧"来说，北杂剧依据冲突律结构剧本的原则是要加以仿效的，其情节简明的短处则是要加以弥补的——我们不妨把"当仿元人百种之意而稍稍扩充之"一语作此现代化的阐释，尽管李渔可能只是从情节的长度立论。"新剧"要扩充情节，就不可采用北杂剧宫调大套的分折形式，也亟待突破传奇曲牌联套的分出形式。于是，与梆子、皮黄等剧种的板腔体和唱念做打综合艺术相适应的分场结构形式逐渐形成（高腔剧种则是对套曲分出形式加以改造），这种结构能兼容戏剧冲突和较北杂剧复杂的情节，"新剧"即清代地方戏及其后的近现代戏曲就此登上历史舞台。

近现代戏曲与北杂剧的结构都与冲突相联系，从下述事例可以得到说明，近现代戏曲改编北杂剧只要在场景上略作调整。越剧《救风尘》（红枫改编）出于设景固定时空的缘故，才把原著第一折分为求助与劝阻两场，把第三折订亲与第四折休妻部分合并在客舍一场，把第四折分为城外和县衙两场。锡剧《救风尘》由于安排了二道幕前戏而使正场的情节更为集中。如先在幕前交代安秀实落第归来，路遇周舍前去聘娶宋引章，寻思求助于赵盼儿。然后把周舍聘娶和赵盼儿阻婚集中于一场，跳过了安面求赵的场面。

近现代戏曲容量大于北杂剧，它对情节有更大的兴趣，也可从下列事例得到说明，近现代戏曲在改编北杂剧时要有所"扩充"，为原主唱者以外的角色增写曲词，在表演方面增加舞蹈成分，还要对原著人物的性格和情节加以丰富。越剧和锡剧《救风尘》都具体描写了周舍虐待宋引章的情节，这在原著中是用念白交代的。越剧本还巧妙地增写第三场，叙周舍在迎亲途中违背诺言，瞒着新娘打发走吹鼓手，打发走轿夫，自己骑了马，却让新娘跟随马后走到婆家。这场戏载歌载舞，场面热闹，表现了周舍的无赖嘴脸和宋引章逆来顺受的软弱性格，预示宋引章将遭到虐待。越剧《救风尘》第三场与莆仙戏《春草闯堂》第三场《抬轿》有异曲同工之妙。锡剧《救风尘》加强对次要人物郑州太守李公弼性格的描写，衍化出新的情节。李与周舍亡父有过八拜之交。他包庇周舍，要以"包揽词讼"的罪名责打赵盼儿，后又要以"拜过天地"的理由为周舍辩护。在赵掏出休书后，李才不得不公断，但他的出发点是为自己："她三人身上无油水，周舍家有万贯财。我还是顺水推舟秉公断，名利一齐来，何乐而不为！"锡剧本结局颇曲折充实。

在北杂剧基础上有更大"扩充"的作品如京剧《赵氏孤儿》，是更具代表性的。它基本保留杂剧本的全部情节——孤儿故事的核心部分，同时前增后补——从传奇《八义记》，同名秦腔本、汉剧本吸收精华。于是有了赵盾骂贼、钮麑就义、闹朝扑犬、魏绛打婴、孤儿除奸等头尾场子。全剧情节跌宕而又脉络贯通。如在程婴绘图说史前补入两场戏，先是程婴被魏绛误责，剖明心曲。报仇时机成熟，两人约定向孤儿披露他的身世。其后庄姬偶遇孤儿，见他酷似驸马，不禁思子落泪，而当闻及少年原是程子，怒而逐出。孤儿生疑，归问程婴，程正好和盘托出。纵观全剧布局，既顾及故事的完整性，又精选赵、屠斗争全过程中一些关节处写成大场子，冲突尖锐。

冲突型结构的重要组成部分是戏剧高潮。在高潮中能够大幅度地展开冲突并达到紧张的顶点，鲜明地描写人物，有力地激发人物情感，使观众产生审美快感。戏剧审美的一个特点是观众对于不完美剧作的选择，宁要前弱后强的戏，不要前强后弱的戏，好戏应在后头。要达后强，固然要安排精彩的唱念做打；在戏曲文学方面，则要写好高潮。达不到高潮的冲突型结构是不完美的结构。北杂剧有许多著名的高潮场面，如窦娥三愿、程婴献孤、李逵对质、单刀会等高潮备受称赞是当之无愧的："关汉卿是把戏剧冲突的最尖锐的部分，摆在最后一折的一个正场，到了高潮，便戛然而止"。①近现代戏曲更重视高潮的创作，并且取得了超越北杂剧高潮的成就。

北杂剧情节简略，偏重发挥高潮中的抒情成分。近现代戏曲则能达到高潮中情节成分与抒情成分的统一，使全剧中段饱满，收"猪肚"之效。如《白蛇传》的《水斗》、《断桥》，《秦香莲》的《杀庙》、《铡美》，都属高潮部分。高潮中两种成分不可能平分秋色，或重情节，或重抒情，都是正常的，而以抒情成分较重为佳。西方戏剧理论家贝克和韦尔特都主张高潮应当是观众最富情感反应之处，话剧尚且如此，何况戏曲。此其一。

近现代戏曲注重高潮中外部冲突和人物内心冲突的相互交织和相互促发，并致力于人物内心冲突的开掘。内心冲突的抒情性当然是强烈的。如越剧《胭脂·寻思》中吴南岱在纠错与否间艰难地抉择，京剧《徐九经升官记·苦思》中徐九经在良心和私心间痛苦地徘徊，都为北杂剧所无。此其二。

其三，北杂剧限于一人主唱，艺术手段欠丰，且不便充分刻画主唱者以外的人物。《赵氏孤儿》第三折中献孤比《八义记》同一场强烈得多，惜程婴无唱，其激情无由抒发。近现代戏曲可避免这种状况，以唱念做打多种手段组织有声有色的高潮场面。京剧《赵氏孤儿》程婴献孤

---

① 徐扶明：《元代杂剧艺术》，上海文艺出版社 1981 年版，第 138 页。

一场屠岸贾试探程婴，命他拷问公孙杵臼。扮演程婴的马连良两袖交互翻动，抖动髯口，向里蹉步，向外蹉步，才拾起皮鞭，以表现角色极度痛苦又不得不执行命令。以后是一段激动人心的唱，在唱末句"你……莫要胡言攀扯我好人"时，演员双手撩髯，左右手一前一后连连摆动，右手食指向上勾起指向自己。暗示公孙咬牙挺住。唱、做结合的表演感人至深。当屠以为大功告成，答应收留程婴父子，高兴地招呼程同去后堂时，程故意落后，凝视亲儿和公孙的尸体，眼睛眯细，面肌抽动，肩头颤抖，强忍悲声。然后双手拢腹，身躯摇晃，脚步拖拉，缓缓走下。人前装假，背后才能流露真情，这是倍觉痛苦的。这一组身段做到带戏下场。依靠演员出色的表演，高潮产生了惊心动魄的效果。

近现代戏曲依据冲突进行结构，本节第一部分所举《十五贯》、《白蛇传》、《秦香莲》三剧即为例证。三剧的作者对此都是明确的。如田汉在《〈白蛇传〉序》中谈到，他是把法海处理为"坚决和白娘子作对的矛盾的一方"的；小青"对于压迫者背叛者是嫉愤的，好斗的"；许仙则"代表了忘我无私的爱和自我保存欲望剧烈战斗的情人"。总之，《白蛇传》充满着人物间美与恶的冲突和人物自身的矛盾。《十五贯》执笔者陈静也认为矛盾好比戏的生命。

范钧宏就是以冲突律解释戏曲起承转合的结构的。他说："起是全剧矛盾的提出；承是承上启下，也就是矛盾的进展、上升和激化；转不仅是情节的转折，更重要的是矛盾的转化；合是矛盾的解决，全剧的结局。"[1] 他还多次谈到安排高潮是他构思中的一个重要内容。

现代作者普遍接受戏剧冲突的理论，故新编戏曲大都属冲突型。整

---

① 范钧宏：《戏曲编剧技巧浅论》，中国戏剧出版社1984年版，第109页。

理改编的传统戏就是不那么单一了，但总的趋势是向冲突型靠拢。昆剧《十五贯》由《双熊梦》的故事型转变为冲突型，可惜无明显高潮，是受了原著的限制。越剧《梁山伯与祝英台》曾被用于论证戏曲与冲突的关系不那么密切的观点，因为《草桥结拜》、《三载同窗》、《十八相送》、《思祝下山》等场与父女冲突游离，冲突始于《劝婚》，开展是很迟的。这个看法是不全面的。其实，父女冲突从第一场《别亲》就展开了，那就是求学杭城之争。它反映了妇女挣脱封建束缚的要求，与随后控诉包办婚姻的罪恶同属反礼教的冲突。因为它寓于喜剧性情节之中，容易被忽视。据此，从《结拜》以后的若干场戏是以《别亲》开端的父女冲突为背景的，并不与冲突游离，况且著名的《十八相送》本身就有冲突，英台的不能直言正是妇女受束缚的反映。《劝婚》是新增的，增得好，它把前半本喜剧情节中的冲突与后半本的悲剧情节中的冲突连接了起来，使英台的反封建动作线贯串首尾。京剧《四进士》是从四本连台戏蜕变出来的，主角由毛朋改为宋士杰，结构由故事型改为冲突型，终于成为麒派代表作。麒派剧目大都冲突尖锐，高潮突起，《海瑞上疏》、《义责王魁》等新戏是如此，《四进士》、《乌龙院》等传统戏也是如此。《乌龙院》的高潮在《杀惜》，顾仲彝曾盛赞《杀惜》是中国传统戏曲中高潮的典范杰作，有迂回曲折，奔腾澎湃的气势。当然，戏曲舞台需要麒派剧目，同样需要梅派剧目，需要那些冲突不那么尖锐而从容歌舞的演出。冲突型结构不应当是戏曲艺术发展的一条狭路。

综上所述，可以认为近现代戏曲的结构是冲突型兼重情节。它是我国古典戏曲结构形式合乎规律的发展，而不是西方戏剧冲突理论所产生的畸形儿，西方理论只是加速了它的形成而已。与话剧相比，戏剧冲突在近现代戏曲中自有其独特的形态和作用。如话剧的情节是人物在冲突中的行动。它与冲突过程共存亡，同始终，冲突以外无所谓情节。话剧的冲突过程是完整的，情节却是跳跃的、东一块西一块的、不完整的。而戏曲情节是完整的、连贯的、有头有尾的，不是情节跟着冲突线走，而是在情节线上选择若干矛盾冲突的环节搭建起全剧的情节框架，如《白蛇传》的说许、酒变、释疑、上山、索夫、水斗、断桥等。除了这些正面表现的矛盾冲突环节外，尚有一些交代性的小场子，共同连缀成戏曲的情节线。情节的头尾大都不与冲突的起讫同步。

更重要的是，戏曲中冲突的存在根本上是为了揭示人物的思想感情。处于矛盾冲突中的人物必然有情可抒。因此，近现代戏曲虽然不必像北杂剧那样有固定的主唱场面，但在冲突的基础上为主人公安排抒情的歌舞场面仍然是必要的。近代话剧也有抒情成分，一般是分散地依附于人物行动，没有集中抒情的场面，更不会暂停情节的进行而表现人物内心的活动。

冲突型兼重故事的结构是戏曲史上第三种结构类型，它与北杂剧、南戏传奇既有联系又有区别，既有继承又有发展，是迄今最佳的一种结构形式。我以为戏曲剧本在语言、人物、情节、结构诸成分的历史演变中，结构的演变是最成功的。范钧宏也有相同的估计。他说："如以解放后经过整理、改编或新创作的优秀大型剧目来做比较，纵或其他方面，未必超越前人，但专就结构来讲，无愧为后来居上。"①

思考与练习

试从结构上分析花鼓戏《打铜锣》的戏剧冲突。

---

① 范钧宏：《戏曲编剧技巧浅论》，中国戏剧出版社 1984 年版，第 76 页。

## 二、整体布局

在戏曲结构中，首先要着眼于影响全局的枢纽工程，完成中心人物、中心事件、戏剧高潮、开头结尾等构思。有了这些，就有了一个全剧的轮廓，结构的完整性和有机性就获得了基本的保证。这就是整体布局。

李渔对于结构理论的主要贡献正是在整体布局方面。他把编剧比喻为工师之建宅，不可造成一架而后再筹一架，"必俟成局了然，始可挥斥运斧"。阿契尔也告诫剧作者说："在一个有相当规模的戏剧结构中，由于各部分之间的比例、平衡和相互联系是那么重要，因此一个剧本提纲对于剧本作者来说，几乎跟一套设计图对于建筑师那样必不可少。"① 但剧本提纲必须是可变的，为性格出乎意外的发展留有余地。这是剧本提纲不同于建筑设计图之处。试从定中心、设高潮、截头尾等三项进行探讨。

### （一）定中心

戏曲结构的根本法则是集中。全剧要有一个中心。这个中心首先是指中心人物。北杂剧一人主唱的体制就明确限定了中心人物，如《窦娥冤》中的窦娥，《汉宫秋》中的汉元帝，主唱者限于"旦"或"末"。南戏、传奇不止一人唱，它的篇幅可长至四五十出，也只有一个中心人物。根据关汉卿杂剧《闺怨佳人拜月亭》改编的传奇《幽闺记》，其中

---

① [英]威廉·阿契尔著，吴钧燮、聂文杞译：《剧作法》，中国戏剧出版社1964年版，第44页。

心人物仍旧是王瑞兰。现代戏曲每本戏只演一个晚上，唱念做打的表演艺术又比杂剧、南戏、传奇复杂，很费时间，把冲突和情节集中于一个中心人物更是必要的。不论是改编的《春草闯堂》，其中心人物是春草；或新编的《南唐遗事》其中心人物是李煜，无不如此。

那么何谓中心人物？

李渔曾说一本戏"止为一人而设"，又说作传奇宜"贯串只一人"。这是要求一本戏中有一个人居于人物关系中心并贯串于情节始终。用冲突论来解释，居于人物关系中心就是处于戏剧冲突中心。李渔以《琵琶记》、《西厢记》为例，指出前者中心人物是蔡伯喈；后者中心人物是张君瑞。后者似不准确。《西厢记》描写张君瑞、崔莺莺、红娘三人的笔墨都很重，人称"三主角"。其中红娘在民间的影响最大。京剧有荀派戏《红娘》。但在三主角中处于人物关系和戏剧冲突中心的人物是崔莺莺，崔莺莺不但与老夫人、红娘、张君瑞之间都有冲突，而且她还有内心冲突。倒是金圣叹说对了："《西厢记》亦止为写得一个人。一个人者，双文是也。"[①] 为写此一个人，便不得不又写红娘，又写张生。京剧《红娘》从原著选取了较多表现红娘的情节和场面连缀起来，从红娘的视角进行编写。如《佳期》一场，在红娘把小姐送入张生书斋后，为红娘增写了一段 [反四平调]《佳期颂》。即使如此，改编本居于中心位置的人物还是崔莺莺。我在 1979 年以《越剧〈西厢记〉改编的特色》为题的讲授中说过，20 世纪 50 年代改编的越剧《西厢记》是很忠实于原著的，它把崔莺莺放回中心位置上了。

在现代题材创作中，沪剧《芦荡火种》以及据此改编的同名京剧都

---

① 金圣叹：《读第六才子书西厢记法》，陈多、叶长海选注：《中国历代剧论选注》，湖南文艺出版社 1987 年版，第 283 页。

以阿庆嫂为中心进行布局。以后此剧易名为《沙家浜》，加强了对新四军指导员郭建光的描写，把他提到"第一号人物"的位置。但是，原来的结构有它的稳固性，不是能够任意改变的。强行塞进一些东西，只会破坏结构的匀称，而没能把阿庆嫂从中心挪开。

剧本的中心人物是作者立意的主要体现者，改变立意就要相应地改换中心人物；反之，改换中心人物也会导致立意的改变。洪昇《长生殿》三易其稿，每稿的立意和中心人物都是不同的。第一稿，洪昇"偶感李白之遇，作《沉香亭》传奇"。中心人物当是李白，寄寓作者怀才不遇之感。第二稿，"亡友毛玉斯谓排场近熟，因去李白，入李泌辅肃宗中兴，更名《舞霓裳》。"中心人物当是李泌，寄托作者建功立业之志。第三稿"专写钗合情缘，以《长生殿》题名。"①中心人物是唐明皇，借李、杨的悲欢离合表达民间对忠贞不渝之爱的赞美。

既然一个人物居于人物关系和戏剧冲突中心，因而也居于情节的中心并贯串其始终，既然他又与作者立意直接相关，那么决定了这个人物就是大体规定了情节的走向和剧本中心思想，就是抓住了枢纽。

欧洲戏剧也多有中心人物，莎士比亚四大悲剧就有四个中心人物，正如它们的剧名所昭示的。因为凡戏剧都要求结构的集中。别林斯基在《戏剧的总体特征和分类》中说："戏剧的兴趣应当集中在主要人物身上，戏剧的基本思想是在这个主要人物的命运中表现出来的。"②但欧洲戏剧的情节容量大于中国戏曲，它也可以不拘泥于中心人物结构模式，如某些莎士比亚喜剧。

全剧中心也是指中心事件。中心事件一经确定，情节主体随之形

---

① 洪昇《〈长生殿〉例言》。
② 《艺术特征论》，文化艺术出版社 1984 年版，第 435 页。

成。越剧《红楼梦》的改编过程中，曾经为了保留原著的全貌，取材便包罗万象，各个事件互不关联，违背了集中原则。几经周折，才确定以宝黛爱情悲剧为中心事件，理顺了思路。中心事件之外可能还有相关事件，用情节线表示，则中心事件为主线，相关事件为副线。相关事件服从于中心事件，副线围绕主线。《幽闺记》的中心事件是蒋世隆与王瑞兰的婚姻离合，相关事件是陀满兴福的落难与高中赐婚。有虎头山陀满的报恩，才有蒋、王的脱险，有瑞莲、瑞兰姑嫂相认，才有夫妻兄妹团圆。

中心人物与中心事件可以各自分离，出现一人多事或多人一事的戏。前者如越剧《祥林嫂》，后者如京剧《红灯记》。多人一事比一人多事容易集中，所以更受创作界重视。《祥林嫂》有两个事件，迫嫁贺老六和帮佣鲁府。两事件之间没有因果关系。逃婚和抢亲属迫嫁事件，一进二进鲁府属帮佣事件，作者把两件事交错布局，故没有造成一剧两截的感觉。此剧采用一人二事是小说原著所决定的。好在二事的性质都属对劳动妇女的封建压迫和剥削，故主题是集中的。《红灯记》是以它的中心事件——三代人传送密电码实行集中的，不宜无视"自有后来人"的主题及其相应的结构，勉强确定一个中心人物李玉和而削弱李铁梅。戏曲改编如果以电影原著作为基础，戏路的走向必然是铁梅在残酷的阶级斗争中锻炼成长，挑起革命重担。对她的描写理应逐渐加重分量，描写铁梅也就描写了李玉和与李奶奶的革命精神。哈尔滨市京剧团《革命自有后来人》正是这样进行整体布局的。

中心人物和中心事件分离的作品不多，它们通常是合一的。就姑且称为"一人一事"吧。若问一人和一事何者为先？多数是循人择事，有时也循事定人，或者几乎不分先后。川剧《巴山秀才》是先定事，人就随之而定。作者按照习惯，试图先行确定中心人物，不料竟颇费踌躇。

他们曾经考虑过史料中带头请愿的袁廷蛟和主考张之洞，但两人都不能贯串情节始终，而且难以塑造成新颖独特的形象。作者重新研究史料，认为这个戏不是专写请愿，更不是写清官平反冤狱，而是写告状失败，于是作者的注意力投向史料东乡秀才利用试卷书写诉状的奇事。这才顿悟中心事件应当是告状，中心人物就是一个秀才。

我说的"一人一事"与李渔说的"一人一事"不尽相同。李渔那"一人一事"专指所谓"主脑"。关于"主脑"，下面另讲。李渔的"立主脑"以及与此相联系的"减头绪"之说，剧作者不可不知。其基本精神是树立主线，这正是定中心的本意所在。所以戏曲不宜写多人多事。话剧《雷雨》和《茶馆》是多人多事结构。如果戏曲改编话剧《雷雨》而基本保留其情节结构，便是"话剧加唱"。《雷雨》不是不能改编好，倘把原著"剪碎"，然后遵从戏曲结构原则重新"凑成"。

"头绪忌繁"在话剧创作中也并非无足轻重的告诫。阿契尔在分析第一幕结构时主张避免复杂的人物关系和前情，尽量把一切都交代得清清楚楚的。而第一幕的清楚可使全剧情节达到繁简适中，用十来行字就能概括故事内容。这也是"头绪忌繁"的意思。阿契尔顺便称赞了古希腊艺术作品的简单结构。原来亚里士多德强调情节的整一性，在选定一个主人公之后，还必须选定一桩完整的事件，才能保证布局的一致性。


### （二）设高潮

美国影剧理论家约翰·劳逊深刻地阐明了一条戏剧电影布局的法则——"从高潮看统一性"。[①] 由于高潮是事件体系的关键，抓住这个关

---

① ［美］约翰·劳逊著，邵牧君、齐宙译：《戏剧与电影的剧作理论与技巧》，中国电影出版社 1961 年版，第 22 页。

键，统筹全篇，就能使一个戏的动作获得统一。劳逊引用了剧作家的经验之谈。E·李果夫说："你问我怎样写戏。回答是从结尾开始。"P·惠尔特也说："在结尾处开始，再回溯到开场处。然后再动笔。"两位剧作家所言"结尾"，当是指全剧动作和冲突的结尾即高潮，不一定是指最后一场。先设高潮，再回溯到开场处，可使每一场的动作都趋向一个目标，从而达到统一。

据回忆，导演洪深曾经指导剧本《四十年的愿望》的修改。这个剧本结构松散，贯串线不清楚。洪深对作者说："只有一个要求，给我一场高潮戏，我就有办法。"作者得到启发，从研究高潮、梳理贯串线着手，剧本结构面目果然改观。

传统戏曲也是重视高潮的，戏曲术语"蹲底戏"的涵义大致相当于高潮。现代戏曲作者继承传统经验，又借鉴话剧理论，以设高潮而完成结构，取得了可喜的成功。评剧《评剧皇后》的布局过程是很有说服力的。这个戏是写评剧皇后白玉霜之死的。作者深入研究素材，发现白玉霜一生处在唱戏与做人的矛盾之中，两者不能兼得，她获得了"评剧皇后"的桂冠，却丧失了一个女人应得的个人生活幸福。所谓"认认真真唱戏，清清白白做人"在她所处的社会里是办不到的。作者有了中心人物，有了立意，一时却找不到"入戏角度"——集中表现白玉霜不可克服的人生矛盾的情节，也就是高潮。后来他偶然获悉白玉霜病危之际曾提出要与同居的情人正式订婚。作者体会到此事最强烈地表明"评剧皇后"至死摆脱不了唱戏与做人不可兼得的悲剧命运，这不正是自己梦寐以求的高潮素材吗？他的心灵震颤了。最后一场就此在作者脑海中浮现出来：白色的墙壁，白色的床单，素色的衣服，衬着白玉霜苍白的病容。随着主人公喊出一声"我要结婚"，舞台场景转换。白玉霜改穿了大红嫁衣，天幕映出大红"喜"字和大红窗花，婚礼鼓乐齐鸣。但新人终于倒下。红色"喜"字变成黑色"奠"字，洞房变成灵堂。高潮既成，继续构思就势如破竹，八场初稿一挥而就。

《巴山秀才》的创作也提供了宝贵的经验。作者曾说是以焚书写状为支点完成结构的，这焚书写状现在看来就是剧本的高潮。显然，作者是利用了东乡秀才在试卷中写状的史料，高潮的设定是在构思的初期。

高潮是早期设定的，却又是逐渐丰富完善的。从高潮回溯前面的情节，再从前面的情节顺推高潮，如此反复运动，直至最后完成。史籍没有提供东乡秀才焚书、娘子反对、霓裳送信等材料，而是作者根据生活情理和戏剧冲突的需要艰苦地凑成的。

高潮必然产生于对题材的熟悉和理解，对中心人物的深入剖析和细微体察。《评剧皇后》和《巴山秀才》是这样，越剧《西厢记》也是这样。我曾肯定越剧本以莺莺为中心人物是忠实于原著的，我还肯定越剧修改本把《佳期》改为暗场而增写《寄方》是一项创造，这些都是越剧本的改编特色。冲突不在《佳期》而在此前的重订佳期即寄方处，莺莺的几次内心冲突以此为最，应是高潮所在。写的是莺莺赖简后深深内疚，自怨自责，意欲探望张生，只是碍于红娘才没有去。及至她听说张生病重，毅然题诗，重订佳期，并把它谎称药方，央求红娘传送。此时老夫人到来，老夫人向女儿重申与郑恒的婚事，训诫女儿安心守孝居丧。然而她遭到女儿沉默的反抗，碰了个软钉子而归。不料莺莺随后又在赴约前退缩了，装作没事人似的要去睡觉。最后她在红娘的激励下成行。《寄方》是全剧各种矛盾汇集之处，老夫人和红娘双方争取莺莺，莺莺自我矛盾，冲突达到顶点，发生了转折。老夫人的管教已经失灵，女儿不听她，情书就从她的眼皮底下送了出去；莺莺前夜对张生的斥责化成了自责，爱情的火焰烧毁了她同张生之间的隔阂；莺莺从摆小姐架子防着瞒着红娘变为完全敞开心怀，依赖红娘；莺莺尽管临行又怯，终于克服自身的软弱，迈出了决定性的一步。就这样，爱情压倒了礼教，一个封建叛逆者的女性形象站立在我们面前，全剧的高潮到来了。

以上分析评价，后来得到了证实。在一本介绍袁雪芬——曾是崔莺莺的扮演者的著作里，有如下一段文字。"《寄方》这场戏，是根据袁雪芬的建议增写的。袁雪芬反复阅读原著，细细思索，揣摩人物性格的内涵和感情发展的脉络，她产生了一个想法：莺莺性格的完成，《寄方》是关键。她要冲破思想上的重重障碍，冲破封建礼教的最后一道束缚去和张生相会，肯定是有激烈思想斗争的，不可能那么简单。但《寄方》在原著中笔墨不多，必须加以丰富。她向编导提出：《佳期》仅仅是描写事情的结果，而《寄方》则刻画莺莺内心的冲突，宁愿舍去《佳期》，写好《寄方》。编导们接受了这个建议。后来删去了《佳期》一场，把《寄方》当作重点场子处理，这是一大创新。"①

无独有偶。越剧《祥林嫂》第十一场也是在修改后成为高潮的，也是由袁雪芬——祥林嫂的扮演者钻研了原著后提出建议的，而且她还亲自参加了这段戏的写作。总揽全局并剖析体察中心人物的性格心理，仍然是设置高潮的必要条件。

以上两个越剧作品都是在经过较长时间演出，发现结构上的缺陷后，才增补了高潮的，从而显著地提高了作品的思想艺术质量。这再次证明设高潮对于戏曲创作的重要意义。

---

① 章力挥、高义龙：《袁雪芬的艺术道路》，上海文艺出版社 1984 年版，第 236 页。

## （三）截头尾

定了中心，甚至设了高潮，即可瞻前顾后，截取头和尾，完成整体布局。

《十五贯》中心事件是况钟翻案。况钟奉命监斩，发现冤情，决心停刑请示，便是中心事件的开头，于是有了《判斩》一场。《春草闯堂》以春草义救薛玫庭为中心事件，开头在第二场急闯公堂。《秦香莲》的高潮在惩夫——铡美，全剧起自寻夫。所谓从高潮（如果有高潮的话）回溯到开场处，就是回溯到这儿。

为了写好中心事件，前史的交代是不可或缺的。前史可以在情节进行时加以补叙。《秦香莲》的前史是秦香莲与陈世美的夫妻关系，详叙的有两处——在《闯宫》和《琵琶词》中；略叙的有三处。《琵琶词》一场，香莲充当琵琶女咏叹自己身世，规劝陈驸马回心转意，陈不听忠言，反走极端，情节迅速发展到《杀庙》。在情节进行时补叙，可使作品的时间空间集中，结构严谨，这种结构类似于话剧中的锁闭式，自有其特色。但是这种补叙的方法只是适用于某些题材、某些地方剧种，不宜普遍应用。因为补叙只能诉诸唱念，不能诉诸做打，不利于综合表演，不利于舞台直观表现。而且补叙处常常不是剧情的重点，无法安排大段唱念，遇到复杂的前史就难以补叙明白。因此，戏曲多明场铺叙前史。在中心事件开始前加场。《十五贯》加前三场交代冤案的形成。《春草闯堂》加第一场交代闯堂的原委——薛玫庭锄恶自首。

《徐九经升官记》的前史错综复杂，有刘、尤两姓争夺倩娘的婚姻纠葛，又有徐九经与侯爷的前嫌。故作者兼用铺陈和补叙两种方法介绍前史，在第一、二场以极其强烈的动作和冲突展示抢亲案的来龙去脉；

把徐、刘前嫌放在第三场王爷物色主审官时作侧面介绍，第四场再作正面介绍。三、四场是中心事件的开头，可叫做"升任大理寺"，就在这开头中完成补叙。此剧在铺陈前史时也有补叙，便是第二场倩娘向侯爷辩说自己花堂自尽和钰郎抢亲的缘由。在徐九经预审倩娘时，倩娘还有一段与刘钰自幼订亲以及尤金逼婚的补叙。《徐九经升官记》在恰当的地方用恰当的方法交代前史，形成紧张的冲突，曲折的情节，是戏曲剧作中所少见的。全用铺陈，情节冗长；全用补叙，交代不清。近现代戏曲继承了南戏传奇和北杂剧两种交代前史的方法并加以活用。

从以上分析来看，戏曲剧作有两个头，一个是中心事件的头，一个是铺陈前史的头——头上之头。通常所说"头、身、尾"的头就是这个头上之头。先截中心事件之头，后安头上之头，有条不紊。

中心事件的头是前史和正戏之间的一个联结点，往往又是把情节导入主线的一个转折点。它多带有偶然性。大体上相当于李渔指明的"主脑"。李渔对主脑有一段著名的解释，原文如下：

> 古人作文一篇，定有一篇之主脑。主脑非他，即作者立言之本意也。传奇亦然。一本戏中，有无数人名，究竟俱属陪宾，原其初心，止为一人而设。即此一人之身，自始至终，离合悲欢，中具无限情由、无穷关目，究竟俱属衍文；原其初心，又止为一事而设。此一人一事，即作传奇之主脑也。

引文中的"一人"指中心人物；"一事"并非指中心事件而是中心事件的头。此"一人一事"不仅在结构上起联结、转折的作用，而且在李渔看来，此中有作者的立意在，故以"主脑"名之。

李渔以《琵琶记·重婚牛府》为例。蔡伯喈违心地与相府牛小姐成亲，他的家庭矛盾和婚姻纠葛——弃亲背妇即始于此。牛相奉旨招婿以前的事均为前史。"重婚牛府"事件在早期南戏《赵贞女蔡二郎》中就有，那是蔡乐意为之。而《琵琶记》中伯喈则是不得已而为之，他辞婚辞官都不见允，为忠君勉强重婚。"孝道虽大，终于事君；王事多艰，岂遑报父！"忠孝不两全，不能归咎于伯喈，伯喈是全忠全孝的。这是作者的立意。

其实，现代戏剧创作理论认为作者立意是要通过中心人物中心事件以至全剧才能完整地体现，它在"主脑"中只是初露端倪，所以现代作者一般不采用"立主脑"法进行布局了。然而此法帮助我们发现了中心事件的头在结构上的特殊功用。"立主脑"的精神还适用于设高潮。它启示作者，立意要不离形象（一人一事）。史论家分析作品，为求概念清晰，论述便利，常用一二句话概括一个戏的中心思想。而在实际创作中，作者立意并不以抽象的论断方式存在，立意始终伴随着人物和事件，是作者对他所反映的那部分生活的感受和理解的融合。设高潮也是如此。在高潮中，人物性格和作者立意都得到鲜明集中的体现。再者，"立主脑"是为避免"逐节铺陈"，产生断续痕，求得情节的有机联系。而设高潮为求全剧动作统一。从主脑开始而顺推到结尾处，从高潮开始而回溯到开场处，两种方法目的一致，殊途同归。《春草闯堂》并用这两法而取得双重成功。大概出于原作提供的基础，春草闯公堂冒认姑爷这个主脑先行树立。作者顺着这个戏路推想，又明确了必须出现阁老被迫认婿的高潮，然后苦苦寻找到达高潮的情节阶梯。无怪乎此剧结构特别严谨。

下面说结尾。戏曲观众对结尾重视的程度远远超过开头，他们总是要看到中心事件的了结和主要人物的归宿才肯离座。戏曲的结尾就应当满足观众的这种需要。

一本戏的结尾与作者的立意息息相关，孔尚任《桃花扇》终场前，侯朝宗与李香君重逢于栖霞山道场，两人正倾诉离情，被张道士上前撕裂桃花扇，怒斥道："呵呸！两个痴虫，你看国在哪里，家在哪里，君在哪里，父在哪里，偏是这点花月情根，割他不断么！"生、旦于是猛醒，双双"入道"。这是作者寄寓亡国之恨的著名结尾，鲜明地体现了全篇主旨。然而孔尚任之友顾彩在把此剧改写为《南桃花扇》时，竟令生旦当场团圆，朝宗携香君北归。亡国遗恨的悲剧意味被冲淡，理所当然地受到原作者的反对。

我不主张一般地反对大团圆结尾，但违背题旨的生旦团圆是要不得的。田汉《谢瑶环》不是一个爱情剧，是借谢瑶环写武则天，"肯定武则天，却对她作一定批评。"[1] 瑶环之死是"批评"所必需的。但此剧在一些地方演出时被改成以赐婚结尾，岂不大谬！原著旧本女巡抚谢瑶环受权奸迫害，后来与她所爱的江湖义士阮华抗拒追兵，逃入太湖，这个结尾也为田汉所不取。田本谢瑶环坚贞不屈，死于酷刑后戏就进入结局。武则天赶到苏州，处死武宏和来俊臣，贬斥武三思，不但为了结中心事件，为平反冤狱，更是为让武则天目睹新豪门贵族危害社稷而警觉，此为剧作题旨。之后，还有一场惊梦，交代袁行健悲愤地辞别亡妻瑶环，浪迹江湖而去，颇有意境，临行，袁嘱苏鸾仙"见了圣上就请她开张视听，采纳忠言，使百姓有击壤之乐，无涂炭之苦。若再宠信奸佞，残害忠良，只怕天下从此多事了"。这是一段直接点题的念白。剧作者如果在

---

[1] 田汉：《〈谢瑶环〉小序》，《田汉文集》(10)，中国戏剧出版社 1983 年版，第451 页。

完篇时觉得意犹未尽，就会采用此法，只要符合情境和性格即可。

结尾中陡起余波而能出乎意料之外，常使观众感觉惊奇，但必须入乎情理之中。《巴山秀才》孟登科终于被慈禧的皇封御酒毒死的下场是意外的，可惜似觉人为。孟科场告状无意间利用了清朝廷两宫太后的矛盾，遂有慈禧下诏查办之举。慈禧既要平息民愤，骗个好名声，那么她直接下令杀害孟岂非授人以柄，惹出更大麻烦？何况慈禧不见得真的以为"这种料多几个，大清朝不就砸了"而非杀孟不可，因为孟并没有造反。再说大批屠杀无辜农民——封建剥削的对象，是不符合统治阶级的根本利益的。晚清朝廷是腐朽的，却不一定糊涂。

这里有一个如何处理必然与偶然的问题。我们说过要防止因醉心于偶然而忘却透视生活的本质，但本剧结尾似为强调封建统治阶级与人民的对抗性矛盾而想出了一个赤裸裸的"必然事件"，却忽视了必然隐藏于偶然，本质通过现象呈现的道理，忽视了生活的复杂性。但如果本剧结尾像《四进士》那样宣称有百姓告官当斩的律条，则孟登科也是可杀的。如此，只须堂而皇之地判刑，不必封什么状元了。

历史上东乡惨案的结果是"杀李有恒以平民愤，总督逍遥法外，冤案草草收场"，告状"只是取得了表面胜利"。[①] 我以为历史事实已为剧本结尾提供了一个恰当的基础，能保持喜剧的风格，又不失思想深度。慈禧怎样发落孟登科？如果慈禧讨厌他，不妨钦赐他在恒宝手下当个官，假手他人，徐徐图之。孟娘子不知其中奥妙，欣喜若狂。孟秀才啼笑皆非。如此，含蓄而有余味。

我个人喜欢含蓄的结尾，言尽而意不尽。即使篇末点题，也宜留有

---

① 魏明伦、南国：《巴山秀才》后记，《剧本》1983 年第 1 期。

回味的余地。要相信观众的领悟力。

结尾须有些勾魂摄魄的手段方能使人难忘。李相国无奈认婿，一股无名火正无处发泄，见帮了倒忙的胡知府偏来凑趣，一脚把他踢翻在地。观众笑着走出剧场，这一脚给人以深刻印象。

结尾若与开头呼应，首尾相顾，能示人以完整之感。徐九经上任行经歪脖树，侍童手捧老酒一坛；剧终徐青衣小帽，挑起酒担，歪脖树下去卖老酒，侍童扛酒旗随后。歪脖树和酒成了徐的命运象征物，并且把首尾联系了起来。


思考与练习

1. 试把话剧《雷雨》改编成一个符合戏曲定中心布局法的故事。要求以繁漪与周萍的爱情纠葛为中心事件，以周朴园与鲁侍萍的往昔恩怨为相关事件；原来的结构要打散，情节可以有所增减。

2. 试把昆剧《十五贯·审鼠》改写成高潮场子（故事），表现况钟在缉到真凶后要改判，过于执和周忱横加阻挠的斗争。


## 三、场子编排

整体布局大体完成之后，就可按照时间的顺序，把中心事件（和前史）编排在一连串场子里。戏曲场子自有其特点，它是由表演形式规定的。只有掌握这些特点，才能剪裁事件，分好场子。


### （一）一场一中心

试比较近代欧洲戏剧与戏曲不同的场子编排。

先看《玩偶之家》第一幕。娜拉的老同学克里斯蒂纳·林丹进城谋职业，娜拉因丈夫海尔茂新任银行经理，愿意帮忙。海尔茂果然答应聘用林丹太太。银行职员柯洛克斯泰将被海尔茂辞退，他来找娜拉，要娜拉劝说丈夫留用他，不然将控告娜拉当初假冒父亲名义向他借债的违法行为。娜拉冒名借债的事是瞒着丈夫的，她怕此事败露后损害丈夫的名誉，恳求丈夫留用柯，被丈夫拒绝。此外，还补叙当初借债是供丈夫出国治病的前史，并穿插娜拉与三个孩子捉迷藏，介绍阮克大夫与海尔茂、娜拉之间的亲密关系。整幕林丹太太求职，柯洛克斯泰保职，两个头绪汇集于娜拉，又触发她与丈夫海尔茂的矛盾（后两幕随着柯洛克斯泰对娜拉的催逼，激化了这对夫妻潜在的矛盾，导致婚姻关系的破裂）。同时，阮克不能忘情于娜拉是又一个头绪。这种把若干个头绪（事件）集中在同一个时间和地点而组成一个生活横断面的场子编排，姑且称为一幕多头绪类型。第二幕和第三幕也相仿。

再看京剧《杨门女将》寿堂一场。天波府内正在庆贺杨宗保五十寿辰，边将焦廷贵和孟怀源报凶讯，西夏兵犯边关，主帅宗保殉国。阖府悲痛欲绝，誓报国仇家恨，整场围绕一个中心内容——惊悉凶讯铺陈情节。其他各场都只有一个中心。一个中心内容是一个情节段落，自成起讫。可能不止于一个时间和地点，如《探谷》一场就不断变换着地点。试为《杨门女将》逐场标目：求援、惊变、廷议、请缨、比武、初战、定计、探谷、破敌。

戏曲场子编排的一大特点是一场一中心。把某一场放在全剧结构中看，就好比一个点。何以如此？戏曲是以人物上下场的方法来分场的。场上一桌二椅，这是中性装置，并非剧情中的场景。随着人物上场，展开了情节，才相应地确定了时间空间。而这个时间空间又是可以流动的，演员运用跑圆场等程式就转换了时空。焦菊隐说写实话剧是"从布景里产生表演"，戏曲是"从表演里产生布景"。[1] "从布景里产生表演"，就是先有一个根据剧情确定的有助于演员表演的用布景体现的环境，使演员生活于其中，产生真实的人物自我感觉。"从表演里产生布景"，就是戏曲的环境不是靠有形的布景造成的，舞台上几乎没有布景，观众从演员虚拟的表演中想象出一个客观环境来。待到全部人物下场，这一场结束，舞台恢复到时空不确定状态。下一场又开始于人物上场，结束于人物下场。戏曲的分场法允许作者自由地根据铺陈情节和描写人物的需要编排或多或少的场子，无须把繁多的头绪和庞杂的内容煞费苦心地凑在一处。一场一个中心内容，情节集中，交代清楚，还便于发挥歌舞表演，欣赏不费劲。

戏曲是连续演出的，一场接着一场，好比一个点连着一个点，终于缀成一条线。这不同于近代欧洲戏剧若干个生活横断面组成一本戏。一般称前者为线状形态结构，后者为块状形态结构。两种结构都求集中，前者是纵向的集中，后者是横向的集中。

戏曲线状结构对中国话剧是有影响的。有些话剧结构简直就是线状形态，田汉的《关汉卿》除第一场容纳朱小兰屈死和二姐被抢两个内容，其余十场都只有一个中心。试逐场标题如下：害民；议戏；赎妞；夜书；筹演；拒改；被执；狱会；商救；呈帖；双飞。十一场组成一个中心事件——关汉卿、朱帘秀编演《窦娥冤》。正因为《关汉卿》借鉴了戏曲结构，它就便于改编为戏曲。粤剧改编本仅把原作四、五场合并，删九、十场，改末场为惜别——朱帘秀未能脱去乐籍随关南下。原

---

① 焦菊隐：《焦菊隐戏剧论文集》，上海文艺出版社 1979 年版，第 347 页。

作九、十场是为双飞的结局做准备的，结局既改，这两场就不必保留。

自从新编戏曲采用写实布景，场景被固定，换景就得闭幕或闭灯，于是废弃了传统分场法而改为分幕法，破坏了演出的流动性与虚拟表演不协调。粤剧《关汉卿》和越剧《红楼梦》等都是分幕结构。所以前文以《红楼梦》等为例说明近代戏曲的场数正是李渔设想的新剧的折数，是仅从篇幅上加以比较的，而其结构是不相同的。分幕法常与分场法混用，根据情节和表演的需要，对某些外景场子作流动的处理，采用虚拟表演。越剧《梁祝·十八相送》，舞台假定有从书馆到长亭的十八里路程，京剧《杨门女将·比武》的环境是一个宽阔的校场，《探谷》中更有险峻的峰峦和幽深的山谷。一本戏兼有虚拟化场景和生活化场景，在艺术风格上是不统一的。

戏曲布景应当保留传统舞台装置一桌二椅两个基本因素。它是中性的，不确定时空的，以配合虚拟表演；它是简练的，能腾出宽广的表演区。若必需具象的布景，也宜限于写意。如《空城计》用画出砖形的布幔示意城墙。

但即使是写实布景的分幕结构，仍是一场一中心。


### （二）重点场子和一般场子

一场一中心并不要求各场的分量均衡，事实倒是相反，各场总有轻重之别，于是产生重点场子，一般场子这样的名称。一本戏里重点场子要有二三个，高潮场子是当然的重点。不注重高潮的南戏传奇更有赖于重点场子的存在。重点场子用于深入开展主要冲突，细致描写主要人物，用笔宜繁宜密。一般场子用于叙述情节，交代矛盾，系扣、埋伏、铺垫，为重点场子做准备，用笔宜简宜疏。既有重点，又有一般，则繁简相间，密疏相宜，这条法则，为元代以来的戏剧创作实践所验证，并反映到理论上。王骥德就曾指出，"传中紧要处，须重着精神，极力发挥使透。""若无紧要处只管敷演，又多惹人厌憎，皆不审轻重之故也。"① 有话则长，无话则短，当繁则繁，当简则简，才能引起并保持观众的兴趣。

1. 重点场子

场子如何审轻重，什么样的场子为重点场子？重点场子大概有两类，一类是正面展开戏剧冲突重要环节过程并从中刻画了主要人物思想性格的。戏曲利用转换时空的便利，发挥戏剧直观性的优势，明场表演冲突重要环节过程以及人物在其中的行动，让观众看得明明白白。小说《祝福》叙述祥林嫂被捆绑到贺家坳与贺老六成亲，只写她倔强得拜不成天地，头撞香案，鲜血直流，关进新房，还是骂不停。婚后家庭和睦，生了一个胖小子。越剧《祥林嫂》则表现祥林嫂成亲全过程，补写了小说略而不叙的部分。在洞房里，祥林嫂得知老六积钱娶妻的艰辛，又见他实心实意，深受感动，一对苦命人终于和好。如果这一场结束在撞头，观众会认为情节性格都不完整。昆剧《十五贯》的《判斩》、《见都》和《访鼠》，《杨门女将》的《请缨》和《比武》等都属此类，大凡高潮场子如《四进士·三公堂》、《白蛇传·断桥》也都在其内。

又一类在主要人物坎坷遭遇中抒情，在剧情转折或特定情境之中剖析主要人物深层心理的。如《宝剑记·夜奔》，《和戎记·出塞》，《杨门女将·惊变》，《红楼梦》的《焚稿》、《哭灵》，《红灯记·痛说革命家史》；又如《牡丹亭·惊梦》、《玉簪记·琴挑》，《烂柯山·痴梦》，《孽

① 《曲律·论剧戏第三十》，中国戏曲研究院编：《中国古典戏曲论著集成》第四集，中国戏剧出版社 1959 年版，第 137 页。

缘记·思凡》,《祥林嫂》第十一场等。越剧《梁祝·楼台会》是重场,演同一题材的川剧《柳荫记》有相对应的重场《访友》,足见重场的形成自有其规律。

上述第一类偏重情节,第二类偏重抒情,但两者又是互相渗透的。

重点场子在艺术上都要具备以下两项条件:

其一,刻画性格务细,抒发感情务畅,剖析心理务深,总之要"极力发挥使透"。因此,层层递进、反复渲染等手法是普遍采取的。按照清人毛声山的说法,在紧要处之"上下四旁千回百折,左盘右旋,极纵横排宕之致。"① 并喻为狮子弄球、猫狸戏鼠有无数往来跌扑,偏不一把抓住了事,因而狮猫意乐,观者亦大快。

《杨门女将·惊变》敷演穆桂英丧夫之痛一段戏就是这样的。天波府内为宗保庆寿,桂英怀念守边的丈夫。不幸寿星变成亡灵,桂英从大喜跌入大悲。但仅以几句唱和一声双叫头略抒悲痛,随即因太君到来收住。在寿宴上,她强颜欢笑,随众叩拜太君,簪戴红绒花。当文广向她敬酒时,她尚能掩饰自己,勉强饮下。之后文广向父帅敬酒,由母亲代饮。文广单腿跪地,高举酒杯。桂英慢慢绕到台中,伸手端杯不成。颤抖不已。唱四句摇板后再次吞酸泪,尝苦酒。酒后不能自持,被搀扶回房。

这段戏使用了以乐境写哀、反复渲染、层层递进直至高潮等手法,达到抒情务畅。桂英的悲痛一再被克制,何来畅抒?正因为桂英几欲悲号而不能,才臻于悲的极致。当然,欲扬反抑只是艺术手法的一种。

穆桂英丧夫是全场的前半部分,后面尚有佘太君盘诘、遥奠等揪人

---

① 毛声山:《第七才子书琵琶记总论》,秦学人、侯作卿编著:《中国古典编剧理论资料汇辑》,中国戏剧出版社 1984 年版,第 286 页。

心肺的场面，遂使全场成为一个著名的重点场子。"京剧要表现出激动人心的场面，像《杨门女将》那样的真不多。"①

其二，在文学剧本的基础上，充分运用唱念做打手段，形成表演特色，具备观赏价值。首先是剧本创作要为表演提供基础，有白素贞索夫，法海捉妖，才有精彩的武打。有宋士杰盗书的情节，才有逼真细致的做工。其次，表演本身要有精心的设计，程式尽可能地成套。《红楼梦·哭灵》三十四句的唱段用弦下调，弦下调调式较高，板式丰富，旋律伸展性大。头四句是散板，随后四句是中板，从"想当初"往后二十句是慢清板。清板润腔自由，富有越剧抒情特色。前十句回忆往日爱情的生长，思绪绵绵。后十句回忆爱情的挫折和破灭，令人觉得压抑。"想不到林妹妹变成宝姐姐，却原来你被逼死我被骗"两句是高潮，有无限怨恨。在末六句中，前四句中板，后两句散板，缓缓收煞。《哭灵》酣畅淋漓，脍炙人口，与调式的选用，板式的设计和演唱有很大关系。

同一场戏的表演，不妨因剧种，演员而异。如《出塞》，在综合表演的基础上，祁剧重唱，京剧重舞，昆曲则载歌载舞。向来有"唱死昭君，做死王龙，翻死马童"的戏谚，表明这场戏表演有难度，有特色。

祁剧演员谢美仙扮演王昭君，在长亭送别、马上琵琶、意投黑水的情节发展中，有层次地表现了人物复杂的内心世界。演员运用了"香罗带"、"风入松"、"驻马听"三支曲牌，使人物情绪由哀伤转入悲愤最后达到怨恨，同时配合细腻的做工。她听到传呼"起驾"，心惊至于晕倒，由宫女扶进銮车。抵达分关，下车换马换装，她一看翎毛，二看衣服，三看马，表示穿上胡装的羞耻，不愿上马前行。至南马不过北关，有一

---

① 张庚：《戏曲艺术论》，中国戏剧出版社1980年版，第131页。

个马陷泥沙的动作，显示昭君的震惊。随后怀抱琵琶弹唱，决心投河。

2. 一般场子

在着力写好重点场子的同时写好一般场子仍然是完全必要的。一般场子包括头、尾（非高潮的尾）和其他开展情节、描写人物的场子。头、尾已经讲过，这里讲一讲中段的一般场子。中段的一般场子是为重点场做准备的。中段靠重点场子撑着，也要靠一般场子使它丰富起来，饱满起来。

写好一般场子，既要不离主线，又要善于导入偶然事件，开掘出各种矛盾，推动情节曲折发展，好比一棵大树，有粗壮的主干，也有繁茂的枝叶，才能摇曳多姿。前曾举过宋士杰递状的例子，就是一般场子。宋第二次递状也是很好的一般场子。《二公堂》上原告杨素贞被收监，宋士杰被责打，但宋曾截获田伦行贿书信，决意拦轿上告。按院规定拦轿告状是要打板子的，宋再也经不起打了，正为难时，巧遇杨春，他就让这个干儿子去挨打，算是奉送的一件"见面礼"。不料杨春侥幸免责。经过这一番周折，宋士杰疾恶如仇和斗争到底的意志以及捉弄人的幽默被描写出来了，情节也发展了，由此过渡到《三公堂》。

有的场子看似可有可无的穿插，其实倒是难得的好戏，只有经验丰富的作者才写得出来。京剧《将相和》叙赵国老将廉颇居功自傲，鄙视出身微贱的丞相蔺相如。其中有一场，门客贾凌和郭盛受廉颇纵容，在酒馆向蔺相如的门客李诚和傅让寻衅，李、傅主动谦让，宣扬丞相功绩，申述不计私仇、团结御侮的道理，得到贾、郭的理解。因为廉颇醒悟是虞卿劝说的结果，拿掉酒馆一场无碍于主线的发展。但门客不和是将相不和的继续，贾、郭的转变表明蔺的言行深得人心，预示了廉的醒悟。作者宕开一笔，从侧面烘托主要人物，揭示主题，然后回归主线，叙事不板。而且四门客都是丑角，加一个酒保，是五丑同场，可调节全剧气氛。

在一般场子中有些小场子，其作用却不可小看。有的小场情节极为简单，起衔接、铺垫的作用，称为垫场。宋士杰指使杨春拦轿告状就是一个垫场。《将相和》传统本从将相失和的"三档道"到赵王命虞卿劝和，其间情节脱节，劝和也缺少一个宏大的背景显示其意义。改编者加了一个短场，叙秦王挑动齐国进犯赵国，蔺、廉各递奏章献退敌之策，却避免同朝面议。大敌当前，将相不能同心协力，国之不幸。赵王深感忧虑，虞卿自荐劝和。这场戏垫得好。

《十五贯》况钟求见都堂的铺垫也很高明。先写辕门外况钟求见，后写客厅内况钟等候。写求见，先是况钟请夜巡官通报，后是况钟击鼓逼中军禀报；写等待，况钟两次误以为都堂将出，又是起身恭立，又是入位等候，真所谓坐立不安。这当然要使况钟大为感叹，一段曲词唱出他的深切感受，以此结束这段戏。正如白居易描写琵琶女的出场一样，大官僚周忱也是千呼万唤始出来的。

《十五贯》如此不厌其烦地描写周忱的出场经过，自然不仅在描绘封建时代官场的习俗，它还有更大的作用。

一是勾勒了人物性格。这段戏从侧面勾勒了周忱的官僚面孔。从况钟的再三求见，勾勒周忱的官势之盛，他的骄横；从况钟的长久等待，勾勒周忱的官架之大，他的傲慢。同样，写夜巡官胆子如鼠，写中军狐假虎威，也是为了写周忱的官势，从这些可卑可憎的奴才嘴脸，使人想见主子的尊容。这段戏还将况、周作了强烈对比：一个深夜奔忙，一个早早安寝；一个为小民遭冤着急，一个为搅醒好梦着恼；一个藐视权贵，一个倚仗架势……写一个人物出场，表现两个人物性格。

二是造成了尖锐的情境。剧本一方面渲染周忱的权势，并且透露出这个上司不喜欢僚属的多事，另一方面交代况钟是个有官声的人，且有冲破障碍的坚强意志，对立双方摆开了冲突的阵势。同时，"更鼓敲得人心烦"，时间的流逝又增加了紧迫感。

三是引起了观众的期待。况钟愈是着急，周忱愈是着恼，观众就愈有兴趣，他们知道两人相遇必有一场好戏可看。观众了解到见都已经如此艰难，预料请准复查更难，因而迫切期待着正戏。

《见都》对周忱出场的精彩描写是改编者的一个创造。朱素臣原作在况钟击鼓之后就开启角门，夜役明火站堂，周忱冠带而上。既没有中军明知故问，虚张声势，也没有况钟的焦急等待。正是改编者在一小段戏中用少而精的笔墨创造出多种艺术效果，甚至胜过后面的正戏。

比垫场简短的是过场，只有少量曲白甚至没有曲白，人物走过场而已。过场的一般功能也是衔接情节，渲染气氛。《空城计》在诸葛亮定计后，"急急风"锣鼓声中司马魏军和赵云蜀军先后过场，直向西城而去，前者是奔袭，后者是驰援。两个过场交代了人物的处境，大大增强了紧张气氛，推进了戏剧冲突，引起观众对诸葛亮安危的关注。两个过场的先后也是有讲究的。司马先过，就先到西城，才有诸葛亮"城楼弄鬼"的好戏。赵云后过，就后到西城，正好赶上为诸葛亮撤兵汉中断后。这类过场在时间上往往与前后场平行，好似交错的电影镜头，能够产生悬念。司马奔袭、赵云驰援与诸葛设空城计是同时的。

京剧《智取威虎山》第九场暗转后，追剿队和民兵滑雪过场，出奇兵攀险峰直捣威虎厅。战士英武的身姿、急速的节奏洋溢战斗的豪情，增添观众的悬念。如果在此前再加一个过场，栾平跌跌撞撞逃奔威虎厅，气氛会更紧张，还能陪衬追剿队的威武和气势。

小场子还包括幕外戏，自从戏曲舞台取消检场又采用写实布景之后，往往下二道幕换景，把一些小场子安排在二道幕外。幕外戏利用换景时间连贯了剧情，方便观众连续欣赏。然而幕外表演区狭小，演员施展不开，看上去别扭。一般幕外无景，幕内设景，风格上也不统一。所以名家大都反对幕外戏。

但也有妙用二道幕的。上海昆剧团演出的《牡丹亭》，在二道幕和天幕上都绘了柳条、假山、亭榭等图景，所以二道幕内外连成一个空间，主仆无论在幕内幕外，都是置身花园之中。再者人物少，没有大动作，二道幕也没有妨碍演员的表演。

周信芳对待幕外戏很认真，他认为只要演员能够把观众注意力吸引到自己身上，也照样能够演好。

值得注意的是，一般场子的写作普遍不受新作者的重视，在他们的作品里，也许有满不错的重点场子，却挑不出足堪称道的一般场子，甚至没有垫场和过场。这种状况必然损害了重点场子，损害了全剧结构。

### （三）程式配置

编排了场子，情节的布局就基本完成，此时可否落笔了呢？不可。还必须把情节化为唱念做打诸程式并加以恰当配置，然后用曲白和舞台指示表述出来。正好比演员离开了唱念做打无法下地排戏一样，作者离开程式无法落笔写戏，即使写出来也不能搬演。虽然作者在安排情节时已考虑到运用某些程式，但大体而言，程式配置是介于内容与语言之间的一道重要的程序。范钧宏明确指出戏曲结构包括故事结构和技术结构两大部分，总结了戏曲剧本创作的一条重要规律。技术结构即程式配置。阿甲也说，"剧本创作的艺术构思，不能和戏曲舞台程式的形象思

戏曲写作教程　第三章　结　构

维分开。"①

我们先看看戏曲剧本的程式是怎么一回事。

歌剧《白毛女》的故事很有传奇性，戏剧冲突很尖锐，几个主要人物形象鲜明。把它改编为京剧，情节和人物无须多加改动，但情节经过京剧程式的"过滤"，就成为京剧结构了。如第二场黄世仁强迫杨白劳卖女抵债，其中一段歌剧本是这样写的：

黄世仁　（怒）不要给他讲了！快给他写个文书，叫他明天把人送
　　　　来！（怒，欲下）

杨白劳　（上前拖住）少东家，你可不能走呵！

黄世仁　去你的！（推开杨白劳，急下）

穆仁智　好，就这么办吧，老杨。（到桌旁写文书）

杨白劳　（疯狂地拦住穆仁智）你……你不能呵！

　　　　（唱）我杨白劳犯了什么罪？

　　　　立逼着卖我的亲身女！

　　　　受苦我受了这一辈子，

　　　　想不到我落到了这步田地！

穆仁智　老杨，想开点，不要糊涂一时，今儿这个事是答应也得答
　　　　应，不答应也得答应！（推开杨白劳，拿笔写文书）

杨白劳　（拉住穆仁智的手）呵！

　　　　（唱）老天单杀独根草，

　　　　大水尽淹独木桥，

① 阿甲：《谈谈京戏艺术的基本特点及其相互关系》，《戏曲表演规律再探》，中国
戏剧出版社 1990 年版，第 26 页。

我一生只有这一个女，

离开了喜儿我活不了！


京剧本则一改原貌：


**杨白劳**　（一怔）少东家……

　　　　[杨白劳拉住黄世仁的袍襟不放，

　　　　"一翻两翻"，黄世仁踢杨白劳，杨翻"抢背"倒地。

**杨白劳**　（唱"二黄导板"）

　　　　霎时间昏沉沉心神迷惘——

**穆仁智**　老杨，今个我给你代笔是分文不取。

　　　　你那儿等着，我可要写啦……

　　　　[杨白劳急抢过去，托住穆仁智的手腕——"四击头""丝

　　　　鞭""仓扎"。

**杨白劳**　（唱"碰板回龙"）

　　　　休动手，莫要忙，你行好积德善心肠，容老汉再做商量。

　　　　[穆要写，杨左右遮拦——"大锣搓锤"；穆推杨倒地——

　　　　"垛头"。

**杨白劳**　（唱"原板"）

　　　　我情愿到来年把本利奉上——

　　　　[趋前跪求。

**穆仁智**　（夹白）等不及啦！

**杨白劳**　（再跪向黄世仁，接唱）

　　　　我情愿替喜儿在黄府奔忙——

**杨白劳** （绝望地叩求苍天，接唱）

老天爷你与我把人情来讲——

（叫散）

**黄世仁** 住口！（接唱"散板"）

休得要絮叨叨耽误时光！


这段黄世仁逼打手印、杨白劳无奈哀求的戏有尖锐的冲突，便于为杨白劳设计唱做兼重的表演。唱用二黄腔调，二黄适于表现凄凉沉郁的情感，做用做工老生的"抢背"、"僵尸"、"跪步"、"蹉步"等程式包括跌扑，同时配合"导板"、"回龙"、"原板"诸板式和种种锣鼓，形成强烈的节奏感。其中"搓锤"这种锣鼓点，擅长烘托剧中人物激动复杂的精神状态。歌剧情节经过这一番技术处理，才写成京剧本。

有时，既定的情节布局不一定能配置程式，就得加以调整。如杨白劳从黄府回家进门一段，歌剧中先是赵大叔带酒过场，到杨家同过除夕，后上杨白劳倒在雪地，赵再上扶杨回屋。京剧演这段戏，因杨没有多少形体动作，演员难演，也就传达不出内疚之情，而且后来杨喝盐卤倒地也在雪地，重复也难演，于是去掉杨倒地的情节，让先到杨家的赵大叔直接把杨接进门去。杨的痛苦和绝望通过他欲言又止的对白，通过他服盐卤时独自一段唱做表现出来。

上场下场是程式配置不容忽视的一个方面。演员在上下场时必须用程式表现人物感情，其基本要求是在音乐节奏中上下。《白蛇传》中白素贞几次上场都能达到上述要求。《游湖》一场白在幕后唱"南梆子倒板""离却了峨嵋到江南"，在胡琴过门中场面起小锣，小青先跑上，看花，四处张望，白在小锣最后一锣时上场，接唱。白陶醉于美景良辰，心旷神怡，故上场轻快。及至《断桥》，白经历了一场恶战，腹痛临产，悲愤满腔，在幕后唱"西皮倒板""杀出了金山寺怒如烈火"，[切头]，白上，亮住，胡琴、锣鼓都戛然而止，白意犹未尽，又一句干哭头："狠心的官人啊"，继续宣泄她的怨恨，然后小青追上。情境不同，上场各异，而带戏上场，合音乐节奏又是共同的。

为使人物上场不离音乐节奏，要有铺垫，叫做给"肩膀"。《杨门女将·请缨》写杨府老幼闻说朝廷意欲求和，都憋着一股气纷纷请战，三次上场都很有气势。三次上场都有同场人给"肩膀"。穆桂英上场先由佘太君唱一句"杨家的先行官天下少见"，又由王辉逼问"有先行啊，现在哪里？在哪里呀？"于是桂英在"撕边"一击中从灵帏后敏捷地转出，倒翻双袖，逼视王辉接唱。

程式配置既有局部性的，也有全局性的，根据故事情节在唱念做打四功中决定表演侧重点就是全局性的。如《奇袭白虎团》正面写一场战斗，应是一本武戏。《红灯记》写异姓一家的阶级感情和三代人前仆后继的革命精神，故取唱念并重的布局。选择哪一功既取决于内容，也取决于演员特长等条件。当同一个内容允许以不同艺术手段表现时，演员特长就起着决定作用。

决定一本戏中各场适用哪一功也属全局性技术布局。《红灯记·赴宴斗鸠山》是宴会舌战，正面斗敌，故以念白为主。《刑场斗争》是祖孙三代生离死别，当以唱工为主。

程式配置后于场子编排，但有经验的作者能够在早期构思时就为发挥技术而选择情节。

程式配置还包括大量的曲白安排及其相互衔接。这部分内容划归下面一章。

思考与练习

根据一场一中心和一本戏要有几个重场的结构原则，把第三章二中第1题所编《雷雨》戏曲故事，加以分场标目。

## 四、结构手法

作者在结构过程中必然要采用一些手法，便于铺陈情节，描写人物。掌握的手法愈多，写作愈得心应手。这里介绍几种常用的戏曲结构手法。

### （一）戏眼

中国古典诗论有诗眼之说，如"红杏枝头春意闹"、"春风又绿江南岸"两句中"闹"和"绿"生动地描写春天蓬勃的生机，把静景变成动态，凝练而传神，这两字便是诗眼。戏曲结构中也有戏眼。所谓戏眼，是指处于戏剧冲突关键地位的人物，有了这样的人物，冲突得以向纵深发展，或者得以顺利解决，情节便于布局，也有利于主要人物的塑造。

《杨门女将》里有个人物叫杨文广，是杨门四代单传的男儿，他对于这个大家庭的重要性自不待言。在上半本戏中，借文广出征还是留家的争议引出《比武》这场好戏，淋漓尽致地表现了女将们的爱国豪情和英雄气概。下半本戏，敌我双方更是围绕着文广斗智斗勇，显示了敌人的狡猾，穆桂英的胆略和佘太君的老谋深算。没有文广做眼，这个戏的冲突就一般化了，主要人物也将黯然失色。

戏眼有实的，也有虚的，虚的戏眼是指不出场的人物，如京剧《义责王魁》中的敫桂英。敫桂英对王魁的恩情，通过义仆王中反复加以交代，表现王中对女主人善良品行的敬重，为他与王魁的决裂作了铺垫。没有幕后桂英这个眼，就显不出王魁的忘恩负义，也不会有王中的义责。敫桂英是王魁负桂英故事本身所提供的人物，剧作者的高明之处在于把她放到幕后，通过王中反复介绍，使她成为铺排小主人与老仆人之间冲突的关键人物，并烘托了两个人物的性格。

北杂剧《汉宫秋》的毛延寿也是一个戏眼。


### （二）戏胆

戏胆是情节发展中起着特殊作用的事物，多贯串全剧，成为悲欢离合的见证，解决冲突的关键，或是人物关系，主人公命运的象征。戏胆使作品富有寓意和趣味，成为画龙点睛的一笔。它有利于人物抒情，也有助于表演。

李香君的那一柄桃花扇不是才子佳人普通的定情物，它不但表爱情，而且连命运，出性格，见情调，富寓意。没有那个奇特的扇子，作者无法完成全篇庞大的结构，它是戏胆无疑。

《四进士》田伦写给顾读的密信，把田伦、顾读推上犯罪的道路，把原告杨素贞关进监狱，使宋士杰更深地卷入这场官司，引出一件民告官的案中案，最后当作罪证制裁了田、顾。所以这封密信是本剧的戏胆。

现代戏中李玉和的红灯也是戏胆。它是铁路上的号志灯，又是地下工作中联络的信号，还是革命者崇高品质的象征，它与情节、与人物、与立意的关系都很密切。剧中密电码仅仅是故事的起因和归结，在结构上不起作用，更无丰富内涵，故密电码不是戏胆。

也有把戏胆解释为主要人物的。长时期来，人们对某些戏曲术语的解释是不一致的。

### （三）悬念

悬念是指引起观众对戏剧情节和人物命运关注的技巧。它普遍运用于戏剧作品的整体布局和局部布局之中。西方戏剧理论家认为悬念是引起观赏兴趣的一个重要手法。戏曲创作中的悬念自有其特点。

话剧中的悬念产生于戏剧冲突及其发展过程，由于冲突展开迟缓，悬念的产生也晚。戏曲一开场就以叙述方式介绍主要人物和主要事件，接触到主要矛盾，故能较早地提出悬念。《秦香莲》第一场《宿店》就告诉观众，秦香莲的丈夫陈世美当了驸马爷，香莲携儿女进京寻夫。这就接触到了陈世美弃旧迎新与秦香莲要家庭团聚的矛盾，观众会顿时提起兴趣，急于知道陈世美认不认妻儿，如果不认，香莲这个弱女子将怎么办。

有人以为戏曲不向观众保密，故戏曲无悬念，或者戏曲悬念无关紧要。其实不然。戏曲人物在剧中行动可以分解为做什么和怎样做，两者都是观众所关注的。某个人物想做什么，都预先告诉观众，若悬念仅仅是让观众关注人物做什么，那么可以说戏曲无悬念。但观众还关注人物怎样做，这也是悬念。而且是更重要的悬念。因为人物性格不仅表现在他做什么，更表现在他怎样做。把观众的注意更多地引向后者，岂不是更好？何况观众在对人物的行动有了初步了解以后，他们关注人物的兴趣会更强烈些。所以戏曲的悬念是更强烈的悬念。

观众知道某人想做什么，剧中其他人不一定知道，于是观众替其他人或喜或悲，并急切期待事件的发生。等到事件发生，人物陷入某种境遇而或喜或忧时，观众已经脱离喜忧，而在表示着对人物的爱憎褒贬了。这种欣赏的乐趣正是戏曲特有的悬念所带来的。观众看《杨门女将》下半本，知晓西夏策划绝谷诱兵计，不免为宋军担忧，关注宋军动向。当王翔在葫芦谷前挑战，穆桂英一眼识破敌人诡计，佘太君果断决定将计就计，派兵闯谷，奇袭贼营，观众不禁欣喜，钦佩女将们有智有勇。

《甘露寺》的悬念比较复杂。孙权派贾华带兵埋伏在寺内两廊，准备席间对刘备动手。观众为刘备的安危忧虑。但观众还知道乔国老收受刘备厚礼，热心玉成婚事，所以他们估计孙权未必如愿以偿，也为他捏一把汗。这是双重悬念。待到刘备得知有伏兵而惊慌失措，孙权发现国老多管闲事而恼怒着急，观众的情感反应已超前一步，在向刘备表示同情，向孙权表示嘲笑了。

### （四）伏线

伏线是对将要出现的某个重要事件预作准备，以求前后呼应，使结构紧凑。李渔就是把它作为密针线的方法进行介绍的，称做埋伏照映，语意清楚。埋伏时不着痕迹，照映时才能令人惊喜。《四进士·柳林写状》有按院大人毛朋微服私访，代写诉状这一笔。剧终宋士杰以百姓告官罪发配充军，但他竟然提出犯法始于柳林写状的理由逼迫毛朋首先承担责任，从而争取到免罪获释。观众至此方才醒悟柳林写状原是埋伏，佩服作者匠心。

李渔评断传奇运用埋伏照映技巧胜元剧一筹，一般地说是这样的，但不尽然。《救风尘》是一个例外。关汉卿写赵盼儿去会周舍时随带酒、羊和红罗，可能观众对此不予注意，或者狐疑不解。后来周舍追赶赵盼儿，指认她是自己老婆时，列举的理由是她消受了自己的酒、羊和红罗，然而此话虚妄，这些物品都是赵盼儿自备的，周舍无言以对。作者的设伏巧妙极了！

伏线一般是指情节方面的，然而不妨把性格描写方面的某些笔墨包括在内。北杂剧《李逵负荆》的大闹聚义堂突出描写了李逵捍卫梁山聚义事业的可贵动机，观众并不觉得李逵的行动来得突兀，是因为在下山一折描写了李逵对梁山如画景致的赞美，透出他对梁山事业的珍爱和自豪。李逵声称"人道我梁山泊无有景致，俺打那厮的嘴！"他对诋毁梁山景物的人尚且要打嘴，对败坏梁山声誉的人当然容忍不得。先在细节上对人物某个性格特征略加点染，然后在重大事件上对此性格特征加以突出描写，是另一种埋伏照映。

埋伏照映也叫做留扣子、抖包袱。扣子可以明留，引起注意，造成悬念；随后一次次系紧扣子，加强悬念；最后抖出包袱，出现强烈效果。范钧宏曾举《黑旋风》为例。第一场李逵去沂州，宋江禁止他在外喝酒，留了扣子。李逵一路上闻得酒香扑鼻，居然"咬紧牙关说不香"。路过王林酒店，店主父女盛情款待，李逵不觉喝了一杯酒，随即停饮上路。李逵如此克制自己，是因为他敬重宋江，遵从他的将令。所以当他归途再过王林酒店，听说是宋江抢走了满堂娇，暴怒而且震惊，于是开戒狂饮。这就是抖包袱了。扣子系得紧，包袱抖在节骨眼上，产生了巨大的艺术震撼力，把人物性格刻画得入木三分。


### （五）蓄势

蓄势是为把戏剧冲突推向高潮而又暂时抑制高潮到来的戏剧技巧，

好比猛射一箭前的盘马弯弓，洪水暴发前的积蓄势头。一本戏的高潮强烈与否同蓄势充分与否直接有关。所以如果高潮没有写好，除了从高潮本身找原因，还得看看蓄势蓄得如何。

《海瑞上疏》的高潮在第八场《冒死上疏》，自是动人心魄的好戏。而高潮前海瑞修本的曲折过程又使观众多么地牵肠挂肚啊！第六场《修本焚本》海夫人百般劝说阻挡，火焚疏本也罢，撞壁自尽也罢，都动摇不了海瑞忧国忧民、匡君之过的坚强意志。第七场《别友规友》，海瑞深夜离家，借老友何以尚书房重修本章。何以尚为疏本激烈的措词所吓呆，他也要焚本，也要劝阻海瑞，但反而被海瑞所激励，作者将何以尚来烘托海瑞的忠心、胆量和见识。天明前，海夫人和何以尚送别海瑞至午门，海瑞预备的棺木也抬到午门，海瑞在"急急风"锣鼓中进了午门。两场戏写了修本、焚本、再修本，劝阻、反劝、生离别，构建了山雨欲来风满楼的情势，描写了海瑞忠心赤胆硬骨头性格。反反复复不让海瑞上疏，正是为了写好上疏。

有时高潮场子本身也需要蓄势，把冲突有层次地推到顶点。《杀惜》从宋江回楼寻觅招文袋以下是高潮，宋江与阎惜姣共处一屋即一夜为高潮前的蓄势，表现老夫少妾感情裂痕之深，矛盾到了一触即发的地步。宋江去而复返，情节的铺陈更加细致。阎惜姣恶声恶气指控他"私通梁山"，挑起冲突，然而冲突没有直奔顶点。宋江并未想到杀人灭口，他为把大事化小，面对阎惜姣的步步进逼而节节退让。每一步进逼都可能使冲突达于顶点，又被每一节退让所抑制。直至宋江单方面交出休书却换不回梁山书信，阎惜姣必欲向官府出首，到了你死我活不共存的地步，才招来宋江手起刀落，一举解决冲突。进逼和退让正是为那致命的一击蓄势的。《杀惜》的结构艺术受到推崇，观众百看不厌，就在于它既有高潮前的蓄势，又有高潮中的蓄势的缘故吧。

### （六）渲染

戏曲叙事的特点是"有话则长，无话则短"，对于关节点，对于人物内心世界，泼墨堆金，反复描述，务求写透演足。焦菊隐以为渲染也可以说是以多胜少，他说："现在编写的戏曲剧本，以少胜多的手法固然掌握得不够好，而以多胜少则掌握得更不够，该充分描写的地方没有充分描写，而且不懂得怎样深入挖掘人物的精神面貌。"[1] 新编戏曲擅长渲染的当然是有的，《杨门女将》对于穆桂英丧夫之痛的渲染是著名的。但比较而言，传统戏更擅长渲染。

《拾玉镯》借一只玉镯渲染了少女又爱又羞的初恋情态。玉姣出门踩着玉镯，明白是傅朋所赠，心中暗喜，欲拾又止，终于拾起。忽见傅朋返回，放下镯子关门。以后再次拾镯，先丢手帕盖住玉镯，装作拾帕，连镯拾起，戴上手腕玩赏。这个戏是做功戏，表演得细腻传神令人叹为观止。戏曲渲染的另一个有力手段便是唱功。当然曲词不可空泛，要有动作，有情节。扬剧《鸿雁传书》敷演王宝钏托鸿雁带一封血书给从军西凉的丈夫薛平贵，以寄思念之情。她欲将书信扣在雁儿颈间，却怕雁儿到河边饮水时打湿书信；欲将书信绑在翅膀上，担心妨碍了飞行；欲待系在腿上，顾虑雁儿停歇树林时书信会缠到枝头；最后她把书信缚在雁儿背脊才觉妥当。临行，又反复叮咛："……飞高谨防罡风紧，飞低谨防弹弓伤你身，不高不低隐入云，但愿你早到西凉城。"真渲染到家了。

---

① 焦菊隐：《焦菊隐戏剧散论》，中国戏剧出版社 1985 年版，第 21 页。

### （七）重复

戏曲对白常有词句的重复，或者为了交代清楚，或者要强调些什么。这是最普通的重复手法。也有情节的重复。顾读、毛朋各审杨素贞案，场面、问答大体相同，断案却截然不同：一个徇私，一个秉公。通过重复强烈对比了两个人物。这是《四进士》的一个局部。再扩大一点，这个戏的整体布局的显著特色也是重复。三次公堂审案是全剧情节的主体部分，这是重复的一面；三审的情节各不相同，又是变化的一面。又相同又不相同，寓变化于重复之中，情节在重复中发展，性格在重复中描写。越剧《碧玉簪》三场洞房的布局类似。

一不过二，二不过三。戏曲重复以三为多，从一些剧名上就可以看出来。如《三顾茅庐》、《三打祝家庄》、《三打陶三春》、《三请樊梨花》、《三戏白牡丹》……

大段的重复，成为重要的戏剧情节，解决冲突的主要手段，是戏曲所特有的。《拾玉镯》里刘婆挑明玉镯的来历，原是那个小白脸送的，孙玉姣含羞抵赖，摔椅子发脾气。空口无凭。刘婆不得不把小姑娘拾镯的过程重新学做一遍，使孙玉姣大窘，转而求刘婆成全婚事。重复手段解决了孙、刘矛盾，使情节发生重要转折，走向结局。

重复要恰当，要能引起观众兴趣，加深观众印象，而不能使观众生厌。

### （八）对比

对比手法广泛应用于整本戏和整场戏的布局。《十五贯》鲜明地对比了况钟与过于执两个官员截然不同的办案作风，第三场写过于执主观武断，制造了一件冤案，第四场写况钟监斩时觉察了冤情。《疑鼠》一场，过于执不得已陪同况钟亲临尤葫芦家现场踏勘，直接对比调查研究和轻视取证两种行为。《见都》则是况钟与周忱之间的对比。《群英会》是把周瑜、曹操、诸葛亮三人的智谋和性格加以对比，其中《草船借箭》则是诸葛亮与鲁肃的对比，鲁肃烘托了诸葛亮的大智大勇。对比也用于情节细节，滇剧《牛皋扯旨》中牛皋敢于怒扯圣旨，但对岳夫人手书却恭敬叩拜。一切对比归根到底是人物性格间的对比。

对比还可以与渲染、重复等手法并用。

《杨门女将》以乐境写哀已是动人，哀乐对比又因闹酒的渲染愈显强烈。有时对比依靠重复得到强调，如《将相和》三挡道强调了廉颇的居功自傲与蔺相如的谦逊忍让。《乌龙院》有个人物关系的对比也是在重复中进行的。张文远得知阎婆生日，打算礼到人不到，阎惜姣表示"只要你人来，礼不来不要紧的"。当宋江也表示礼到人不到时，阎却说"只要你礼到，人到不到不要紧"。对白重复，仅答语稍异，亲疏立见。

### （九）隔壁戏

戏曲中的隔壁戏是利用一堵墙组织戏剧冲突、展现人物心理的特殊结构手法。人物隔墙能够听见对方的心声而作出自己的反应，如越剧《盘夫》敷演忠良之后曾荣阴差阳错，入赘仇人严世藩家，他在书房内自叙身世、痛骂仇家必定不敢出声，不可能被新夫人严兰贞听见，然而兰贞竟然句句听清。这是违反生活逻辑的。戏曲为集中表现主要的东西，迅速推进冲突，允许对情节作假定性处理，让兰贞在书房门外听见曾荣的心声。假设这段戏拘泥于实际生活，就得增添一个曾荣的心腹朋友与曾荣密谈而为兰贞听见，那样就横生枝节了。

另一类隔壁戏稍写实些，隔墙听不见对方声音，但编导让他们对唱，曲词丝丝入扣，就像在进行直接交流。沪剧《星星之火》叙杨桂英和儿子双喜从乡下来到上海看望当包身工的女儿小珍子，见女儿被折磨得骨瘦如柴，失魂落魄，十分痛心。包工头不许母女交谈，把小珍子拖进屋内毒打。母女俩咫尺天涯，不得团聚，隔墙对唱，声泪俱下。川剧《四姑娘》有一场著名的"三叩门"也是隔壁戏，内外都是背躬唱。

思考与练习

越剧《梁祝·十八相送》用了哪些结构手法？

# 第四章　曲　白

　　戏曲作者经过艰难的结构阶段，就会急切地运用语言去表达剧本的内容。戏曲剧本的语言包括曲词、念白和舞台指示。舞台指示是作者写给导演和演、音、美等全体艺术创作者看的，它说明戏剧故事发生的环境，人物的动作和上下场，曲调、板式和锣鼓经等。曲白则是人物的语言，另有极少量的幕后唱。

　　曲白应当具备音乐性、舞台性和文学性。就是所谓可歌、可演、可读。但曲白的文学性不仅为应付阅读之需要，它主要为歌唱和演出提供良好的文学基础；反之，可歌可演又是文学性得以发挥的前提。曲白的"三性"在优秀剧目中是达到完美统一的。不过，三者互相矛盾的情况也时有发生，比如曲词佳与协音律往往难以两全。如何解决这个矛盾？一般地说，由于曲词关乎内容的表达，它无疑处于优先的地位，不可以声害义；但声律根本上也是关乎内容的表达的，故必须尽可能地予以兼顾。在中国古代戏剧演出史上，只有声律美而曲词欠佳的作品被广为演唱，未有曲词佳而不协律的剧本奏之场上的。

## 一、曲白的音乐性

戏曲音乐有两个不同的结构体系，一个是曲牌联套的结构，一个是板式变化的结构。曲牌是填词制谱用的曲调调名统称。一支支曲牌须归入一定宫调，构成一组曲牌，故称曲牌联套。曲牌联套的结构也称曲牌体。今为昆曲、高腔所采用。板式变化是以一对上下乐句为基础，以各种不同的板式（如三眼板、一眼板、流水板、散板等）的联结与变化，作为音乐的基本手段。又以声腔（如西皮、二黄）的转换作为补充，表现不同的戏剧情绪、戏剧气氛，故称板腔体。为梆子、皮黄系统和众多地方剧种所采用。

曲词是配合音乐而歌唱的，所以曲词也有曲牌体和板腔体之分。为便利初学者，我们只讲板腔体曲白的写作规则。

### （一）曲词的句式、用韵、声调

1. 曲词的句式

板腔体曲词句式的主体是上下句体的七字句和十字句。每段句数不限。七字句源于古代七言诗，十字句则是七字句的扩大。七字句容量较小，行腔简捷，适于表现明快有力的情绪。十字句容量较大，行腔婉转，适于表现丰富复杂的情绪。如京剧《杨门女将》穆桂英唱：

宗保诞辰心欢畅，

天波府内喜气扬。

红烛高烧映寿幛，

悬灯结彩好辉煌。

想当年结良缘穆柯寨上，

数十载如一日情义深长。


两种句式都是由三个节拍组成，字数分别为二、二、三或三、三、四，其特点是节奏鲜明，上口入耳，适于歌唱。有人认为十字句有四个节拍，末四字含有两个节拍，末节拍是两个字，而七字句末节拍是三个字，这是两种曲词句式的主要区别。

但是十字句的字节拍也有三、四、三的，七字句的节拍也有三、二、二的。后者如越剧《红楼梦》贾宝玉叙说琪官"再不愿厕身优伶，愿做个隐居渔樵"。前者如崔莺莺嘱咐张生："我这里青鸾有信频频寄，你休要金榜无名誓不归。"

除七、十字句外，尚有五、四、三、二字句。五字句如京剧《芦荡火种》阿庆嫂所唱："垒起七星灶，铜壶煮三江。摆开八仙桌，招待十六方。来的都是客，全凭嘴一张。相逢开口笑，过后不思量。"字数更少的句式一般是在一个唱段或一个长句中夹用。如《杨门女将》佘太君唱："到如今宗保边关又丧命，才落得，老老小小、冷冷清清、孤寡一门、历尽沧桑，我也未曾灰心！"这是四字句。三字句如穆桂英唱："可笑我弯弓盘马巾帼将，今日里，簪翠钿，换红装，去厨下，到寿堂，传杯摆盏内外忙。"二字句如《红楼梦》傻丫头向林黛玉泄密后幕后唱："眼面前桥断、树倒、石转、路迷，难分辨南北东西。"

字数不等、节拍不一的各种句式适应不同容量、不同情绪和剧情，避免节奏的呆板单调。一个唱段的句式不一定是单一字数或单一节拍，可以根据需要相间排列。还可以穿插短句。有时为了强调某一词组或句子而叠用。如京剧《赵氏孤儿》程婴唱"谁知我舍却了亲儿性命，亲儿性命"；"画就了雪冤图以为凭证，以为凭证"。阿庆嫂唱"怎么办，怎么办，怎么办？事到其间好为难"。有时为了造成一泻千里的气势而用长句。如《革命自有后来人》李奶奶唱家史："幸有那玉和儿脱出险境，可敬他身负重伤怀抱孙女手提此灯带领着祖母来到此地落户安身……这红灯是我们传家之宝，到如今你爹被捕必须那有志之人承受此灯把革命任务担承。"前一长句细写李玉和在罢工被镇压后如何艰难地坚持斗争，后一长句表述了革命前辈对后来人的热切召唤。句中多四字短语，使节奏鲜明。

曲词中有一个特殊的语言现象——"衬字"。在固定字数的曲词中加入衬字，可使句式变得参差错落，活泼多姿，可使语意周密，在对唱中可毕肖人物语气、神情、使对唱接近口语。衬字多为虚词、代词、副词和介词结构等。京剧《谢瑶环》瑶环唱："愁只愁江南百姓（又要）遭苦难、愁只愁天下（纷纷）难免战血丹；愁只愁袁郎（在）太湖（万顷）烟波远，夫妻（们）见面难上难！"去掉衬字成十字句和七字句，语意基本不变。

2. 曲词的用韵

《辞海》释"韵"是一个音节的收音。汉字是单音节字，所以一个音节的收音就是一个汉字收音。收音相同称为同韵。把同韵字按一定的规则排列在曲词的句尾，称为押韵。那个同韵字便称为韵脚或辙口。穆桂英四句曲词的韵脚分别是畅 chàng，扬 yáng，幛 zhàng，煌 huáng，收音都是ang。这是用汉语拼音分析收音，到底哪些字为同韵字，以韵书为准。

近现代流行较广的曲韵为十三辙。十三辙前有中州韵，中州韵反映元代北方语音的规律和特点，最早为北曲所使用。后来语音变化了，随着清代地方戏的兴盛，根据北方官话语音，合并中州韵二十一韵为十三个韵部，就是十三辙。它大致适用于皮黄梆子系统诸剧种，每个韵部选用其中两个字作为代称，它们是中东、人辰（臣）、江阳（洋）、言前、遥条、由求、怀来、发花、姑苏、灰雄、梭波、捏（乜 miē）斜、衣欺（衣齐、衣七、一七）。有人在每一个韵部中选用一个字凑成一句话，以便记忆，这句话是"俏佳人扭捏出堂来东西南北坐。"

十三辙常用韵部只有中、江、遥、怀、发、梭等、其他韵部字数少，发音不响亮，不常用。

选用辙口与表现的情绪有一定联系，如中东、江阳辙发音响亮，宜于表达昂扬的情绪；言前辙发音婉转，用以表示激荡起伏的情绪；人辰辙多表露细腻的情绪，等等。

十三辙运用于不同剧种可有灵活变通之处，如在京剧中，中东与人辰、灰堆与衣齐可以连用。不少地方剧种采用十三辙时结合方言略加变更，如越剧将言前辙分成三部，一些南方剧种有入声韵。

用韵规则，一段曲词一韵到底，句句押韵的叫连句韵，隔句押韵的叫偶句韵，首句入韵与否均可。京剧是连句韵。一些年轻的地方剧种多押偶句韵。

3. 曲词的声调

声调指字音的高低长短，是汉语言文字的一个特点。在韵文中，声调分平仄两类，平声以外的声调统称仄声。平声长而舒展，没有明显的高低升降变化；仄声短并有高低升降变化。平仄调节更替，形成抑扬回环的音乐美。律诗的平仄配置有严格的规则，曲词也要适当地调平仄，使声调和谐，利于演唱。

调平仄要求韵脚为平声韵。连句韵须上仄下平，偶句韵奇句的尾字常用仄声字。为何规定上仄下平呢？上句尾字在行腔时多是上扬与翻旋，或者是收煞停顿，故宜用高低起伏的仄声字，以便唱得字正腔圆。相反的，下句尾字却要无高低起伏的平声字，以便拖腔，容易咬准字音。

除了韵脚的平仄以外，每句曲词平仄相间，上下句曲词之间也宜平仄相对，防止平声字或仄声字的多个连用，以致拗口逆耳。京剧《西厢记》红娘一段曲词是平仄谐调的。

花红彩礼何足论？（——11—11）

（你自有）灭寇功勋举将能。（11——11—）

（俺）小姐心下（也）千般肯，（11—1——1）

（都只为）君瑞胸中百万兵。（—1——11—）


《智取威虎山》有句曲词，"我恨不得急令飞雪化春水，迎来春色换人间！""春色"原词是"春天"，修改后词义准确形象，声调也和谐多了。"迎来春天换人间"是平平平平仄平平，连用四平声，七字中仅一字仄声，起伏少，高低强弱的对比也小。修改后"色换"两个仄声连用，调节了全句。


## （二）念白的韵律

戏曲念白，也叫"话白"，"说白"，"道白"、"白口"等，包括韵白和散白两种形式。京、昆等许多剧种都有韵白。韵白又分散语和韵语两种，韵语包括诗、词、骈体、对句等，多用于人物上下场。新编剧目只偶尔用之，如《杨门女将》焦、孟上场念对句"换下素衣裳，含泪入厅堂。"散语无韵脚，长短句，有时夹入一些四六言或对句。韵白以中州韵为读音、咬字、归韵的标准。字头分"尖团"，如笑、孝同音而分尖团，笑读尖字 siào；孝读团字 xiào。字尾按十三辙归韵，某些字还有特殊读音，像"处"读"去"，"如"读"余"，"战"读"赚"，习称"上口"，是受"湖广音"（湖北语音）的影响而形成。有些地方剧种的韵白是用方音念的，不采用中州韵。韵白语调抑扬顿挫，铿锵悦耳。给人的感觉是严肃、沉稳、庄重。京剧《海瑞上疏》海瑞徘徊街头的长篇独白就是精心编演的韵白。摘抄一小段于下。

乌纱呀乌纱，要你何用？君不君，臣不臣，我做的什么官，食的什么禄？倒不如辞官而走，归隐山林，落一个与世无争！这与世无争！海瑞——差矣！我海瑞自幼萤窗雪案，苦读诗书，立志献身，为国为民，才能上不愧天，下不愧地。眼见得朝政日非，民生日敝，我岂可畏难而退。我海瑞若不挺身而出，哪一个又敢出头？

散白读音、咬字、归韵都以剧种方言为标准，如京剧的散白是北京方言，称京白，昆曲的散白是苏州方言，称苏白。散白接近口头语言，给人的感觉，轻松、活泼、亲切、自然。京剧《拾玉镯》刘婆的上场白是一段普通的散白：

我说刘婆，适才见傅朋与孙玉姣眉来眼去的，傅朋又弄一只镯子丢在孙家门口，我看他二人彼此都有意，可惜中间无人事不成。哎，常言说"天下人管天下事"，都是这边溜儿好街坊，我闲着也是闲着，不免前去给他们成全此事，哎，有何不可？

在传统戏中，有身份的人大都说韵白。以角色行当看，小生、青衣、老旦都说韵白，老生、花脸一般也说韵白。身份卑微的如彩旦，花旦、丑角以京白为主。现代戏试验过"新韵白"，关于人物身份，当然是打破了封建等级观念的，如李少春扮演的杨白劳。现在念白不再区分韵白和散白，都说普通话，但还是要求韵律化，这是为了与曲衔接，与舞蹈化的动作配合。现代戏尤其要着意避免"话剧加唱"的不良倾向。京剧《红色娘子军》洪常青一段念白是充分韵律化的。

我公司自创业已来，上有远大之宗旨，下有坚韧之毅力，同人齐心，众志成城，名扬四海，声震八方！此次开发海南橡胶园，有关当局，大力支持，各界父老，纷纷赞助。不料踏进南府，竟遭冷遇！主人见疑，宾客喧嚣，谈虎色变，草木皆兵！看来这椰林寨，地，不是安全可靠之地；人，并非合作共事之人！成大业，脚下自有千条道，我何必走南府这独木桥！

无论是韵白，散白或现代戏念白，都不是生活语言的本来形态，而是经过提炼和夸张的艺术语言，具有节奏感和声韵美的音乐语言，近乎朗诵体。韵白和散白的差异，只在其音乐性的程度。唯其是音乐语言，才能念着顺口，听着顺耳，并与曲协调。即使以白为主的"白口戏"，也不致与话剧相类。戏曲念白的基本艺术要求，王骥德用一句话作了概括："句子长短平仄，须调停的好，令情意婉转，音调铿锵，虽不是曲，却要美听。[1]""音调铿锵"说的是音乐性；其目的是"情意婉转"与"美

---

[1] 王骥德：《曲律》，中国戏曲研究院编：《中国古典戏曲论著集成》第四集，中国戏剧出版社 1959 年版，第 141 页。

听", 即充分表达内容, 使观众听得清、听得美; 其方法是 "调停句子长短平仄", 即搭配好句式和平仄。上引洪常青一段白, 大量连用四字句, 滔滔不绝, 短促而强劲, 理直而气壮。两个结句稍长, 都是三节拍, 似曲词中的十字句, 缓缓煞住, 余音绕耳。有两处用了对仗句, 极有气派。尾字平仄相间, 在 "心、城、海、方" 四字中、以平声为主, 第三字间以仄声; 在 "局、持、老、助" 四字中, 以仄声为主, 第二字间以平声。随后连下两个仄声字 "府" 和 "遇", 用低声调突出语意的转折。接着, 在 "疑、嚣、变、兵" 四字中, 又以平声为主, 第三字间以仄声。最后, "地、人、道、桥" 是仄平仄平。在四字句内, 除 "同人齐心"、"各界父老" 是四平四仄以外, 其余都是平仄相间的。这样的念白, 不但演员爱念, 观众爱听, 而且 "情意婉转", 为英雄人物增色。

"诸戏曲之工者, 白未必佳, 其难不下于曲。"[1] 看来确实如此, 况且曲词可借助腔调和伴奏以藏拙, 白无此方便, 故白决不易于曲。然而作者往往工于曲而忽略白, 以致新编剧目的白普遍欠佳, 影响了艺术完整性。


### (三) 曲白的分类、功能、布局

1. 曲白的分类

A. 独唱独白。人物上下场的唱念, 心理描写的唱念, 都是同场人听不见的, 还有大段净场唱念。是第一章说的 "作者提示"。

B. 对唱对白。用于人物之间的交流。

C. 背躬 (供)。也是表现内心活动的, 但不同于独唱独白。背躬有交流对象而把真实心情秘而不宣, 只透露给观众, 如杨文广向父帅敬

---

[1] 王骥德:《曲律》, 中国戏曲研究院编:《中国古典戏曲论著集成》第四集, 中国戏剧出版社 1959 年版, 第 141 页。

酒，请母亲代饮，穆桂英唱："眼望着杯中酒珠泪盈眶……"；后者无交流对象，如佘太君在寿宴上的观察思考："桂英儿平日里颇有酒量……"背躬有一人、二人和三人的。现仅举三人背躬曲白的例子。

《沙家浜·智斗》（曲）：

| 刁德一 | 这个女人不寻常！ |
|---|---|
| 阿庆嫂 | 刁德一有什么鬼心肠？ |
| 胡传魁 | 这小子一点面子也不讲！ |
| 阿庆嫂 | 这草包倒是一堵挡风的墙。 |
| 刁德一 | 她态度不卑又不亢。 |
| 阿庆嫂 | 他神情不阴又不阳。 |
| 胡传魁 | 刁德一搞的什么鬼花样？ |
| 阿庆嫂 | 他们到底是姓蒋还是姓汪？ |
| 刁德一 | 我待要旁敲侧击将她访。 |
| 阿庆嫂 | 我必须察言观色把他防。 |

《西厢记·赖婚》（田汉本，白）：

| 崔夫人 | ……儿啊，拜见你张家哥哥。 |
|---|---|
| 崔莺莺 | （惊）怎么！"哥哥"？！ |
| 张　琪 | 这口气不对了。 |
| 红　娘 | 老夫人变了卦了。 |

D. 分唱分白。分唱如《杨门女将》第一场焦、孟二将"趟马"上，

分唱四句［西皮散板］。第五场比武二合后，太君、七娘、郡主分唱［摇板］，各自作出反应。分唱不要与对唱混淆，分唱在人物间没有交流，他们只是共叙一件事。分白同样如此。

E. 同唱同白。《杨门女将》桂英与文广母子俩出马比武，两人同唱反映了共同的行动和相同的精神状态。"我的儿（母）马上英姿果惊人！奔将台躬身拜听候传命——母子们在校场各显奇能！"同白也能强调人物的一致。

F. 连唱连白。如穆桂英唱"恰好似万丈高崖……"，柴郡主接唱"坠身汪洋。"《智取威虎山·定计》少剑波白："你骑上许大马棒的青鬃马，按照猎户老常指引的路线，往东北方……"杨子荣接白"绕道上山。"杨七娘在《请缨》一场继穆桂英之后出场，责问王辉"你道杨门女将老迈无用，可知俺杨七娘的本领！"众人接白"众女将的威名！"众人唱［散板］"冲锋陷阵经百战"，七娘接唱"好似那七郎八虎在世间！尔敢把俺七娘……"众接唱"众女将……"七娘和众人同接唱"来小看"，连白连唱都有了。

G. 内唱内白。内唱是人物在幕内起唱，上场亮相，接唱。这有带戏上场、造成声势之效，并能吸引观众注意。常常用在人物行进途中或人物身处激情之中。如《杨门女将·探谷》穆桂英内唱［高拨子导板］后上，巡视，"亮相"，接唱〔垛板〕。

内白有相似的用法。《萧何月下追韩信》，韩信跑园场，幕内萧何喊"将军慢走！"也有内唱内白并用的。《强项令》第二场公主内唱一句［西皮倒板］，赵彪内白："呔！行人闪道，公主车驾来也！"另有不出场人物与场上人物对答，称为"搭架子"，不出场的念白也属内白。

上述曲白类别，独唱独白和对唱对白是两种基本形式；其余数种适用特定场合，作者当尽可能采用。《杨门女将》几乎用上了所有的曲白形式，舞台风貌活泼多变，抒情叙事准确生动。

2. 曲白的功能

曲白各自的功能并无绝对的界定、它们都有抒情、叙事、绘景、说理等功能。相比较而言，抒情多用曲词、叙事多用念白。这是因为曲词的音乐性比念白更强些，而音乐是擅长抒情的。越剧《红楼梦·哭灵》婉转地酣畅地抒发贾宝玉歉疚、怀念。悲愤的复杂感情，必须有大段曲词，成套唱腔。京剧《红灯记》说家史主要是叙事，事件激烈，有传奇性，要叙述得夸张奔放，不宜用束缚较大的曲词，故以念白为主。用念白，还易于插入铁梅强烈的情感反应，说家史前后是对铁梅的深情嘱咐，安两段曲。同一题材的京剧《革命自有后来人》是唱家史，用十八句"二黄碰板"转"慢板"。唱的效果就不及说。不过两剧的总体构思不一，局部的处理必然相异，是难作硬性比较的。京剧《赵氏孤儿》也说家史，因为程婴预先把家史画出来，交给孤儿观看，观众又已了解，而且要写出孤儿的反应来，故无须详说，对白体就较合适。

但念也可能有效地抒情。例如《打渔杀家》，肖恩与女儿桂英打渔为生，遭渔霸欺压，到官府告状反被责打，忍无可忍，弃家前去报仇，桂英要求同往，临行两次回转，要关门哪，舍不得家具哪，触到了肖恩的伤心处。老英雄不禁喟然长叹，女儿也哭起来。这段戏就运用简练的念白和细节描写，有力地表露了英雄落难的悲愤。

同样，在某些情况下以曲词叙事是必要的，比如叙述已经在舞台上表演过的事件，以几句曲词就交代过去，以念白交代反而繁复。

曲以抒情、白以叙事只是曲白功能的一般规律，京、昆剧"四功"俱全，通常能遵守这个分工惯例。而有的剧种如越、沪、评曲多白少，曲词除了抒情，还要担负大半叙事的任务。沪剧《红灯记》是由奶奶唱家史的，正是发挥了剧种特色。决定曲白功能的又一个因素是程式配置的需要。是曲是白不可孤立地确定，要有全盘的考虑。京剧《西厢记·拷红》红娘向老夫人交代小姐私情，是补叙崔、张佳期，本可用白。但这一场红娘要批评老夫人的失信、失策，陈述不可声张、告官的理由，最宜念白出之。为突出这一长段白、补叙用曲。虽是叙事，写得婉转有情趣。第三个因素是行当和演员特长。有些行当如武行即使有情可抒也不能多唱；有的演员擅长念白，他的角色就白多曲少。周信芳演宋士杰，发现密信后惊讶、忧虑、思谋；挨了顾读四十板后愤恨满腔，按常规是要安唱的，却以独白、对白代之。演《清风亭》张元秀送别养子，又是一长段声泪俱下的念白。

另有一种特殊的曲——伴唱或是高腔的帮腔，它兼备曲白的多种功能。焦菊隐和范钧宏都感赞它丰富独特的表现力。伴唱和帮腔能够恰到好处地道出人物微妙的心声。潮剧《张春郎削发》中驸马张春郎偶逢未婚妻双娇公主莅临青云寺烧香，他假扮小僧向公主献茶，以睹芳容。不料公主察觉原是俗人窥视，欲斩此无礼之徒，经长老说情，从轻发落，当场为他剃度。春郎怨愤填膺，唱出"怒发冲冠"四字顿住，帮腔接唱"已无发"，怨愤之上更添无穷遗憾。观众笑了，笑春郎的冒失，但更多的是同情，甚至为他不平。试想如果"已无发"三字由人物自己唱出，戏味必然大减。伴唱、帮腔还直接代表作者和观众发言，对人物、事件加以评说，产生"间离效果"。《张春郎削发》末场，春郎逃回禅房，紧闭房门，公主追到门外，向驸马道歉，请他进宫。公主追悔当初无意间伤害春郎，将所削之发紧贴脸庞唱道："春郎的头发又黑又亮，长长如丝软绵绵。"此时幕后起帮腔："哎呀呀，削下的青丝休再赞，越是赞美越难堪!"这是对这位娇贵公主的善意揶揄。

3. 曲白的布局

仅仅了解曲白各自的功能和曲白多种形式还是不够的,写不出好剧本来的,当进一步讲究曲白的合理布局,使之产生最佳的戏剧效果。这是程式配置的重要部分。前人对此积累了成功的经验,值得我们重视。

A. 曲白相对集中。初学者的习作常犯一种弊病,因曲白分散而致结构松懈。某一场戏本来以白为宜,作者恐怕白多了像话剧,硬加曲词以调剂,唱唱停停,停停唱唱,曲白分散,反而给人以"话剧加唱"之感。情节结构可能会松懈。情节紧凑而曲白分布不当,也会使结构松懈。而优秀的戏曲剧本,其曲白是相对集中的。一本戏哪几场以曲为主,哪几场以白为主,要经过统筹。常演的传统折子戏有"唱功戏"和"白口戏"的类别,就是相对集中了曲或白而流传下来的。《失·空·斩》一剧,《城楼》和《斩谡》两场集中于唱,余者以白为主,还有开打。一场戏何处安唱也要在落笔前预定。《失·空·斩》里《坐帐》一场,曲集中于后半场,前半是白。诸葛亮发令完毕,重新唤马谡进帐,细细叮咛,寄予厚望,马谡却毫不在意,这里是情节的关节处,安唱加以突出。有时甲唱与乙念交错进行,看起来唱是断断续续的,其实唱念分别集中于一人,也是集中。《苏三起解》的《行路》一场就如此,苏三唱,崇公道念。《三堂会审》也由苏三一人唱。

为什么要相对集中曲白?戏曲演出的情节节奏和人物感情节奏都要统一在音乐节奏之中,音乐节奏必须是紧凑的。忽唱忽念,音乐节奏难以调节,硬加安排,必然拖沓,破坏观赏的快感。

B. 安排好重点曲白。一本戏无论是曲或者是白,都要有重点段子。重点唱段或重点念白能够在推进情节、描写人物方面发挥重要作用,能够为演员提供发挥演技的可能，从而提高作品观赏价值。越剧《祥林嫂》有四个重点唱段，第一个，祥林嫂听说婆婆要把她卖到贺家坳嫁人，哭别祥林牌位；第二个，洞房中当了解到贺老二的为人后开始回心转意、第三个，相信死后到阴间，将被阎王锯成两半，恐惧万状；第四个，回顾一生，对灵魂有无发生疑问。上述四段唱，前三段引发祥林嫂的出逃、成亲、捐门槛，推动了情节和人物命运的转折，描写了祥林嫂倔强、善良以及不无愚昧的性格。第四段在尾声、虽无情节发展，但写到祥林嫂历尽磨难，被剥夺劳动权利、丧失生存希望之后有所觉醒，完成了形象塑造。第三段"千悔恨万悔恨……"是全剧高潮所在，表现这位中国劳动妇女不仅为夫权、族权、政权所统治，还受到神权的毒害，她的精神也是不自由的。这是何等深刻的悲剧呵！唱段前半表现悔恨、疑虑，后半恐怖、紧张，唱腔跌宕多变，戏剧性很强。重点念白的例子如前引洪常青慷慨陈词那段，表现洪常青假扮华侨巨商深入匪巢的大智大勇，他巧妙地应付了南霸天的盘问，还通过寓意深长的双关语，洋溢对革命事业的自豪感和对敌人的卑视。海瑞徘徊街头的长篇独白，红娘劝说老夫人承认既成婚姻的那段著名念白，都是很好的重点段子。

曲白的重点段子必须安排在情节的关节处，人物命运的转折点。大多数的重点场子和高潮场子安排了曲白的重点段子。当然，不是所有的重点场子都如此，做功和武打也能构成重点场子；同时，一般场子也可能有重点曲白，祥林嫂回顾一生那段唱是在尾声里的。一本戏若无重点曲白，或者它们安排得不是地方，就会损害思想艺术质量。重点曲白关系到全剧，要及早安排。段数不宜过多，两段之间不宜相距过近。

有重点曲白就有一般曲白，它们之间的关系是一般为重点铺垫。越剧中林黛玉焚稿的二十句是重点唱段，以前面主婢的对唱作铺垫。《空城计》中司马懿唱"坐在马上传将令，大小三军听分明：哪一个大胆把西城进，定斩人头不徇情！"念白传令是常规，这里偏用唱句传令，是为了从音乐上过渡到诸葛亮的重点唱段"我本是卧龙岗散淡的人……"同样，在诸葛亮"我正在城楼观山景……"唱段后，司马懿又唱了两句[摇板]，以此过渡到念，起了收煞作用。在重点唱段前后有些一般唱段作铺垫，也是相对集中曲词的一个方法。

C. 曲白相生。戏曲表演的有声部分是曲和白，一本戏里的曲白总是不断地交替出现。曲白交替要自然，好像是互相生发出来的一样，这就是曲白相生。古人早就总结了这条艺术经验。李渔说："常有因得一句好白而引起无限曲情，又因填一首好词而生出无穷话柄者。"

曲以抒情，白以叙事，抒情、叙事的情绪是不同的，曲白要转换得自然，就要有"好白"和"好词"领先。"好白"、"好词"必须与其后的曲白在内客上相关，在情绪上相连。李玉和被捕离家时的赠言称得上是"好白""好词"。亲人生离死别，奶奶最期望于玉和的是什么？那就是要不忘一个革命者的使命和本色。奶奶没有明说，她敬玉和一碗酒。玉和理解奶奶的用意，接过酒一饮而尽，说道："妈，有您这碗酒垫底，什么样的酒我全能对付"，这句白字少意多，情绪强烈，情绪强烈到必须继之以唱，于是有了"临行喝妈一碗酒"这段词，为了起唱时取得乐队的配合，为了提升情绪，还有一种技术上的处理，或加一感叹词，或把念白的末音拖长，称为叫板，李玉和干杯后说一声"谢谢，妈！"将妈字拖长，就是叫板。佘太君唱忠烈杨门的家史，引白是"哼哼哼！王大人你好小量我杨家也！"太君满腔恼怒，唱起"一句话恼得我火燃双鬓！"作者意犹未尽，让七娘插白："哈哈！王大人，照你这么说，难道我们是为了报私仇？为了报私仇！"这句话概括了下面曲词的中心内容，且加强了情绪，太君乘着这股气势，诉说家史就如江潮直泻了。往往引白是曲词内容的提要，言之不足则歌之，在曲词里详加发挥。

由曲转白大都是在唱段中夹白。佘太君月夜巡营有大段静场唱，当她瞭望到飞龙山和葫芦谷的地形时，思考起作战计划来，此处宜白，于是转白："贼兵前营扎在飞龙山口，据险防守，一时难攻；后营连接葫芦谷，这葫芦谷……"葫芦谷将在计划中占据关键地位，又转曲给以突出。或问、后面正式形成的作战计划为何是曲不是白？"倘若是有栈道闯谷口"四句曲原来是一段白，之所以改曲大概是要避免形式单调，凡计划必念就单调了，也为了精炼和紧凑。便选用叙述性较强的垛板，在一个唱段中由曲转白再由白转曲，音乐不断，故不太费事。纯粹由白转曲，要起音乐，要重视情绪的衔接。

D. 唱段插白。插白是指演唱者或同场人插入的对白，不是曲白相生一条中所述夹白，当然插白与曲词间也会有曲白相生的含义。穆桂英母子比武，母让子胜，太君有四句唱表达欣慰的心情，共间插入七娘、郡主、文广三人的白，分别是骄傲、惊讶、得意的反应，唱段插白要写得精练，一般是长唱插短白。但也有短唱插长白的，京剧《龙江颂》江水英提议修筑拦江大坝，头尾两句〔西皮散板〕："九龙江有水能救旱，解救那九万亩受旱良田。"在两句曲词之间插入江水英与李志田的对话以及群众的反应共十五句，插白组织在两句唱的音乐节奏之中，艺术上是完整的。所以尽管短唱长白，还是说成唱插白，不是白插唱。

E. 唱段的起承转合。一个较长的唱段，其自身结构，包括曲词和音乐，大抵有个起承转合的布局。如前述宝玉哭灵，唱腔是成套的，曲词内容也是完整的。素烛白帏触发宝玉悲痛是起；回忆共读西厢、彼此思念的恋情是承；控诉婚姻悲剧的制造者是转；黛玉被逼丧命是合。唱结合念、做、打、表现一定情节和复杂多样感情，就更要注重布局的完整。穆桂英母子比武以一长段曲词组织起情节，包容了众多的插白和几段武打，演来有声有色。全段起自桂英内唱〔西皮导板〕"威凛凛换戎装齐跨金蹬"，母子先后驰马上，同唱〔摇板〕，奔将台接受比武将令。以后两次鏖战，两合的间歇，桂英有一小段唱，桂英渐占上风，追文广下，场外议论纷纷，几句分唱，太君命擂鼓催促定输赢，是承。第三合中，文广频频求情，郡主禁止桂英相让，桂英几句背躬唱，她有意相让，是转。桂英被刺落马，太君四句唱和三人插白是合。这个完整的唱段是本场戏的主要部分，把它写好了，这场戏就基本完成。《四进士·三公堂》宋士杰从上刑到松绑的唱段也是大型唱段，起承转合，井然有序。

F. 接唱下句出场。唱段与唱段之间的布局，一个唱段自身的布局，都属于章法。上下句运用则属于句法。曲词上下句的用法有多种，场上人唱上句，出场人接唱下句是多种用法之一。李玉和在粥棚等待转交密电码，他唱上句"盼只盼北山的同志早来到"，把观众的注意引导到接线上来。紧随着磨刀人上场接唱"为访亲人我四下瞧"，使观众联想到这位就是北山的同志。磨刀人接唱下句出场，要比他自唱上句出场紧凑明快得多。穆桂英争先锋的出场与此类似。佘太君唱完"杨家的先行官天下少见"的上句，王辉插问"现在哪里？在哪里呀？"穆桂英挺身而出，逼视王辉，接唱下句"穆桂英抖威风勇似当年"。也是上句点明出场人身份，下句连贯剧情，加快节奏，而且造成气势。


思考与练习

1. 为郭沫若《屈原》五幕二场写一段婵娟向屈原倾诉衷情的京剧曲词。

2. 越剧《祥林嫂》有祥林嫂哭别亡夫灵位而出逃的曲词。要求把它改写成京剧念白。

## 二、曲白的舞台性

古典曲论有一条重要的批评标准——"当行"。曲论家对它的含义各有解释，有的释作精通声律，有的却看作掌握戏曲创作的规律和特点。有人还从戏曲与生活的关系上立论……我们如果从舞台演出对语言的要求来理解，当行就是指的曲白的舞台性。戏曲演出的观演双方。一方要求曲白能够帮助演员在舞台上动起来；一方要求曲白能够为普遍观众所听懂。这就是曲白动作性和通俗性。

### （一）曲白的动作性

戏曲演员忌讳在舞台上动口而不动手脚，他们在唱念时要有动作可做。传统戏曲的作者是深谙此道的。《四进士》有一个情节正好说明这条编剧法则。宋士杰要拦轿告状，却怕责打四十板，路遇杨春，认了干儿子，就派杨春去递状纸，替他挨打。杨春递状回来，宋士杰关心状纸递上了没有，杨春回答递上了。宋士杰为验证这个回答的真假，命杨春来回走动。他见杨春步履正常，便断定状纸没有递上。杨春不解，宋士杰说破其中原委："哈哈！娃娃，我实对你讲了吧，按院大人有告示在外，有人拦轿喊冤，打四十大板，你这两条腿好好的，状纸没有递上吧？"如果是一位习作者写这个情节，可能写成宋士杰问杨春腿有没有打伤，听说没有打伤，就判断状纸没有递上。那样写在逻辑上正确无误，但演员无形体动作可做，不及命杨春走来走去的写法。所以戏曲作者在写曲白时，不可忘记帮助演员在舞台上动作。

我们且看一段词。《杨门女将·探谷》穆桂英率领人马行进在葫芦谷内："风萧萧雾漫漫星光惨淡。马疾走，鸟惊喧，山回路转，渺无人烟，一路巡行天色晚，不觉得月上东山！风吹惊沙扑人面，雾迷衰草不着边。披荆斩棘东南走，石崩谷陷马不前。挥鞭纵马过断涧，山高万仞入云端。"这段词搬到舞台上，化出许多动作，有的词是直叙剧中人动作的，如"马疾走"，"一路巡行"演员据此做疾行巡视的动作；"披荆斩棘东南走"，演员做开道动作；"石崩谷陷马不前"演员做勒马动作，"挥鞭纵马过断涧"演员做跃马过涧的舞蹈。有的词描绘人物所处的环境，向演员暗示某些动作。"风吹惊沙扑人面，雾迷衰草不着边"，演员做相应的手势、"山高万仞入云端"，要用眼神配合。

这些动作都是程式，属四功的"做"。所以曲白有了动作性，表演就有了依据。我们曾说，不能满本填满曲白。要特别重视做、打两功。《杨门女将》末场开打，打的情节都写在括弧里，作为舞台指示，不涉曲白。现在进一步探究，做固然也有不涉曲白而遵循舞台指示的哑剧，但更多的做就来自曲白，来自曲白的动作性。

写实话剧的对话也会包含演员的舞台动作。《家》有一个情节，瑞珏取照片给梅小姐看，她说："这是他跟我死去的公公一块儿照的。你看多好玩，他的眼睛多像海儿，你看，还穿着开裆裤呢。"从这句台词中我们可以想象出瑞珏手持照片与梅小姐同看的动作，但是话剧台词只包含动作而不直叙动作，有关动作写在舞台指示里。瑞珏这句台词的有关舞台指示是"忙走到书桌边，由抽屉里取出一束零散的相片"，"一张一张地挑出来"。演员做这些动作时不会像戏曲那样口说"近书桌开抽屉取出相片，与梅表妹共同观看"之类的话。这是因为写实话剧没有戏曲那样的叙述成分。

需要补充说明的是，话剧理论中对语言动作性的理解是推动情节进展，戏曲曲白也具备推动情节进展的作用。王实甫的《西厢记》中，老夫人赖婚时有一句极其重要的念白："小姐近前，拜了哥哥者。"这句白顿时改变了人物关系。把一对未婚夫妻当作了兄妹，理所当然地引起张生和莺莺的怨恨和红娘的不平，红娘见义勇为。此后明确站到这对恋人一边，促成他们的结合。老夫人此语推动了情节的转折和发展，动作性不谓不强。《狮子楼》武松到县衙控告西门庆谋害大郎之罪未准，反被杖责。武松悲叹"我兄长冤仇无日得报了"。随从兵丁说："二爷，那西门庆难道说还胜似那景阳冈的猛虎不成！"一语点醒了这位打虎英雄，促使他去杀西门庆。情节转折，迅速发展。

曲词更多地担负推动情节进展的作用。重点唱段尤其如此，前已论及。此处举一个不太成功的例子。《红灯记》李玉和在刑场唱得很多，其中"狱警传似狼嗥我迈步出监"一段曾称为"核心唱段"，抒发英雄豪情和革命理想，并因王连举无法再出卖第二人、母亲女儿不会供出密电码而觉坦然。这些内容只是对已发事件的陈述和补充，没有开启新的戏剧动作，其后李玉和对奶奶的一段唱仍然限于这些内容。所以《刑场斗争》的前半沉闷而拖沓。直至铁梅上场才有所改变。倒是并非"核心"的关于家传红灯的父女对唱，李玉和以其高尚的革命品格深刻地教育了铁梅，给了她巨大的精神力量，去独立完成转交密件的艰巨任务。《刑场斗争》上半曲词缺乏动作性是勉强加强对李玉和描写的必然后果。《红灯记》故事决定了自刑场起情节重心转移到铁梅身上，李玉和最后所能做的，是将自己的革命精神和未竟事业传给女儿，这是动作性之所在。他的革命理想，即已渗透其间，无须离此而大唱特唱。一个戏的中心事件和主题建立起来之后，就会制约作者的艺术处理，不允许随意描写。若有新的考虑，只能从基础上改起。要不改动基础，却又改变戏路，必然破坏结构的完整和匀称，出现败笔，谁也无法加以补救。

### （二）曲白的通俗性

写戏要顾及大多数普通观众的理解力，要顾及戏剧"一次过"而无暇琢磨的特性，曲白宜浅近易懂，李渔说是"贵显浅"。李渔认为，"诗文之词采贵典雅而贱粗俗，宜蕴藉而忌分明。词曲不然，话则本之街谈巷议，事则取其直说明言"。这是极有见地的。

1."事则取其直说明言"

曲白——主要是曲词——与诗文是有区别的。它不可如诗文蕴藉典雅，而要明白晓畅。所以李渔尖锐地批评《牡丹亭·惊梦》某些词句费解。李渔是完全正确的。可惜今人对《惊梦》词句的赞语多了些。《惊梦》词句是语深意也深，尚有其文学价值，那些故作艰深、语深意浅之作，就更不可取了。

为使曲白通俗，需要用典故。用典的好处是言简意赅，增添文采。不可拒绝用典。当今作者用典少失之枯寂。但也要防止堆砌典故或用典生僻，使人不解，使人生厌。如何才算用好典故呢？一是要用常见的，一听就能明白的，越剧《红楼梦》林黛玉唱"这诗稿不想玉堂金马登高第，只望它高山流水遇知音"，"高山流水"包含一件古事，钟子期善听伯牙鼓琴，能听出曲中高山流水，后人用来比喻相知的关系。这个典故是常用的，对于不知道的人，"遇知音"三字已作了注脚。二是要用得令人不觉，若不知此典出处，只看字面也能明白个八九。"玉堂金马登高第"一句，玉堂是汉代建章宫殿名；金马是金马门，汉代宫门名。它们也是宫殿的通称。不知这一层含义，从"登高第"可能联想到其为皇家的某种礼遇，也够了。

曲白通俗是一个总体的要求，同时允许也需要少数剧种、剧目偏雅些。因为有此社会需要。昆曲比大部分地方戏典雅。昆曲改编演出《西厢记》，便于较多保留原著优美的语言，以供有较深古典文学修养的观众欣赏。这不妨碍较多观众去选择京剧《红娘》。一个剧种曲白的雅俗程度是与剧种的整体风格一致的，是比较稳定的，如京剧曲词介乎昆曲和一般地方戏之间，作者不妨"入乡随俗"。田汉《金钵记》(《白蛇传》前身)白素贞别子有十四句感人的词，当年排练时有人提意见，这段词太像地方戏，京剧唱不合适，而且白娘子的唱已经很多，于是作者缩减成四句。过了几年，另一位演员要排演此剧，她却欣赏原词，要求作者再恢复过来。作者按原韵重写了十四句，顾及京剧语言风格，稍雅了些。

曲白的雅俗既属风格范畴，就不等于文学性的高下。雅曲的文学性不见得就高，俗曲的文学性不见得就低。但曲白雅俗与欣赏者的文化修养有关，只有文化修养较高的观众才能听懂雅曲。根据观众文化修养的现状，首先要强调曲白的通俗性，同时提倡俗中见雅。雅俗共赏。

2."话则本之街谈巷议"

曲白的通俗性与文学性并不是互相排斥的，而是互相统一的。达到两者互相统一的途径是把"街谈巷议"提炼加工成为艺术语言，用鲁迅的话来说便是从活人的嘴上取有生命力的词汇，搬到纸上来。古人推崇曲白的口语化，汤显祖赞赏《焚香记》第八出《逼嫁》道："填词直如说话，此文家最上乘也，亦词家最上乘也。妙绝，妙绝！"①。何良俊称

---

① 《玉茗堂批评（焚香记）》第八出总评，见《古本戏曲丛刊》初集。

颂《拜月亭记》(《幽闺记》) 是当行之作，"走雨、错认、上路，馆驿中相逢数折，彼此问答，皆不须宾白，而叙说情事，宛转详尽，全不费词。可谓妙绝"①。如王瑞兰走雨，堪称曲词口语化的典范："一点点雨间着一行行凄惶泪，一阵阵风对着一声声愁和气。""绣鞋儿分不得帮和底，一步步提，百忙里褪了跟儿"。

京剧《三打陶三春》的作者吴祖光继承《窦娥冤》等元曲用口语写词的传统，扫除京剧的陈言套语，创造了崭新的语言风貌。《红灯记》作者写下了"我家的表叔数不清，没有大事不登门"这样广为传诵的词句，看似语不惊人，却是得来不易的好词。作者后来为自己立下规矩："力避辞藻，不弃平凡。用倍于写历史剧的功力，尽量把口头上的生活语言组织成比较有艺术性的台词，开辟通往文学性的渠道"。②这条道路虽然艰难，却是一条正确之道、成功之路。现代戏作者更加应当走这条道路。

思考与练习

分析沪剧《罗汉钱》艾艾与李小晚一段对唱的舞台性。曲语照录："(艾) 金黄锃亮罗汉钱，小巧玲珑惹人爱，滴溜圆呀！中间有个四方眼。心眼里呀！瞧见一个李小晚，对我笑口开。(晚) 艾艾赠我小方戒，(艾) 小晚赠我罗汉钱，(晚) 罗汉钱呀！团团圆圆做夫妻。(艾) 小方戒呀！真金不怕火来炼，两人心不变。(晚) 表记成双——(艾) 人成对，(晚) 人成对呀！两个心儿紧相连，(艾) 紧相连呀！我俩永远不分离，(晚、艾) 永远在一起。"

---

① 何良俊：《曲论》，中国戏曲研究院编：《中国古典戏曲论著集成》第四集，中国戏剧出版社 1959 年版，第 12 页。
② 翁偶虹：《翁偶虹编剧生涯》，中国戏剧出版社 1986 年版，第 574 页。

### 三、曲白的文学性

我们古典戏曲的曲白具备高度的文学性，堪称精粹绝伦。近现代戏曲不能望其项背，甚至在可以预见的一个时期内，仍将无可企及。不过，近现代戏曲曲白的文学性是在不断地提高，其剧本已成了一种文学作品。田汉1947年在《〈武则天〉自序》中提及《武则天》上集末场在《大公报》发表时说："平剧形式的剧作可当作新文艺发表是最近的事。这也由于抗战以来艺术的民族形式被注意，也被相当普遍地批判运用的结果。"[①] 田汉是诗人，他写的京剧曲白也是诗，在新编戏曲中属上乘之作。近作如郭启宏的昆曲《南唐遗事》，其语言的文学水平也广受称道。现在谈谈曲白文学性的主要标志。

#### （一）诗化

我们曾经几次论述到戏曲与诗的关系，戏曲继承了诗歌言志的特性和意境，戏曲语言不能像诗歌那样典雅蕴藉，等等。那么在文学性方面，曲白应当具备诗的哪些素质？

1. 饱含感情

这是首要的一条。触景生情是使曲白含情的一个重要手法。景物情化，感情物化，写景又抒情，写诗如此，写戏也如此。崔莺莺驱车来到长亭，一派秋色更增几分离愁别恨："碧云天，黄花地，西风紧，北雁南飞。晓来谁染霜林醉？总是离人泪"。碧天秋云，地上菊花零落。

---

[①] 田汉：《〈谢瑶怀〉小序》，《田汉文集》(10)，中国戏剧出版社1983年版，第436页。

是谁把经霜的柿林染得这样红？一定是离人的眼泪。这段著名的词精选了眼前天、地、风、雁、林一组景物，合成一幅斑斓的暮秋图，而且是一幅涂满离愁、洒满泪水的暮秋图。长亭置酒钱行，看，柿林红了，莫非是酒醉而红？不，是被离人的眼泪染红的。末三字点题。但与其说是霜林醉了，不如说是人醉了，莺莺恍恍惚惚，因离而泪，因泪而醉。

"离人泪"三字是从《董解元西厢记》"君不见满川红叶，尽是离人眼中血"一语变化而来的。清焦循在《易余曲录》中评说，"泪"与"霜林"不及"血"与"红叶"之连贯照映。此话甚是，但舍"血"取"泪"。恐怕是因为这"血"字过于强烈，用于男儿张生则可，移用于小姐莺莺则不可。

景与情互相渗透，哀景哀情。秋景凄冷，易显离别等哀情，"多情自古伤离别，更那堪冷落清秋节"。也有乐景映衬哀情的，如《牡丹亭·惊梦》。

景语易成情语。但在一个大型剧目中，不会通篇写景，还要叙事，状物，说理，只有当叙事、状物、说理都不离情时才算全剧饱含感情。所以越剧作家徐进提出"事在情中叙，理从情中出"。叙事带情见得多；说理带情不妨举个例子。《红楼梦》中贾政以仕途经济、人情世故教训宝玉，不是冷静地纯粹说理，而是痛心疾首、声色俱厉，带着极度恼怒和失望的情绪的。词曰："你，你……你不能光灿灿胸悬金印，你不能威赫赫爵禄高登。却和那丫头戏子结朋友，做出了玷辱门楣丑事情。不如今日绝狗命，免将来弑父又弑君。今日打死忤逆子，明日我，情愿剃度入空门。"

曲白含情不是外加的，也不仅是一个修辞饰语的问题，只有处于激情之中的人物才能说出饱含感情的话来。有悲伤的离人才有动人的别语，有严父方有绝情的训话。

2. 形象

抽象之情入诗而得具体可感的形象。曲白也如此。"真正的诗意的对话会使听的人产生一种可见感觉。"①曲白要写得形象，必须学习诗的比兴法。什么是比兴？宋朱熹在《诗经集传》中的解释被广泛引用。比者，以彼物比此物也。兴者，先言他物以引起所咏之辞也。比兴与直陈其事的赋结合，使戏曲叙事添色加彩。

《琵琶记·糟糠自厌》赵五娘〔孝顺歌〕堪称赋中有比，比中有赋的范文。清毛声山有一段赞许的批语，他说："看他始以糠之苦比人之苦；继以糠与米之分离比妇与夫之相别；继又以米贵而糠贱比妇贱而夫贵；继又以米去而糠不可食比夫去而妇不能养；末又以糠有人食犹为有用，而己之死而无用，并不如糠。柔肠百转，愈转愈哀，妙在不脱本题，不离本色。②一个贴切，新颖以至奇妙的比喻已能产生鲜明形象，若能反复地使用，并与赋结合起来"不脱本题，不离本色"，层层深入地揭示人物感情，就会有更大的感染力。

民间创作常叠用比喻，显示巨大的智慧。锡剧《珍珠塔》方朵花奚落穷困潦倒的侄子方卿，共用七个比喻，生动形象，令人拍案叫绝。曲词照录："方卿若有高官做，除非是黄狗出角变麒麟。方卿若有高官做，铁树开花结铜铃，毛竹扁担出嫩笋。方卿若有高官做，滚水锅里结冷冰，晒干鲤鱼跳龙门。方卿若有高官做，西天日出往东行，东洋大海起

---

① [美] 约翰·劳逊著，邵牧君、齐宙译：《戏曲与电影的剧作理论与技巧》，中国电影出版社 1961 年版，第 360 页。

② 毛声山：《第七才子书》批语，秦学人、侯作卿编著：《中国古典编剧理论资料汇辑》，中国戏剧出版社 1984 年版，第 295 页。

蓬尘。"为加强气势，下句连用两个比喻。方朵花的势利和方卿的受辱同时被强调，为方卿日后高中"羞姑"张本。重点的比喻都用在人物重要行动和情节关节处，起渲染作用。

起兴能造气氛，先行透露某种情绪，起兴的叠用也能有很好的渲染效果。吕剧《姐妹易嫁》张素梅向姐姐报喜，排比了四句起兴，然后才报出喜事，形象全在起兴句中："怪不得昨晚结灯花，怪不得喜鹊叫喳喳，怪不得猫儿光洗脸，怪不得喜蛛落檐下。毛哥哥如今在前院，良辰吉日来迎嫁"。

3. 浓缩精炼

李渔说，"意则期多，字唯求少。"美国雷·克罗塞斯也说："优秀的戏剧对白只是揭示而不是解释。剧中人物说的话愈少但通过这些话对自己揭示的东西愈多，则所写的台词就愈好。"[①] 川剧《柳荫记·书馆谈心》就有这样的"台词"。老师出对，"绿叶红花，招来蝴蝶飞舞。"梁山伯对了一句"金弓银弹，要打鸳鸯离分。"对子是做得很工整的，也许老师是会满意的。不料一旁的祝英台觉得不妥，她低声提醒说："梁兄，'要'字不好，你……"梁山伯随即改"要"字为"难"字才得到祝英台的首肯。祝英台为什么以为"要"字不好？她是在研究文字吗？这句对白揭示了此时祝与梁的关系以及祝的微妙心理。原来梁、祝柳林邂逅，同窗共读，英台已心许山伯。做对者无心，旁听者有意，英台可不愿意山伯说此不吉利的话，如此丰富的内容浓缩在一句不完整的对白中，然而绝不费解，观众闻此言必定会报以会心的微笑，赞许这位多情的女子。那些敏感的观众还会领悟到作者借此暗示一对恋人未来的

---

① 《戏剧的结构》，见《编剧艺术》，文化艺术出版社 1986 年版，第 126 页。

命运。

有的曲白由于概括了典型的事物而成警句成典故。《草船借箭》蒋干被曹操责怪后独白："吓，怎么又坏在我的身上，哎呀，这曹营中的事，实在难办，吓，难办的很吓！"此话形象地描绘了蒋干尴尬狼狈、无以解嘲。"曹营中的事难办得很"就成了一个典故。

"对话离开了诗意便只具有一半的生命。"[①] 劳逊等西方戏剧理论家尚且重视对话的诗意，中国戏曲的曲白更要把诗意视作生命。

### （二）个性化

虽然一个好演员能够在做功和武打中顾及人物的性格特征，但戏曲的性格描写主要依靠曲白。曲白个性化是文学性的重要方面。

曲白首先是分生、旦、净、丑等行当的，不同行当的曲白具有不同的风格，"如在花面口中，则唯恐不粗不俗；一涉生旦之曲，便宜斟酌其词"（李渔语）。行当语言是有生活依据的。但同一行当的人又如何区别各自不同的特点呢？这就需要个性语言了。李渔也主张"语求肖似"。

语言的个性决定于人物的地位、身份、年龄、教养、经历、心情和说话的环境等。莺莺和红娘同属旦行，莺莺是相国小姐，有较高文化修养，语言比较文雅；她和张生正在热恋之中，故语言要文雅中透出绚丽炽烈；她背负沉重的家庭包袱，语言又委婉曲折，闪烁其词，有时言不由衷。红娘是个丫头，不通文墨，语言偏俗。但她聪明乖巧，才智过人，所以她的语言犀利敏捷，善于机变。

---

① ［美］约翰·劳逊著，邵牧君、齐宙译：《戏剧与电影的剧作理论与技巧》，中国电影出版社 1961 年版，第 374 页。

说话顾及环境是较高的要求。人物语言有其基调。但会随环境而有所变化。与不同对象在不同情境中说的话应当是不同的。红娘对莺莺的假意儿用辛辣的语言揭穿之；对张生的傻气用机趣的语言嘲笑之；对老夫人的拷问用善辩的语言对付之。

人物性格不是一成不变的，在有些作品中。它有比较明显的变化发展，所以个性语言也是有变化发展的。窦娥最初是个温柔孝顺的媳妇，与婆婆一同守寡，无可奈何的安于现状，语言是柔弱愁苦的。待到她上法场，骂天骂地骂官吏，成了一个反抗者，语言变为刚强锋利。

次要人物语言的个性化并非无足轻重。次要人物的情节少，作者更要抓住有限的机会通过语言刻画人物的个性。越剧《红楼梦》王熙凤首次出场的曲白描写了她对林黛玉过分的热情、赞誉和关心，描写了她对贾母的讨好逢迎，表现出乖巧、做作的性格。

曲白的行当化是个性化的基础。遇到两者有矛盾时怎么办？行当服从个性。北杂剧《李逵负荆》由正末扮演李逵，按其行当，语言应当庄重些，收敛些，但按其个性，语言应当粗放直率些。剧本取后者，才有"闹山"时的快人快语："俺哥哥要娶妻，这秃厮会做媒。原来个梁山伯，有天无日。就恨不斫倒这一面黄旗！"《群英会》曹操属净行，语宜粗俗。然而他的文化修养很深，语言又粗俗不得，现在看来，曹操的语言与小生行的周瑜无多区别。

曲白个性化有其局限性，如曲词受句式、用韵、平仄的束缚，曲白直叙人物动作时较难同时描写性格等。有得有失，无须强求。

思考与练习

分析田汉《西厢记·哭宴》崔莺莺部分曲词的文学性。曲词选录："人生最苦生别离，未曾登程先问归期。""你休忧文齐福不齐，我只怕你停妻再娶妻，我这里青鸾有信频频寄，你休要金榜无名誓不归。""百劳东去燕西飞，鞍马秋风好扶持。一路上荒村雨露宜眠早，野店风霜你要起迟。""一鞭残照人离去。万种相思诉与谁？"

# 第五章  戏曲人物

　　戏剧与其他叙事性文艺作品一样都是写人的，都是主要通过人物塑造反映生活、表达思想的。"在戏剧里，艺术的唯一对象是人。"[①] 戏曲也重视写人。戏曲不仅让人物自己在舞台上行动着，还让人物担负交代和描写环境的任务，担负代替编导向观众作"提示"[②] 的任务。

　　为了写人，便要处理好写人与写事的关系，摆正人物与情节的位置。写人与写事，人物与情节，两者是主从的关系。人为主，事为从，人物为主，情节为从。威廉·阿契尔说："有生命的剧本和没有生命的剧本的差别，就在于前者是人物支配着情节，而后者是情节支配着人物。"[③] 情节支配人物的一个原因是情节过于复杂。所以狄德罗不重视交织着错综复杂情节的剧本。在戏曲中，也应当由人物支配情节。说戏曲重情节，是与话剧比较而言的，不是要情节重于人物。戏曲要避免情节过于复杂而支配了人物。情节复杂表现为头绪繁多，李渔视为传奇之大

---

①　[苏联] 阿·托尔斯泰著、程代熙译：《论戏剧创作》，《剧本》1961 年 7～8 月合刊。

②　高尔基在《论文学》中说："剧本要求每个剧中人物用自己的语言和行动来表现自己的特征，而不用作者提示。"但戏曲剧本不排斥"作者提示"。请参看拙著《戏曲写作教程》第一章第一节。

③　[英] 威廉·阿契尔著，吴钧燮、聂文杞译：《剧作法》，中国戏剧出版社 2004 年版，第 20 页。

病。戏曲情节要曲折而不要复杂。

如何才能做到人物支配情节？一般地说，要在构思过程中先有人物，后有情节，从人物着手敷衍出情节来。约·埃·斯雷格尔曾说："在性格戏剧里，我首先选择的是我企图塑造的性格，然后我想到的是一些使这种性格更为明朗化的事件。"① 乔治·贝克告诫剧作者，如果在一场戏中写不下去的时候，要研究那场情境中的人物性格，有时还需要研究人物历史，从而明白人物能不能进入这一场戏剧情境中去以及怎么才能进入。这个方法是行之有效的。莆仙戏《状元与乞丐》正是这样改编成功的。在《状元与乞丐》旧本中情节芜杂，人物模糊。如何改编才好？众说纷纭，莫衷一是。作者便在专家指点下深入细致地分析人物，得以形成改编方案并付诸实施。

倘使剧本题材不是先有一个人物，却是源于一个事件，那么作者就要确立适合这个事件的人物并在以后的构思中使人物发挥主导作用，还是回到人物支配情节的要求。莆仙戏《春草闯堂》正是这样创作出来的。作者先从传统剧本《邹雷霆》中撷取相府管家李用闯公堂冒认姑爷的事件，然后把管家李用改为丫环春草，重新把春草放进闯公堂的情境中去，接着敷衍出由春草促使小姐证婿、改书等情节。对一些传统戏的大改编，大都经历了这个过程，即利用原剧中某些有价值的事件创造出新的人物来。

历史剧创作也是如此。历史剧中人与事的关系有真人真事、真人假事、假人真事等多种状况。其中真人假事就是根据史籍记载的人物生发

---

① [德] 约·埃·史雷格尔著、张黎译：《关于繁荣丹麦戏剧的一些想法》，古典文艺理论译丛编辑委员会编：《古典文艺理论译丛》（十一），人民文学出版社 1966年版，第 193 页。

出情节来；假人真事就是根据史籍记载的事件创造出适合这个事件的人物来。真人真事的人和事都是现成的，但在改动和虚构时，也要注意人和事的主从关系。

为了写人，还要处理好人物、情节与主题思想的关系。文艺作品的主题思想是贯串整部作品的中心思想，它统率全篇，统率人物和情节并通过人物和情节体现出来。为避免剧本简单化概念化地表达主题，必须避免人物的简单化概念化，创造真实生动的人物形象来。

如何才能创造出真实生动的人物形象呢？掌握戏曲剧本的形式和技巧是重要的，了解人则是更重要的。作者在平时就要熟悉生活熟悉人，在酝酿题材、构思作品时要琢磨人，在下笔时还是要不断熟悉人、琢磨人，甚至在修改作品时也离不开对人的熟悉和琢磨。易卜生曾说："我的剧本通常写三遍，每遍都不一样，不同之处不在动作，而在性格。"他写头一遍的时候，对剧中人物熟悉的程度好比火车上萍水相逢的人；写第二遍的时候，看得更清楚了，如同在什么疗养的地方结识了好几个礼拜；最后一遍，其熟悉程度，像有过长期密切的交往，剧中人成了作者的知心朋友，不会叫作者的希望落空[1]。

## 一、性格描写

一般意义上的性格是指人类在对人、对事的态度和行为方式上所表现出来的心理特点，如勇敢、懦弱、温柔、粗暴等。戏剧理论中的性格一词有时是广义的，它还包括思想、品质、习惯、情感等，故也称思想

---

[1] 中国社会科学院外国文学研究所、外国文学研究资料丛刊编辑委员会编：《外国现代剧作家论剧作》，中国社会科学出版社 1982 年版，第 175 页。

性格。它决定着人物做什么，怎么做以及为什么做。它受时代、阶级、地域和文化的影响，即特定的社会环境和自然环境的影响，此外，还受个人经历的影响。

西方戏剧理论极其重视性格描写。黑格尔说："性格就是理想艺术表现的真正中心。"[①] 史雷格尔以为性格描写关系到剧作的真实性。他说："一出没有性格的戏，就是一出没有一切真实性的戏，因为人之所以这样或那样行动的动机，都归结于他的性格。"[②] 不但人的行为动机归结于他的性格，而且人的行为方式也归结于他的性格，甚至人的命运的主观造因也在性格。所以戏剧的人物塑造首先就是性格描写。

### （一）性格描写的特点

戏曲中的性格描写有它的特点。

其一是类型性典型。

一般认为，艺术典型可以粗略地区分为两种形态，一种是资本主义以前的类型性典型，一种是资本主义以来的性格性典型。中国古代戏曲中的艺术典型是属于类型性的。他们在儒家思想的统治下，在民众情绪的影响下，积淀着明晰的是非善恶的伦理道德观念，人物个性直接体现共性，以至消融了人物个性。戏曲艺术家是在类型性典型的范围内，尽力提高个性化程度。其努力愈有成效，则人物塑造的艺术成就就愈高。王实甫《西厢记》就是如此。《西厢记》的成功当然还由于它重塑了张生形象，改变《莺莺传》中张生始乱终弃、文过饰非的描写，而赋予他

---

① ［德］黑格尔著，朱光潜译：《美学》第一卷，商务印书馆 1979 年 1 月第 2 版，第 300 页。
② ［德］约·埃·史雷格尔著、张黎译：《关于繁荣丹麦戏剧的一些想法》，《古典文艺理论译丛》（十一），人民文学出版社 1966 年版，第 193 页。

志诚忠贞的性格。极端失败的例子是明邱浚《伍伦全备忠孝记》。此剧叙伍典礼生子伦全、伦备，收克和为义子，一家固守封建忠孝节义、三纲五常伦理道德，生极显贵，而且成仙。这是迂腐说教的概念化作品。

造成典型的类型性的原因除了剧本创作上的，还有表演上的。

戏曲人物是分角色行当的，如生、旦、净、丑四大行当及其分支。角色行当是有艺术规范的性格类型，人物归属于何种行当，其依据是人物的性别、年龄、身份、地位、性格、气质等属性，还有编演者对人物美丑、庄谐的处理。人物的美丑庄谐取决于对他的道德评价。因此，人物的外部造型即能给予观众一个大概的印象。角色行当又是带有性格色彩的表演程式分类系统，各具一套表演技术专长，演员把它作为创造人物的造型基础。

作者编写剧本，先要根据人物的属性以及对人物的美丑庄谐处理将其归类，及至作者落笔纸上，曲白之雅俗也要因行而异。即使富有性格特征的文学形象，经过特定角色扮演而成舞台形象，必然是以类型为基础的，因为演员运用了角色的程式。我们所能达到的仅仅是同中求异，于类型中求个性。假如撇开类型，就是废除程式，势必丧失戏曲的艺术特征。

如何于类型中求个性？戏曲表演讲究"演人不演行"。好的演员能够做到既要行当又突破行当，活用程式，演出人物个性来。潘必正和裴舜卿都属小生行当，川剧演员晓艇的表演把两人区分得清清楚楚。同是走步，潘潇洒飘逸，裴刚健沉着。同是挥扇，潘小开小合，斯文秀雅；裴有义愤，动作的幅度大些。同是用眼，潘温柔眷恋；裴则灵活坚毅，表现出审时度势，颇有阅历。不过，表演的个性区分毕竟是有限的，做不到千人千面。然而，如果演员"演行不演人"，千篇一律地搬用行当程式，即使颇有个性的文学形象也会蜕化为千人一面的类型人物。

其二是性格的鲜明性。

恩格斯在给拉萨尔的信里要求把戏剧人物描绘得鲜明突出，也说中了戏曲人物的一个特点。

戏曲人物性格异常鲜明。人的性格本来是丰富复杂的，有的鲜明，有的不太鲜明。作者在塑造人物时根据创作意图对丰富复杂的性格作了取舍，突出其一两种特征，形成简单性格。"在戏曲中，作家从来都是只写历史人物的某一面、某一部分的。如曹操的戏很多，但每出戏只写曹操的某一面，而不去给曹操下全面的鉴定。"[1]简单性格好不好呢？从亚里士多德"摹仿说"来看是不好的，摹仿不到位。但是戏曲是写意的，它不须刻意摹仿生活。再者戏曲容量不大，描写性格宜求质不求量，以性格的鲜明取胜。简单性格经过反复描写，"攻其一点，不及其余"，必然会鲜明起来。

关汉卿《救风尘》中赵盼儿机智老练的性格特征正是由于反复描写才变得鲜明的。先是从她对宋引章不幸遭遇的预料初见端倪，进一步的描写是在她为救助宋引章进行巧妙的策划，最充分的表现则是在她制服周舍的时候。越剧《碧玉簪》的王玉林是主观粗暴，李秀英是贤惠容忍，这些特征从头场洞房就已显露。后两场洞房，大男子的粗暴变本加厉，陪衬弱女子委屈之深和容忍之难，遂有三盖衣之委曲求全。末场李秀英初时拒收凤冠，并非她背离了性格，而是为了反衬她终于复归于容忍，收下凤冠。观众看完两剧，无不对赵盼儿的机智老练和李秀英的贤惠容忍留下深刻印象。

戏曲作品并不都是描写简单性格，也有性格丰富的人物。丰富的性

---

① 焦菊隐：《焦菊隐戏剧散论》，中国戏剧出版社 1985 年版，第 26 页。

格与生活接近，为现代观众所乐意接受。在西方也是这样。普希金推崇莎士比亚，把他与莫里哀相比较，说莫里哀的悭吝人只是悭吝而已，莎士比亚的夏洛克却是悭吝、机灵、复仇性重、热爱子女，而且锐敏多智。莫剧人物"是某一种热情或某一种恶行的典型"，莎剧人物则"是活生生的、具有多种热情、多种恶行"①。

描写多面性格乃是丰富人物性格的重要方法。"多面"不是多多益善，要严格选择。莎剧是如此，戏曲也是如此。不过戏曲作品的容量小于话剧，其多面性格要比莎剧有限。京剧《群英会》也许是一个例证。剧中诸葛亮是智而能，周瑜是智而妒，鲁肃是智而迂，曹操则是智而疑。从《横槊赋诗》还看出曹操的才气、骄矜、残忍。他们都是智慧人物，由于品性各异，在一番智斗中分出了高低。描写多面性格时，要注意在诸多侧面中，应当有一个主导的侧面，就是黑格尔所谓"某种特殊的情致作为基本的突出的性格特征"，以使整个性格达到统一和鲜明，"显出更大的明确性。"②《群英会》四个人物的智就分别寓于主要特征能、妒、迂、疑之中。他们的性格是统一的、鲜明的。窦娥的性格是刚柔相济，对蔡婆柔，对张氏父子及官府是刚。对蔡婆也有刚的一面，她坚决抵制蔡婆招婿。刚柔之间以刚为主，性格也统一而鲜明。

描绘性格的发展变化是使人物性格丰富而鲜明的又一重要方法。发展变化的性格前后形成反差，因此也是鲜明的。一个发展变化的性格要比静止凝固的性格来得丰富些、鲜明些。如莺莺之于张生，林冲之于鲁智深。要写出促使性格发展变化的环境。《将相和》中廉颇认识自己居

① ［俄］普希金：《茶余饭后的漫谈》，中国社会科学文学研究所编《文艺理论译丛》（下），知识产权出版社 2010 年版，第 574 页。
② ［德］黑格尔著，朱光潜译：《美学》第一卷，商务印书馆 1979 年版，第 304 页。

功自傲的错误而负荆请罪是有感于蔺相如的高风亮节和虞卿的解劝。

西方戏剧理论不承认戏剧中有变化的性格。阿契尔认为"人物性格的'发展'是意味着揭穿、揭示,而不是意味着改变"[①]。比如说娜拉性格的改变事实上需要成年累月的时间,而易卜生把它压缩在一个星期之内完成了,这就不够真实。约翰·霍华德·劳逊则认为娜拉性格没有改变,"是趋向于了解自己,而不是改变自己"[②]。

可以同意劳逊对娜拉性格的分析。但应当承认人的性格既有渐变,也有突变。戏曲中确有改变型性格,称为"转变人物"。《巴山秀才》孟登科从拒写状子、明哲保身到为民请命、弃仕取义,其间性格发生了巨大的转变。

写多面是对性格的横向把握,写发展变化是对性格的纵向把握。集两种写法于一剧或一人,必然获得人物塑造的极大成功。前者如《将相和》蔺相如性格有谋略、胆量、宽宏、忍让等侧面而以忍让为主,其多面性格与廉颇的转变性格相配合,使此剧满台生辉。后者如崔莺莺,她既是聪明机警、含蓄深沉的多面性格,又是叛逆封建礼教的成长性格,故为丰满而鲜明的形象。


### (二)性格描写的途径

性格描写的途径主要是行动、曲白、境遇和细节等。

1. 从行动中树立形象

认识一个人要"听其言",更要"观其行"。塑造一个人物也是如

---

① [英]威廉·阿契尔著,吴钧燮、聂文杞译:《剧作法》,中国戏剧出版社 2004 年版,第 311 页。
② [美]劳逊著,邵牧君、齐宙译:《戏剧与电影的剧作理论与技巧》,中国电影出版社 1961 年版,第 107 页。

此。要着重在行动中把形象树立起来。"自古以来，在行动中呈现性格就是戏剧公认的职责"。[①]"最好的性格描写方法是通过动作"。[②] 这种技巧尤其反映了戏曲创作的实际。

通常话剧是在情节的发展中逐渐揭示人物性格的。戏曲一开始就使人物行动起来，定下性格的基调。好像在绘画中先用几笔勾勒出人物的轮廓。越剧《祥林嫂》第一场祥林嫂害怕再醮，黄夜出逃，初显其倔强反抗的性格。人物在高潮中的行动和趋向高潮的行动是性格描写的主体部分，要写得充分、饱满。《李逵负荆》的高潮行动是李逵负荆请罪。李逵为了梁山大义，可以跟宋江和鲁智深闹翻，也可以低头请罪。这是李逵性格的闪光之处。趋向高潮的行动是到王林酒店对质。对质消除了误会，李逵悔之不及，遂有负荆之举。结局中人物的行动也须重视。人物性格的完整描写讫于结局，有时其中还有点题之笔。

人物行动包括带戏上场和带戏下场。所谓"带戏"是指带着冲突、带着情绪，等等。性格就从"带戏"中显露出来。京剧《杜鹃山》乌豆首次上场，他是越狱而来，正被敌人追捕。曲文是"黑夜间冲出了天罗地网，雄鹰展翅又飞翔"。演员李鸣盛边唱边上，收住上句，随着幕后的枪声，匍匐前进，接唱下句。以后挣断铁镣，跳上崖头，攀住野藤，大叫一声"毒蛇胆，你来吧！"飞身跃下悬崖而去。这是人物在尖锐的冲突中上场，显露了乌豆强悍不驯的骁勇性格。

戏曲分场的结构形式便于在舞台上连续地呈现人物行动，这就有利于描写性格。易卜生式的写实戏剧采用分幕结构，严格限制舞台时空，

---

① [英]威廉·阿契尔著，吴钧燮、聂文杞译：《剧作法》，中国戏剧出版社 2004 年版，第 20 页。

② [美]乔治·贝克著，余上沅译：《戏剧技巧》，中国戏剧出版社 1985 年版。

不得不把某些重要的行动推到幕后。张庚就此评说,《玩偶之家》娜拉知道圣诞节化装舞会结束之后,丈夫海尔茂要开信箱,她签假字据的往事就会暴露,因为柯洛克斯泰已经把揭发信投入海尔茂的信箱。娜拉准备独自承担签假字据的责任,一死了之,可是她舍不得丈夫、孩子、家庭,深感痛苦,就在舞会上发疯似地跳舞,想方设法延长舞会时间。这一段以行动表现人物的好戏被留在暗场,殊为可惜。如果写成戏曲,编导不会放弃这个舞会场面的。

2. 从曲白中绘声绘色

尽管"观其行"很重要,但"听其言"也不可少,言为心声嘛。两个人可能以同一种方式做同一件事,但不大可能用相同的语言表达同一个思想。人的语言差别是很大的。老舍说:"最足以帮忙揭显个性的恐怕是对话了。"[①] 这里说的是小说创作。戏剧是代言体,对话更加重要。戏曲人物语言包括曲和白。曲白足以为人物绘声绘色。作者要善于传达人物说话所特有的语气、词汇、思维逻辑和表述方式,以显示千差万别的性格。

沪剧《芦荡火种·茶坊智斗》中阿庆嫂与刁德一的对唱就是一个近例。刁德一唱:"我佩服你真是有胆量,竟敢在日本人面前耍花枪,要没有抗日救国的好思想,你怎肯舍身救队长。"阿庆嫂唱:"胡司令平日对我肯帮忙,我阿庆嫂背后大树有靠傍,这是他行得春风有夏雨,开茶馆是江湖义气第一桩。"刁德一唱:"新四军在此日脚长,一定是茶馆店里常来往,既然是行得春风有夏雨,我要问一声,你对他们照顾得如何样?"阿庆嫂唱:"摆出八仙桌,招接十六方,砌起七星灶,全靠嘴一张,来者是客勤招待,照应两字谈不上。"

---

① 老舍:《人物的描写》,胡絜青编:《老舍论创作》,上海文艺出版社1980年版,第88页。

刁德一对阿庆嫂有怀疑，当他听说阿庆嫂当年曾经把胡传奎藏在水缸里躲过日本兵搜查，更增疑惑，忍不住借题发挥一番。既探询新四军伤病员的下落，又试测阿庆嫂的政治面貌，一箭双雕。他先是反话正说，后又旁敲侧击，不料"耍花枪"一个贬义语泄露了他的反动立场。观众觉得正是刁德一此刻在"耍花枪"。待到一箭落空，他不得不正面点题，猜测阿庆嫂像救助胡传魁一样，也救助了新四军伤病员。这是合乎逻辑的。刁德一的赞语和问话刻画了他机敏刁钻、阴险恶毒的性格。阿庆嫂当然听明白了刁德一赞语的用意，便故意把抗日救国行为的性质贬低为私人交情、江湖义气。待到刁德一点题时，又以自己的职业为由，表示不论是谁，都是茶客而已，岂有他哉。阿庆嫂的答话在理得体，无懈可击，满口江湖气本身就是一个茶馆老板娘的表征，足以挫败刁德一的进攻，暂时掩盖了自己的真实身份。

元杂剧《渔樵记》中朱买臣雪天打柴而归，挨了妻子玉天仙的打。他向妻子讨一把火暖身，妻子答道："哎呀，连儿、盼儿、憨头、哈叭、刺梅、鸟嘴，相公来家也，接待相公，打上炭火，酾上那热酒，着相公荡寒。问我要火，休道无那火，便有那火，我一瓢水泼杀了。便无那水呵，一个屁也溅杀了。"玉天仙先故作殷勤，用夸张的反语揶揄朱买臣，后又用极端之言奚落朱买臣，表示她的鄙视和绝情。由揶揄急转奚落，效果尤为强烈。粗俗泼辣的道白刻画了粗俗泼辣的性格。

3. 从境遇中挖掘心理

从境遇中叙述行动，大概在编故事、拟提纲的时候已经考虑成熟，而从境遇中挖掘心理，更须设身处地、细细体察方可，大概得来比较晚。这种心理挖掘，往往是在情节疏处，易被作者忽视。京剧《徐九经升官记》中《上任》一场，徐九经借歪脖树述志，是一段贴切、风趣而独特的心理描写，在情节结构上交代了徐九经与并肩王、安国侯之间的恩怨关系，也是重要的笔墨。但是据说这一场戏在排练过程中曾经被删掉，因为这是情节疏处，删掉无碍于前后情节的连贯。后来终于重新认识了它的价值。莆仙戏《春草闯堂·坐轿》借丫头坐轿、知府步行的情节，同情地表现春草"明知难摆脱，一味但挨延"的忐忑不安，讽刺了胡进为巴结阁老而屈尊俯就却又力保尊严的尴尬处境，成功地挖掘了人物心理。但是据说这场戏是在排练中加以充实的。

《李逵负荆》中，李逵拉宋江和鲁智深下山对质，途中，李逵见两人走快了些，便指责他们因为要到丈人家去，才走快了。李逵见两人走慢了些，又疑是花和尚做媒心虚，"似窟里拔蛇"；宋公明拐女害羞，"似毡上拖毛"。李逵误听王林之言，认定宋、鲁强抢民女，才疑神疑鬼作出如许可笑的判断。

4. 从细节中增补血肉

细节都是些小事件、小动作，似乎无关大局。其实细节虽小，却能以一当十，使性格生动、丰满起来。细节是为已经树立起来的人物形象增补血肉，为作品增添生活气息。作者创造细节，要有丰富的生活积累，渊博的知识和体贴入微的修养。某些念、做为主的作品如京剧《四进士》就有丰富而独特的细节描写。《巴山秀才》孟登科险遭杀害时，竟自指责总督把"负隅顽抗"的"隅"念成"偶"，不合《康熙字典》，宣称"头可断，血可流，别字不可不纠"。此细节讽刺了官僚的无知，刻画了秀才的呆劲和骨气，而且成为霓裳说情的依据。后来秀才在钦差面前揭发总督逃避罪责的阴谋时，把"负隅顽抗"一语回敬总督，故意读"隅"为"偶"大加揶揄一番。这是作者的巧思。越剧《梁祝·哭灵》有个绝妙的细节，用英台的唱描写出来。曲文如下："啊，梁兄啊！我看你一眼闭来一眼开，问你梁兄丢不下谁？你一眼闭来一眼开，莫不是难抛老母年高迈？一眼闭来一眼开，莫不是抛不下亲邻师长同学辈？一眼闭来一眼开，莫不是舍不得满腹珠玑锦绣才？一眼闭来一眼开，莫不是无人披麻把孝戴？一眼闭来一眼开，莫不是难舍小妹祝英台？说到梁兄心上话，他闭上两眼不再开。"作者化用"死不瞑目"的成语，极度夸张而达于传神。看似写山伯，实是写英台，表达她对山伯的深情眷恋和巨大遗恨。

### （三）性格描写的技法

1. 夸张

夸张是对人物性格特征作超过客观实际的形容，使之鲜明突出。夸张是作者对人物持强烈爱憎的表示，他不满足于冷静客观的描写。戏曲不求逼真于生活，夸张成了常用的技法。恩格斯关于现实主义的解释中认为，细节真实一条就不适用于戏曲。京剧《挑滑车》高宠战兀术，一枪未中贼喉，却挑下他的大耳环，把耳环套在枪头上耍弄。此谓"扎脖"。有人认为兀术的耳环虽大，高宠的大枪头却比兀术耳环更大，枪挑耳环的动作不符合细节真实的现实主义创作方法，应予取消。梅兰芳在《舞台生活四十年》里批评这个观点是"简单地理解"传统艺术。这个批评是有道理的。"扎脖"极其夸张地形容了高宠的精熟枪法和反抗异族侵略的战斗精神。

现代题材作品少用夸张，但也有用得好的。汉剧《育才外传》中优秀民办教师杜育才被非法剥夺了工作权利，他痛苦万分，患了"梦游症"。他手秉一支红烛，口诵老校长遗下的《红烛颂》，蹬上椅子，踏上椅背，似要向太空游去。这个夸张的动作表现了杜老师热爱教育的火热心肠，还可以用上椅子功。

2. 白描

白描指中国画的一种技法，它用黑线勾描对象，不着颜色。借指文学和戏剧的一种表现手法，它用最简练的笔墨，不加烘托，勾勒出鲜明生动的形象。鲁迅曾说："要极省俭地画出一个人的特点，最好是画他的眼睛。"白描就是"画眼睛"，寥寥数笔，真切而质朴地勾勒出人的神采。何处是人的"眼睛"？便是最能显示人物性格之处，它可能是一个场面、一段曲白、一个动作，或者一个细节。阿Q画圈便是白描一例。且看根据鲁迅小说《祝福》改编的越剧《祥林嫂》第七场一个片段。


　　　　　　[祥林嫂摇摇晃晃地要往外走去。

**贺老六**　你不能走。你不是受着伤吗？天黑了，外面有野兽的。

**祥林嫂**　不要你管！

**贺老六**　（自语）她会不会去寻死？（追出，将祥林嫂挟了回来，放
　　　　　　在凳子上）

**祥林嫂**　你算力气大呀，强盗！

**贺老六**　你不能害我呀！

**祥林嫂**　啊？我害你什么呀！

**贺老六**　我花了许多财礼倒不去说它，你要是寻死觅活，闹出一条
　　　　　　人命来，这不是害我吗？

**祥林嫂**　（一愣）让我回去！让我回去！（哭）

**贺老六**　你到哪里去呀？这里就是你的家呀！

　　　　　　[祥林嫂不理，仍要走，贺老六将她一按，按在凳子上坐下。

**贺老六**　你给我坐咚！我会待你好的。

在一番阻止新妇逃跑的冲突中，贺老六的粗鲁、朴实、挚诚等性格特征得到极其省俭的描写，"我会待你好的"一语使贺老六的性格和心理全出。作者忠实地传达了鲁迅原著的风格。

戏曲中的白描笔法当然不自此剧始，是古已有之。且看元杂剧《赵氏孤儿》。屠岸贾命程婴拷打公孙杵臼，考察他是否与公孙同谋。程拣细棍子打，屠疑他怕被"指攀"；程换大棍打，屠疑他要灭口。屠还要告诉公孙，"行杖的就是程婴"。仅此省俭的描写足令屠岸贾奸诈残忍的性格特征毕露。《闲情偶寄》就此说到"只就本人生发，自有欲为之事，自有待说之情。念不旁分，妙理自出。"此言甚是。所以倒是鲁迅受了"中国旧戏上，没有背景"的白描笔法的启示，而"不去描写风月，对话也决不说到一大篇。"[1]

3. 烘托

烘托即烘云托月，指绘画中渲染云彩以衬托月亮，达到月未出而形已现的境界。后借指文艺作品不从正面描绘，而从侧面点染以烘托所描绘的事物。所谓"大约文章之法，于正笔则着墨无多，全赖旁笔为之衬染。"[2]

《西厢记》第一本第二折明写红娘，暗联莺莺。但见红娘"大人家举止端详，全没那半点儿轻狂。大师行深深拜了，启朱唇语言得当"。侍婢已是大家风范，那调教熏陶她的小姐，必定超凡脱俗。又见红娘"可喜娘的庞儿浅淡妆，穿一套缟素衣裳"。侍婢已是美貌淡雅，那深藏

---

① 鲁迅：《我怎么做起小说来》，《鲁迅杂文经典全集》，哈尔滨出版社 2013 年版，第 250 页。

② 毛声山：《第七才子书琵琶记》，秦学人、侯作卿编著：《中国古典编剧理论资料汇辑》，中国戏剧出版社 1984 年版，第 291 页。

闺中的小姐，必定是天仙化人了。耐人寻味的是，早在《惊艳》时，张生已见过红娘，但作者没写她，只是写了莺莺。原来红娘并非不俏，当初她是被莺莺的光彩掩盖了，才被张生所忽视，此刻她单独面对张生，她的风姿理所当然地引起张生爱怜。把前后两处描写连起来看，作者是在借红娘烘托莺莺。

京剧《华容道》以曹操烘托诸葛亮和关羽。曹操赤壁兵败，来至华容道，已是狼狈不堪，却在马上扬鞭大笑。操曰："诸葛亮啊诸葛亮，你要是聪明，在这儿埋伏一支人马……"言未毕，一声炮响，一队伏兵杀了出来，截住曹军去路，为首一员大将乃是关羽。曹操身临其境，始悟此处宜设埋伏，而诸葛亮早已算到了。以下曹操与关羽一段情节，又是曹操烘托了关羽。郝寿臣按旧本演《华容道》，关羽是因曹操一再哭求才放行的。一次郝到北京大学演出，一位教授对他说，按《三国演义》第五十回故事，曹操获释不仅是由于他哭泣哀告，而且是由于他在紧要关头向关羽提及春秋时庚公之斯捉放子濯孺子的故事因而感动了熟读《春秋》的关羽①。郝回家细查《三国演义》，果然见曹操所言："大丈夫以信义为重。将军深明《春秋》，岂不知庚公之斯追子濯孺子之事乎?"于是他就改动唱词如下："一见关羽脸变了，不由孟德心内焦。忙将《春秋》向他表。"以下用道白提及庚公之斯故事。关羽于是义释曹操。改本以曹操烘托关羽重信义的性格，同时表现曹操熟知关羽以古代义士律己的习惯。

---

① 春秋时，郑国的子濯孺子与卫国的庚公之斯都是著名的射手。郑国命子濯孺子入侵卫国，卫国派庚公之斯追击。途中，子濯孺子患病，连弓也拿不起来。庚公之斯追上来，见状就说："从前我跟尹公之他学射，尹公之他又跟你学射，我不忍心以你的绝技来伤害你。但今天之事是国家之事，我总得有个交待呀!"言毕，抽出箭来，去了箭头，向子濯孺子射了四箭，就扭转马头归去。

有人物对人物的烘托，也有环境对人物的烘托。越剧《红楼梦·黛玉焚稿》以潇湘馆窗外竹子象征黛玉孤傲清高的性情，又以竹子临风挣扎象征黛玉遭受摧残的命运。

4. 对比

在自然界和人类社会中存在着相反或相异的事物，如白与黑、崇高与卑下等。假如把它们搭配起来加以对照，就会更加显示它们各自的特征来。在艺术作品的性格描写中就采用了此种对比法。戏剧要在有限的时间空间内完成性格描写，尤其需要对比法。所以恩格斯在给拉萨尔的信中要求剧作家把人物"对比得更加突出些"。

对立的性格便于在冲突中加以刻画，差异的性格则要在某件事的比较中呈现。《红楼梦》小说中的尤氏姐妹都是美丽善良的女子，但二姐软弱，三姐刚烈；二姐糊涂，三姐清醒。不同的性格既在她们各自的婚姻悲剧中显示，更在同受贾府男人的勾引中得到比较：二姐受骗于贾琏，三姐则严拒了贾珍。荀慧生的《红楼二尤》合两人于同一个戏中，正是为了在对比中突出性格的差异，有力地抨击旧礼教和旧制度。

京剧《赤壁鏖兵》的鲁肃是个慈厚长者，他与诸葛亮有朋友之谊，在瑜、亮斗争中暗助诸葛亮。1959 年此剧被改编为《赤壁之战》，改编者根据陈寿《三国志》记载，把鲁肃改写成一个能干的政治家。于是鲁肃扮演者马连良为难地说："鲁肃如果不傻了，我的戏便不好演了。"这不但是指鲁肃失去了慈厚的性格特征，因此不好演，更是指鲁肃失去了对比陪衬瑜、亮的机会。周瑜妒贤嫉能和诸葛亮多谋善断两种性格的描写得力于鲁肃从中对比陪衬。

《赤壁鏖兵》是一个历史传奇剧，不是严格意义上的历史剧。改本既要基本保留它的故事和人物，又要根据历史记载去改动它，是不相宜的。

## 二、感情揭示

对人物感情的揭示有其极端的重要性。因为"准确传达的感情，是一切好的戏剧最重要的基础。"①"从来传奇家非言情之文不能擅场。"② 在话剧中，感情揭示可以归入性格描写。但在戏曲中，由于歌唱擅长于抒情，感情揭示重于性格描写，成为人物塑造的主要内容，有单独讨论的必要。戏曲"善于用粗线条的动作勾画人物性格的轮廓，用细线条的动作描绘人物的思想活动。"③ 勾画性格只须简笔，描绘思想活动却要繁笔。描绘思想活动包括揭示感情。倘若你不满足于戏曲的性格描写，则可以从感情揭示中获得审美的补偿。如果说窦娥和杜丽娘的性格描写尚嫌简略，那么她们的感情揭示却是强烈的、深透的。

### （一）感情揭示的特点

1. 感情真实是最高原则

戏曲的某些情节和细节往往有违生活的常态常理，然而合乎常情。"第云理之所必无，安知情之所必有邪。"④ 杜丽娘梦遇恋人，遂为情而死，三年后又为情复生。这样一个生活中"必无"的故事却表现了生活中"必有"的对婚恋自由和个性解放的向往之情。只要感情是真实的，人物便是真实的；只要人物是真实的，作品便是真实的。感情真实是戏曲创作的最高原则。

---

① ［美］乔治·贝克著，余上沅译：《戏剧技巧》，中国戏剧出版社 1985 年版，第 43 页。
② 洪昇著、康保成校点：《长生殿自序》，岳麓书社 2003 年版，第 1 页。
③ 杜澄夫、蒋瑞等编：《焦菊隐戏剧散论》，中国戏剧出版社 1985 年版，第 1 页。
④ 汤显祖：《牡丹亭记题词》，丘振声编著：《中国古典文艺理论例释》，广西人民出版社 1981 年版，第 26 页。

通常说戏曲艺术的根本原则不在形似，而在神似，就是指的人物感情的真实。所谓"遗貌取神"、"略形采神"都是说明这个创作原则的。那么又如何理解"形神兼备"之说？前者是就艺术与生活的关系而言，后者则是指人物的外形与内质应当是统一的，外形的涂抹要服从于内质的展现。比如包拯一身正气，有廉明清正、铁面无私的品格，其造型便是勾黑脸以象征刚直，配以两道白眉，一副"黑满"，堂堂正正，威威严严。表演便是举止庄重沉稳，动作蹈厉风发，发声洪亮气盛。包拯的外形充分显示其内质。总之，不论艺术与生活，内质与外形，总归以神似为重。

真实的感情，既离不开独特性，也离不开普遍性。缺乏独特性，引不起人们的兴趣；缺乏普遍性，引不起人们的共鸣。普遍性又寓于独特性。人必有自己的特性，也必有人之常情。屠格涅夫说："如果被描写的人物，在某一个时期来说，是最具体的个人，那就是典型。"[1]《琵琶记》既表现了赵五娘孝亲的奉献精神，怨夫的复杂心理，又概括了古代妇女受苦受难的普遍悲情。《西厢记》既表现了崔莺莺内热外冷的矛盾态度，又概括了古代青年对婚姻幸福的热切追求。

戏曲人物排斥矫情。《牡丹亭》人物，"笑者真笑，笑即有声；啼者真啼，啼即有泪；叹者真叹，叹即有气。"[2]人物感情的真实要求艺术家对作品的态度必须是真挚的。列夫·托尔斯泰认为，艺术家愈真挚，他所表达的感情就愈有艺术感染力。如何才是真挚？艺术家对人物有深切体验，"欲代此一人立言，先宜代此一人立心。"[3]达到艺术家与人物感情

---

[1] 见《译文》1956年1月号，第154页。
[2] 王思任：《批点玉茗堂牡丹亭叙》，隗芾、吴毓华编：《古典戏曲美学资料集》，文化艺术出版社1992年版，第169页。
[3] 李渔：《闲情偶寄·语求肖似》，王永宽、王梅格注解，浙江古籍出版社2011年版，第24页。

息息相通。这正是王国维推崇元剧的原因。他称元人"但摹写胸中之感想与时代之情状，而真挚之理与秀杰之气，时流露于其间。"①

列夫·托尔斯泰进一步指出，艺术家的真挚"在民间艺术中经常存在着，正因为这样，民间艺术才会那样强烈地感动人。"②此语也切合中国戏曲的实际。中国戏曲的民间性传统是戏曲艺术感染力的巨大源泉。《琵琶记》赵五娘形象的成功在于她出自民间的创作，而牛小姐形象之所以苍白无力，在于她是作者"为朝廷广教化、美风俗"③的工具，是矫情的产物。

2. 感情揭示得充分

戏曲要以情感人。感人与否，全在感情如何。除了感情真实以外，还须把感情揭示得充分。

怎样才能把人物感情揭示得充分？

一是要捕捉激情。激情是强烈的、爆发性的情感，最具冲击力，最能震撼人心。人物有了激情，必然要迸发倾诉。

二是要集中揭示，不可零敲碎打，分散力量。重点歌舞场面正是为集中揭示感情而设。唱是揭示感情的主要艺术手段，舞常常是配合唱，但有时舞也能独立地揭示感情，甚至起到唱所不能替代的作用。《白蛇传》中白娘子在端阳节多喝了雄黄酒，酒性发作，煎熬身心。这种感觉难以用言语描摹，就编排一段"蛇舞"，用舞蹈语汇来表现。重点歌舞场面包括情感高潮场面。传统剧目不一定都有冲突激化的情节高潮，却多有酣畅淋漓的情感高潮。《窦娥冤》第三折和《琵琶记·糟糠自厌》便是

---

① 王国维：《宋元戏曲考》。
② 列夫·托尔斯泰：《什么是艺术》，伍蠡甫主编：《西方文论选》（下卷），上海人民文学出版社 1964 年版，第 440 页。
③ 毛声山：评本《琵琶记·总论》。

这样的场子。近作有越剧《北地王·哭祖庙》、《血手印·法场祭夫》等。

### （二）感情揭示的途径

#### 1. 境遇出情

人有悲欢离合。剧中人物独特坎坷的境遇是揭示感情的主要途径。一个剧本能不能充分揭示感情，就看在早期构思中是不是包容了出情的境遇。如果没有这种境遇，到下笔时才硬找硬挖，那是无济于事的。越剧《碧玉簪》之所以成为一出充满感情纠葛的名剧，是由于作者让李秀英遇上了栽赃诬陷的小人和主观粗暴的丈夫，莫名其妙地陷于受辱的境地。《梧桐雨》和《汉宫秋》两剧的第四折都是经典的抒情场子。那是在唐明皇和汉元帝经历了丧失爱妃的巨大挫折之后的痛定思痛，岂能不伤感。《雷峰塔·合钵》中白娘子遭受镇压，被迫与夫儿生离死别，自有一番血泪诉说。清顾丙晖《蕉窗摭录》云："至许仙合钵，白蛇哀泣啼呼，婴儿鞋袜存何处，婴儿玩弄之物存何所，声音哀泣，断而复续；呼郎君曰：'汝向者头痛，嫌购帽不好，我为亲制，才做得一半。郎君倘叫别人制，叫他后枕放松，前脑收紧，著带方合适。'琐琐幽情，令人酸鼻。而钵已压落，其哀泣之声，犹于钵内呜呜也。"田汉《白蛇传·合钵》白素贞唱"娘为你缝作衣裳装满一小柜，春夏秋冬细剪裁，娘也曾为你把鞋袜备，从一岁到十岁，做了一堆，你是穿也穿不过来。"这段曲文同样感人。

#### 2. 借景抒情

戏曲作家没有小说家以第三人称客观地交待环境和描写环境的自由，也没有写实布景可用，他们只能通过剧中人物交代环境和描写环境，这是戏曲写景所受到的限制。由剧中人物所交代和描写的环境，往往经过人物感情的过滤，染上主观的色彩。戏曲作家聪明地利用这种限制，借写景以抒情。他们准确地选择与人物感情相通的环境特征加以描写，于是产生景随情至、情由景生的艺术效果。"一切景语皆情语"[①]，写了环境，也就写了人、写了情。人的感情是看不见摸不着的，若把它渗透于环境，就成了可见的、具象的，感情就此物化了。

《西厢记》崔莺莺首次出场的曲文曰："可正是人值残春蒲郡东，门掩重关萧寺中；花落水流红，闲愁万种，无语怨东风。"萧寺的僻静和花落春逝恰好传达了莺莺的闲愁。张生与莺莺月下吟诗，张生感觉中的夜景正是他的心境。当张生偷觑莺莺，满心喜悦时，是"月色溶溶夜，花阴寂寂春"，意谓月光荡漾，映照出一片清静的花阴，春夜的景色是幽雅的。当莺莺回房，张生顿觉失落时，夜景转为"碧澄澄苍苔露冷"，"淅零零的风儿透疏棂"，春夜的景色却是凄凉的。景色的转换反映了张生心境的变化。然而环境并没有变化，是张生心境变化了，他对环境的感觉就不同了。

情、景应当相生，假若情与景相离，那么所写之情可能是不准确的。豫剧《拷红》描写莺莺在红娘陪伴下月夜背着老夫人偷偷地前往西厢探望张生病情时，传统演出本的曲文是这样的："主仆们移步来到西厢，观满天星斗皆明朗，又只见花影上粉墙，更阑漏长无人往，过了画阁绕回廊，止不住小鹿儿心头乱撞。"这段曲文抒写主婢一路悠闲赏景，末句才涉及心慌意乱，没能准确地把握莺莺此时此地的感情。于是常香玉把曲文改写如下："主仆们悄悄地暗离闺房，止不住小鹿儿心头乱撞，羞怯怯穿画阁绕过回廊，恼清风多事摇得花枝响，怪明月不该满园泻银光，且喜得西厢夜静无人往。"还是这些景物，只是把莺莺又羞又怯的

---

① 王国维：《人间词话》。

158

感情贯穿全程，景象就此改观，情与景达到统一。

环境描写不应当雷同，须"吐人所不能吐之情，描人所不能描之景"。"景乃众人之景"，"情乃一人之情"，"描人所不能描之景"，关键在"吐人所不能吐之情"。[①]只要情是独特的，景必随之而异，即使两人同处一景，也会变幻出迥然不同的两景来。"《琵琶·赏月》四曲，同一月也，牛氏有牛氏之月，伯喈有伯喈之月；所言者月，所寓者心"。[②]是说蔡伯喈得中状元，被迫入赘相府。中秋夜，牛小姐邀他赏月。面对同一个月，牛氏因夫妻团聚而兴致盎然；伯喈则因思念家乡亲人而出语凄凉。《赏月》四曲，照录于下：

[念奴娇序]（牛小姐）长空万里，见婵娟可爱，全无一点纤凝。十二栏杆光满处，凉浸珠箔银屏。偏称，身在瑶台，笑斟玉斝，人生几见此佳景？（合）唯愿取年年此夜，人月双清。

[前腔]（蔡伯喈）孤影，南枝乍冷，见乌鹊缥缈，惊飞栖止不定。万点苍山，何处是修竹吾庐三径？追省，丹桂曾攀，嫦娥相爱，故人千里谩同情。（合前）

[前腔]（牛小姐）光莹，我欲吹断月箫，乘鸾归去，不知风露冷瑶京？环佩湿似月下归来飞琼。那更，香雾云鬟，清辉玉臂，广寒仙子也堪并。（合前）

[前腔]（蔡伯喈）愁听，吹笛关山，敲砧门巷，月中都是断肠声。人去远，几见明月亏盈。唯应，边塞征人，深闺思妇，怪它偏向别离明。

---

① 黄图珌著，袁啸波校注：《看山阁集闲笔》，上海古籍出版社2013年版。
② 李渔著，王永宽、王梅格注解：《闲情偶寄·戒浮泛》，浙江古籍出版社2011年版，第20页。

描写情与景的关系，两者交融是常法，此外，也有两者相异的，是为反衬。如乐境写哀，倍增其哀。杜丽娘游园，以欣欣向荣的春景反衬这位少女的伤感之情，真是"春色恼人"。黄梅戏《天仙配·槐荫别》在董永携妻还家、悉妻怀孕的乐境中写七仙女别夫之悲，动人心魄。

3. 托物言情

戏曲舞台上的"物"不是多余的摆设，也可用来揭示人物感情。《西厢记》崔莺莺给赴京应试的张生寄去汗衫、瑶琴等五件物品，欲使张生睹物思人，同时表达自己对张生的深切思念。张生在归途中收到礼物后，喜不自胜，他完全理解了每件旧物的含义，嘱咐琴童小心收藏。可惜的是我们没有从舞台上看到过这段动人的表演。幸而《牡丹亭·玩真》弥补了这个缺憾。

《玩真》中柳梦梅拾到美人图，赏玩不已。有句曲文："相看四目谁轻可！恁横波，来回顾影不住的眼儿睃。"在昆曲《拾画叫画》中，这句曲文化为了身段丰富的道白："美人，看你这双俏眼，只管顾盼小生。小生站在那里，他也看着小生。小生走过这边来，哪，哪，哪，又看着小生。"明明是柳喜爱画中人，偏偏说是画中人在顾盼他，而且画中人的视线紧随着他移动。柳对爱情的热烈向往就从他对美人图的痴迷中揭示出来。

莺莺的旧物，丽娘的画像，在舞台上都是有可见的砌末的。另有一些"物"不便以砌末代替，只能虚拟，同样能传达人情。如《出塞》中昭君的坐骑，有"南马不过北关"的描述，正是昭君难离故土的写照。《鸿雁传书》中的那只通灵性的鸟，负载了王宝钏多少丰富的情意！这些虚"物"在新编戏曲中已经少用，但那些实"物"还是用得很多。《红灯记》那盏号志灯成了几代革命者崇高品格的象征。没有这件"物"就没有这出戏。

### （三）感情揭示的技法

#### 1. 渲染

戏曲作者对于情节关节点，对于人物感情世界，泼墨堆金，反复描绘，务求写足写透。《西厢记·请宴》叙红娘奉老夫人之命请张生赴宴，张生喜从天降。张生先是"来回顾影"，让红娘看他的修饰打扮，后细问莺莺的信行，仪式的布置，又担心客中无财礼，直至红娘答复"凭着你灭寇功，举将能，两般儿功效如红定"，重申"单请你个有恩有义的闲中客，且回避了无是无非窗下僧"，张生才满意地请红娘先行，自己随后。末了还美滋滋地设想如何入房与莺莺做亲。在《破贼》、《赖婚》两大块戏之间敷衍出这一篇情趣盎然的妙文，把张生的得意心情渲染到家了。

焦菊隐以为渲染也可以说是以多胜少，他言道："现在编写的戏曲剧本，以少胜多的手法固然掌握得不够好，而以多胜少则掌握得更不够，该充分描写的地方没有充分描写，而且不懂得怎样深入挖掘人物的精神面貌。"[1] 甚是。

#### 2. 咏叹

民歌中重章叠句，一咏三叹的结构形式，能够产生循环往复、淋漓尽致的抒情效果。一些来自民间的戏曲作品，其曲文吸收了民歌咏叹的形式。毛宗岗曾指出《琵琶记》"言之重，词之复，再三唱叹，以足其意"。[2] 越剧《梁祝·楼台会》一对恋人互诉相思的对唱便是重章叠句的形式，起句都是"贤妹妹，我想你"，"梁哥哥，我想你"，落句的含义也是相同的。《送兄》一场，祝扶梁边行边唱，每转一处，咏叹一回。曲文如下：

---

① 焦菊隐：《焦菊隐戏剧散论》，中国戏剧出版社 1985 年版，第 21 页。
② 毛宗岗：《参论》，《成裕堂绘像第七才子书琵琶记》卷之一，转引自《中国古典编剧理论资料汇辑》，中国戏剧出版社 1984 年版，第 302 页。

送兄送到藕池东，荷花落瓣满地红，荷花老来结莲子，梁兄访我一场空。送兄送到小楼南，你今日回去我心不安，我和你今世无缘成佳偶，来生和你再团圆。送兄送到曲栏西，你来时欢喜去悲凄，今日你我分离后，人虽分离心不离。送兄送到画堂北，劝兄回家不要哭，英台不是无情人，一片真心如碧玉。眼前就是上马台，今日别后何时来。

### 3. 重复

此处所谓重复是某个戏剧场景的重复。由此重新体验经历过的情绪，引发新的感受。因而场景依旧，意境翻新。《牡丹亭·寻梦》和《梁祝·回忆》就是得力于这种技法。杜丽娘惊梦之后还要寻梦，"是一个羁身于封建网罗中的少女经受了爱情熏陶之后，在万分的怅惘中的必然行动"。[①] 若说丽娘的惊梦是爱情的不期而至，那么寻梦便是对爱情的自觉追求了，因而顿悟"这般花花草草由人恋，生生死死随人愿，便酸酸楚楚无人怨"。梁山伯重走往日送别祝英台的旧路，重温那时祝英台的种种暗示，他是又抱憾又喜悦。抱憾的是往日辜负了英台的爱恋，喜悦的是真相大白，团圆有望。这一场戏是爱情的赞歌。如果改编话剧《雷雨》为戏曲，写到侍萍时隔三十年重入周公馆，见陈设依旧，但物是人非，必定百感交集也。

## 三、心理分析

戏曲人物塑造除了性格描写、感情揭示以外还有一个重要的方面，

---

① 潘凤霞：《杜丽娘角色初探》，载《谈艺录》，光明日报出版社 1985 年版，第 182 页。

叫做心理分析。

早些时候，性格描写是欧美戏剧理论关于人物塑造的唯一内容。至阿契尔则明确提出人物塑造中存在心理分析的方法。并不是此前的戏剧没有过心理分析，只是不很显著而被包括在性格描写之内了。阿契尔是从心理分析与性格描写的区别上立论的。他说："性格描写是对人类本性的表现，是从一般对人类本性所共同认识、理解和接受的方面来表现人类本性。心理分析似乎是对人物性格的探索，把从未探索过的特点置于我们的认识和理解范围之内。"①心理分析是性格探索，它要深入人物心灵深处探索人性的独特表现。所以心理分析是性格描写的深化。贝克由此推论："根据这个区分标准，大多数好的剧本显示出性格描写；只有伟大的作品才显示出心理描写。"②

阿契尔的阐述反映了现代戏剧重视描绘人物内心世界。我国话剧也一样。曹禺在《雷雨》中对周朴园的心理分析是这个形象最成功之处。周年轻时与女佣侍萍的相爱至少自以为是真诚的，以后他以种种方式怀念旧情也似乎难以用"伪善"一言以蔽之。他确实深感内疚，需要自我安慰。但当他一旦面对昔日的旧情人时，却再次出于现实利益的考虑，要把侍萍打发走，就像当年屈从于封建门第婚姻那样。作者对周朴园的心理分析画出了一个鲜活的灵魂，增加了人物形象的生动性和真实性。

那么，在戏曲塑造人物的方法中有无心理分析呢？回答是肯定的。焦菊隐所谓的"用细线条的动作描绘人物的思想活动"，既指对人物感情的揭示，也当包括心理分析在内。

---

① ［英］威廉·阿契尔著，吴钧燮、聂文杞译：《剧作法》，中国戏剧出版社 2004 年版，第 314 页。
② ［美］乔治·贝克著，余上沅译：《戏剧技巧》，中国戏剧出版社 1985 年版，第 247 页。

### （一）戏曲中的心理分析

我国古代曲论家已经注意到心理分析的重要了。清代焦循《花部农谭》评述《赛琵琶》，陈世美在寿宴上见琵琶女乃故妻，一度彷徨，终斥逐之。王丞相夜送陈妻入宫，陈亦念旧，乃以郡主故，仍强不纳。妻跪求陈收养儿女，陈怆然意动。又再三思之，竟大骂，令内侍驱赶出宫。焦循评曰："然观此剧者，须于其极可恶处，看他原有悔心。名优演此，不难摹其薄情，全在摹其追悔。"①看来，《赛琵琶》故事中陈世美对其妻在寿宴上斥逐，在宫中不纳，又骂又赶，这些可恶的行动都描写了他负心残忍的性格。而在斥逐前，陈有所彷徨，在不纳前，陈亦念旧，在拒养儿女前，陈还悲伤过，这些都是陈悔心之处，终因艳羡郡马之贵而昧心行事。此剧表现陈从悔心到昧心便是心理分析。故焦循认为演陈不能满足于"摹其薄情"的行动，更要深入内心"摹其追悔"。这是极有见地的。

戏曲多在行动中描写性格，也能在行动中透露人物内心隐秘。这种行动往往是违心的，内外相背的，观众由此窥测到人物深藏着复杂微妙的情感。

湖南花鼓戏《八品官》末场《驮妻》是妙趣横生的喜剧。生产队长刘二是个一心为集体的好队长。妻子桂英恨他不安稳，招灾惹祸，于是逼他放弃队长职务，在要队长还是要堂客之间作出选择，当刘二表示两者都要时，桂英就以离婚相要挟，其实她只是要治一治男人而已。刘二是不愿意离婚的，但他的责任感不允许自己迁就堂客，当他见堂客一

---

① 见《中国古典戏曲论著集成》第八集，中国戏剧出版社1960年版，第230页。

副凶狠绝情的模样，气愤起来，就同意了离婚。于是桂英弄假成真。在往城里办离婚手续的途中，夫妻俩都有悔意。作者如何表现他们的矛盾心理呢？是用他们自己的行动。当他们受阻于一条小溪时，桂英故意撒娇，要刘二驮她过河；驮至半河，刘二忽发奇想，提议合影留念，这些可笑的举动，曲折地透露了各自的悔恨之意和依恋之情，博得观众会心的微笑。

有时仅从人物行动透露其内心隐蔽是不够的，故戏曲还常常以曲白直接解释行为的心理依据，包括感受、认识、谋算、选择等情感活动和理性思考。如果说透露内心隐秘乃是性格描写的深化，则解释行为的心理依据乃是性格描写的补充。《沙家浜》中阿庆嫂和刁德一两人是暗中较量的劲敌，在《智斗》一段背躬三重唱，交代他们意欲刺探对方的政治面貌，交代阿庆嫂意欲利用胡传魁的懵懂以及她与胡的特殊关系去对付刁德一。这段戏生动地解释了人物行为的动机，为全剧性格描写和人物行动奠定了基础。

在行动中透露内心隐秘与直接解释行为的心理依据两者是相辅相成的，以使观众及时洞悉人物，不至于产生观赏阻隔。《驮妻》在夫妻过河前各有一段背躬唱，交代刘二和桂英都怕离婚的心情。刘二唱道："眼发黑，头发昏，一步一颠脚转筋。上山打虎我不怕，提起离婚我圈心冲，天要落雨由不得人。"桂英唱道："嘴巴子硬，脚杆子沉，浑身嫩软没精神。没油没盐我不怕苦，没得男人像掉了魂，唯愿来一个解交人。"当观众把驮妻过河和提议拍照的行动与此前的背躬联系起来时，人物心理便昭然若揭了。

《西厢记》的《闹简》和《赖简》两折都有莺莺的行动——在红娘面前装假，掩饰她对张生的恋情。《闹简》的叙述是明白的。莺莺先是欣然细读简帖，不料忽然发怒，指责红娘戏弄她。莺莺何以喜怒无常？观众从两处得到解释。一处是描写莺莺指责红娘之前表情的变化，从"扢皱黛眉"到"低垂粉颈"到"改变朱颜"，她是在谋划思忖，可见发怒是装假。另一处是红娘的答辩："我不识字，知他写着什么？"红娘甚至虚张声势，要持简帖去向老夫人出首。莺莺从中探知红娘未晓简帖内容，无须担心他向老夫人禀报，便推说逗耍，轻松"收兵"。但是《赖简》中莺莺的行动没有辅之以解释的笔墨，颇费疑猜。

　　崔莺莺四句诗约请张生月夜来会，不料张生跳墙赴约时，莺莺突然变卦，指张为贼，以致把张气病。莺莺变卦是完全可能的，但是对变卦的原因，王实甫没有作出明确解释，使得后世学者议论不休。赖简的原因并不难解，与闹简一样，仍是防范红娘禀报老夫人而已。因为莺莺"打扮的身子儿诈，准备着云雨会巫峡"，是诚心幽会的，正当红娘去查看角门时，张生来到跟前，莺莺必定担心被红娘回来撞破，无奈委屈一下张生，同时也委屈了自己。也许王实甫以为莺莺赖简的原由显而易见，无须点明了。但明崔时佩、李景云的《南西厢记》还是特意添补了一笔的。崔、李本的改编是很拘谨的。它的添补是慎重的。剧本写道：（生跳抱旦介，旦）曾见红娘么？（生）方才见来。（旦）红娘，不好了！……添补短短一句对白，就可交代过了。及至越剧改编本，更细写了莺莺变卦的过程。《越西厢》比《南西厢》多了一段莺莺思索判断的独唱。曲文曰："红娘神色真奇怪，莫非已将我机关解？（云：要是他……啊呀！）被母亲知道怎生好？"其时红娘已避开，张生跳墙而入，莺莺慌乱地提醒张生："红娘她在这里呢！"张生如实回答："小姐放心！红娘姐，我在角门口遇见过她了。"张生的答语增添了莺莺的忧虑，她接唱："果然红娘已明白。"于是她催促张生离去。但张生发傻不走，莺莺不得不主动唤来红娘，叫她驱逐跳墙的"贼"。这也是合乎情理的补笔。

《越西厢》对《赖简》的补充，似乎传出了这样一个信息：现代戏曲更重视心理分析。民主革命打碎了封建枷锁，使现代人的个性和心理得到解放，反映到创作上，不但现代题材作品加强了心理分析，由此出发去体会古人心理，也大有发现和开掘的余地。

川剧《谭记儿》的改编也可作为例证。在关汉卿杂剧《望江亭》中，谭记儿对白士中的许婚，是白道姑强拉硬扯以至要挟的结果。且不论白道姑的品德，也不论观众的观感，仅仅就表现谭记儿的心理过程而言，至少是简单化的。川剧本除了让谭、白由相互爱慕而终成婚配以外，还细致地描写了谭的心理变化。她先是"观此人轻薄半点无"，而且"酷似儿夫李希颜"，遂生好感，但羞涩难言。意惹情牵，有心许婚，"又恐乡里贻笑谈"。转念愿效卓文君奔司马相如，却不好意思烦白道姑传言，便赋诗订情。其诗为一首藏头诗，横头四字："愿随君去。"在白士中和诗表示"当不负卿"后，她仍叮咛白"谨守白头吟"。真是写尽了封建社会里一个年轻寡妇对意中人又动情又害羞又担心的复杂心理。

### （二）心理分析的技法

上文已述，心理分析的艺术手段主要是人物自己的行动和曲白。此外，也用梦境和幻觉。

1. 梦境

昆剧《痴梦》叙朱买臣妻崔氏当初因贫寒改嫁，在听说朱得官后追悔不已。入梦，见朱遣院公、衙婆、皂隶送来凤冠霞帔，才生喜悦。后夫张木匠持斧赶来，猛敲桌子，崔氏慌乱。惊醒后举目四顾，依旧是

"破壁残灯零碎月"，不免伤感。整个梦境，是对崔氏矛盾心理的深刻分析。王朝闻评论说："给崔氏送凤冠霞帔来的院公衙婆、衙役等角色，是崔氏自己对她那当太守夫人的妄念的一种形象化的肯定。手执板斧前来和崔氏捣乱的张木匠，是崔氏自己对她那当太守夫人的妄念一种形象化的否定。这些肯定与否定的对立，是崔氏入梦之前那种心理冲突的发展和深化。"[1]

梦境是演出来的，既诉诸唱念，又可发挥做打功夫，戏曲多用之。安排梦境不是任意而为，需要有情节上的依据。崔氏的梦倘使只用唱念叙述出来，似也无不可，然而剧中无人听她倾诉。她又无颜出口，于是只能把梦演出来。杜丽娘游园的梦也是以演为宜，演梦则可以让柳梦梅登场，为日后《幽媾》中杜、柳同忆梦遇伏笔。

2. 幻觉

幻觉似梦非梦，迷茫恍惚，是一种失常的心理。与入睡后做梦不同。再者，剧中某人产生的幻觉，同场人是不知晓的。在川剧弹戏《活捉子都》中，子都原与主帅颖考叔有隙，又为争帅印失和，竟在战场上施放冷箭，射颖致死。班师回朝，郑庄公封赏，子都窃功。颖考叔显灵索命，使子都自述其罪，嚼舌而死。颖显灵索命，是子都犯罪感的形象化。也许当初的编演者信鬼神，以为真有显灵的事，如今我们则不妨视作幻觉。

现代生活不排斥幻觉，当然也可入戏。山东梆子《柳下人家》三有包袱中布娃娃的哭声便是一种喜剧性幻觉。三有关心玩具专业组的生产状况，想把手中的布娃娃订货单转让给专业组，但犹豫再三。先是他顾

---

① 王朝闻：《论戏剧》，重庆出版社 1987 年版，第 577 页。

虑家人不同意转让，布娃娃哭了；后是他顾虑耽误婚事，换回订货单，布娃娃哭声又起；末了，他想甩手不管时，一群布娃娃齐声大哭。布娃娃是不会哭的，哭只存在于三有的幻觉之中，但正是它极好地表达了三有对专业组的关切之情。

为了论述的方便，我把戏曲的人物塑造分解为性格描写、感情揭示和心理分析三项，实际上，三者之间的界限并不见得泾渭分明，更多的倒是互相渗透和补充。所以，在某些著作中，把它们归并在性格描写一个总题目之内阐述，当无不可。

# 第六章　戏曲改编

　　改编小说等叙事性文学作品是中外戏剧包括戏曲共有的现象。戏剧改编的必要性，从消极方面而言，剧本是最困难的一种文学形式，需要作家付出极大的劳动，一个小说家一年可以写出几部中篇小说，一个剧作家却一年难以完成几个剧本。于是，改编现成的文学作品以利剧本生产便是可取的了。戏剧改编是丰富上演剧目的一条捷径。从积极方面而言，戏剧创作主要是舞台艺术的创作，在把文学形象转换为舞台形象的过程中，戏剧家的精力主要投入舞台创作。从文学作品改编成剧本，缩短编写剧本的时间以加强舞台艺术，符合戏剧创作的规律。

　　戏曲比任何一种戏剧更频繁地进行改编，是出于以下原因。其一，戏曲表演的程式性技巧性很高，戏曲创作的重点更在舞台。其二，戏曲剧本是剧诗，又受表演形式的制约，尤其难于生产。其三，戏曲叙述体的体制为改编小说说唱提供了充分的自由。"在中国戏曲中，凡是文学中所能叙述的，都能搬上舞台。"[①] 汤显祖《牡丹亭》便是从明话本《杜丽娘慕色还魂》改编的，情节改动不大，"传杜太守事者，予稍为更而

---

　　①　黄佐临：《我与写意戏剧观》，中国戏剧出版社 1990 年版，第 234 页。

演之"。<sup>①</sup>"玉茗堂四梦"全是改编作品。除《牡丹亭》外,《紫钗记》、《南柯记》、《邯郸梦记》三剧分别改编自《霍小玉传》、《南柯太守传》、《枕中记》。

　　一般认为,当代戏曲创作的艺术观念滞后于当代小说,所以戏曲改编当代小说可以促进戏曲现代化进程。

　　尽管文学作品为戏剧改编提供了一个现成的文学基础,使戏剧改编有所凭借,但是戏剧改编仍然是一项艰苦的再创作。这是因为改编并不是纯技术性的文体"翻译",它仍然是一项艺术创造,要求改编者具备丰富的生活体验和厚实的艺术功底。即使是文体的转变,把小说的叙述改为戏剧的动作也是困难的。美国戏剧理论家雷·克罗塞斯是这样谈论戏剧改编的:"戏剧用动作来表现,而小说则是叙述性的。一出名副其实的剧作极少是从小说改编过来的。首先,一个真正的剧作家很少对改编别人的东西有兴趣。改编剧通常都是由某个认为某本书可以改写成戏剧并且很容易便让他写了出来的人干的。但这样的作品几乎总是只是一系列从书本剪裁下来的场面,总是带有叙述性的痕迹,而偏偏缺乏戏剧所要求的不可避免性的逐步展现和发展。"<sup>②</sup>克罗塞斯这段话的主要精神是说从叙述到动作的彻底转变是极其困难的,是吃力不讨好的。他对改编有所挖苦,说的却是实情。不过,一个艺术上成熟的剧作家,自能既利用文学作品的成果,又克服文体转变的特殊困难,写出充分戏剧化的剧本来。

　　轻视改编是不利于戏剧创作的繁荣的。

---

① 汤显祖:《牡丹亭记题词》,丘振声编著:《中国古典文艺理论例释》,广西人民出版社 1981 年版,第 26 页。

② [美]雷·克罗塞斯:《戏剧的结构》,罗晓风选编:《编剧艺术》,文化艺术出版社 1986 年版,第 118 页。

## 一、传统剧目的改编

戏曲除改编小说等文学作品之外，还改编传统剧目，如京剧《九江口》，莆仙戏《团圆之后》、《春草闯堂》等。这是戏曲特有的改编。

在欧洲戏剧中，莎士比亚曾改编过传统戏，如《错误的喜剧》系由古罗马喜剧《泰勒克米》改编，《哈姆雷特》可能系由 16 世纪英国托玛斯·基德的同名剧改编。像莎氏改编传统戏的情况在欧洲戏剧中是少见的。

戏曲改编传统剧目是戏曲艺术的进步和时代的变迁使然。

据 1956 年的统计，我国传统剧目共有 5 万余个，包括杂剧、南戏、传奇、花部等古典剧目和各地方剧种流传下来的剧目。这是一笔宝贵的文化遗产。它包容着"反抗侵略、反抗压迫、爱祖国、爱自由、爱劳动、表扬人民正义及其善良性格"①的思想精华，它积淀着古代民众对生活的体验和愿望以及审美的情趣，这些都应当加以继承。怎样继承呢？剧本的成文流传仅是一个方面，完整的流传是在舞台上。而由于戏曲表演形式的演变，后世无法按照传统剧目的原样演出，只能采用已经改变了的表演形式，于是就得改编传统剧本，使之适应新的形式。

引进别的剧种的剧目也要经过改编。剧种间存在着题材范围、情节容量和程式化程度的差异，故须把引进的剧目化为地道的本剧种剧目。梅兰芳曾说："移植兄弟剧种的剧本，也应该根据本剧种的特点、风格

---

① 1951 年 5 月 5 日政务院《关于戏曲改革工作的指示》，湖北省戏剧工作室编：《鉴别传统剧目的有关问题》1982 年版，第 1 页。

加以变动。"①

至于传统剧目的思想内容，时至现代也不可原封不动地继承下来，必须做一番去芜存菁的改造。运用阶级观点和历史唯物主义观点对剧目进行分析，剔除那些"鼓吹封建奴隶道德、鼓吹野蛮恐怖或猥亵淫毒行为、丑化与侮辱劳动人民"②的思想糟粕，以及其他不健康的成分，使剧目符合古代生活的本质真实。思想内容经过改造的传统剧目仍然可能产生若干副作用。应当通过评论消除其不良影响。

改编传统剧目也可以出于创作取材的需要。今人写古事，可以是新编，但往往由于缺乏对古代生活的了解体验，所编剧本会使人产生"隔"的感觉。为了弥补这个缺憾，有的作家便到传统戏中去寻找生活。有的传统剧目已无整体价值，但它对古代生活作了真实的描写，不妨把它当作素材加以利用。这就是陈仁鉴采取的方法。他说："我们写传统戏的人到哪里去找生活呢？写的是古代人的故事，不能回到古人那里去生活，一个办法，就是到传统剧目里去找。"③鉴于传统剧目浩如烟海，其中大多数已无整体价值而尚具素材价值，所以此法值得重视。

### （一）慎重选剧

改编传统剧目，第一步是选剧。选剧要有胆有识，审慎从事。

选剧的标准，根本的一条是艺术上有可取之处。只要艺术上可取，即使思想糟粕较多，也是可以化腐朽为神奇的。反之，如果思想尚好而

---

① 梅兰芳：《和河北跃进剧团学生谈学戏》，梅绍武、屠珍等编撰：《梅兰芳全集》（第三卷），河北教育出版社 2000 年版，第 141 页。
② 见 1951 年 5 月 5 日政务院《关于戏曲改革工作的指示》，湖北省戏剧工作室编：《鉴别传统剧目的有关问题》1982 年版，第 1 页。
③ 陈仁鉴：《长期积累，偶然得之》，陈仁鉴著，李洞庭、陈纪建编校：《陈仁鉴戏剧精品集》，中国文联出版公司 1999 年版，第 394 页。

艺术平庸，却是无从下手的。当然，思想与艺术都有较好基础的剧目当在首选之列。所谓艺术可取，所指是广泛的，诸如新颖的构思，生动的情节，真实的人物，精湛的演技，优美的唱腔等。所谓思想好，是指有民主性、人民性，或传统美德，或爱国精神，或反压迫反暴政，或真挚爱情和自主婚姻，或积极的人生态度等。要特别重视对今人有某种借鉴作用的内容。

选剧是因人而异的，适于某甲的不一定适于某乙，作者贵有自知之明。如作者对所选剧目反映的生活有无感受和理解，对所选剧目的类型（悲剧、喜剧、悲喜剧）和风格能否驾驭等，都是要加以考虑的。

无论是对于剧目思想艺术的估计，或者是对于作者主观条件的估计，都要在对剧种和剧目进行深入的调查研究后才能作出。改编者必须了解并尊重体现在剧目中的剧种地方特色。戏曲剧种都是有地方特色的，都与当地民众的生活、思想、感情有着血肉联系，都是受着当地方言、风俗习惯与民间艺术的深刻影响。就说方言吧，它不但能表达当地特有的事物和民众心理的细微处，而且与剧种的音乐、节奏乃至风格紧密地结合着。改编者应当学会领略方言的美，把它提炼成艺术语言。不应当对它轻视甚至排斥，也不可简单地拼凑生僻的土语作为装饰。丧失剧种的地方特色，就是丧失剧种的艺术个性，丧失观众。

改编者还必须了解剧目曾经如何流变。传统剧目多是长期在舞台上流传演变着的，它的流变是与民间的和时代的影响有关。如白蛇戏，现存最早的剧本是清雍乾之际黄图珌《雷峰塔》传奇，它来自话本《白娘子永镇雷峰塔》。黄本对白娘子不幸遭遇有所同情，但仍视之为"异端"，必欲加以镇压。黄本在流传过程中被民间艺人增添了"生子得第"的团圆结局，反映了民间意愿，于是"盛行吴越，直达燕赵"。

至乾隆中叶，先后出现梨园旧钞本及其改本——方成培本。这两种本子增补了一些重要场子，以极大的同情描写白娘子的斗争精神和悲剧命运，曲折地反映了当时农民阶级斗争情绪的高涨；同时塑造了一个动摇于法海和白娘子之间的许宣，许宣形象是当时新兴市民阶层软弱性的艺术折射。乾嘉以后出现的地方戏《白蛇传》，削弱旧钞本和方本的宿命论和妥协性，加强了白娘子和青儿的斗争性。

　　到 20 世纪 50 年代，梅兰芳和俞振飞对昆曲《断桥》的许仙加以"革新"，让许仙真心悔改，站到反抗者白娘子一边，不再助法海收妖，皈依佛前。这项重大改动是人民革命斗争胜利的乐观情绪所致。

　　总之，一个传统剧目的流变不会是无缘无故的，不但要知其然，还要知其所以然，才能避免胡编乱改。

　　一个传统剧目往往流布于广大地区的众多剧种，衍化出各具特色的剧本和表演。在了解剧目流变过程时要兼及它的不同演出路子，作为改编时的参考。如京剧《白蛇传》在《盗草》、《水斗》等折有红火的武打，川剧《白蛇传》则有多种特技，青儿由男旦扮演，利于刻画其刚烈的性格。

　　在深入了解剧种地方特色和剧目流变经过之后，可以把注意力集中到剧目本身上来。范钧宏把这种对剧目的调查研究称为"摸底"。他总结自己改编《九江口》的经验，提出要摸"历史底"、"表演底"和"风格底"。所谓"历史底"是指"戏的典型环境，至少不能违反历史基本真实"。所谓"表演底"，是指往往只见于舞台而不见于剧本的唱腔、做工、武打等表演艺术，"如果忽略了它，也许几个字的改动，就会抹掉很多表演，削弱戏的光彩，那当然要不得"。所以要与熟悉传统剧目的老艺人合作。所谓"风格底"，是指原剧风格有什么特点，是否适合于它所表现的人物和生活，有无改变或提高的必要与可能，增加的情节如何与原来的风格达到和谐统一等。"如果不注意这一点，或是先有个主观框子，或者简单地理解生活，则丰富多彩的生活，将会成为一个公式；多式多样的风格，将会失去自己的特点；广大观众喜爱的传统形象，也难免有'望之不似'的危险。"摸了上述三个"底"，回过头来摸"剧本底"。并且把几个"底"加以综合研究，找出它们之间的关联，从而制订出改编方案来。①后摸"剧本底"是很有道理的。只有先了解与剧本相关的种种情况，才能真正读懂剧本，准确判断剧本的优劣长短。传统剧目的改编是包括舞台艺术在内的整个剧目的改编，不只是剧本的改编。

凡是成功的改编，都是离不开上述调查研究方法的。扬剧《金山寺》的改编也是如此。据改编者调查，扬剧《水漫金山》最早是不开打的，白娘与法海坐高台，斗法宝，大段对唱，后来才搬用京剧的武打套子，这就抹煞了扬剧特色。但是《水漫金山》的情节本当有一场激烈的水斗，如何既继承旧作文戏的传统，又保留水斗的情节？改编者注意到旧作一个情节，小僧禀报法海，白娘率领水族汹涌而来，小僧边唱边舞，渲染水族浩大声势。改编者由此得到启发，创作《放许仙》一场戏，把武打推到幕后，通过小和尚与许仙的唱做，间接表现水斗的场面和气氛。载歌载舞的场景发扬了扬剧艺术风格。在《断桥》一场，改本采用了旧作的一个细节。旧作中断桥是断的，小青为让许仙通过，用法术把断桥连接了起来。改本发展这个细节，在白娘子唱出"见断桥桥未断我柔肠寸断"之后，小青为发泄金山战败的愤怒，拔剑把桥砍折。待白、许重归于好，小青不得不宽恕许仙，就重新接续断桥。从断桥到续桥，外显小青感情变化，也象征白、许夫妻关系的离合。这些新的艺术

---

① 范钧宏：《〈九江口〉改编散记》，《戏曲编剧论集》，上海文艺出版社 1982 年版。

处理都得益于"摸底"。

在对剧目进行综合研究时，要体察其承载力，顺其性情，恰当处置，以收事半功倍之效。正如郭汉城在总结晋剧《杀宫》的整理经验时所说："在保持思想内容正确健康的前提下，适其性，顺其情为之而后可。顺着它的时候，即使增加不多，有时却可以发挥巨大的作用；拧着它的时候，增加越多，越能发生相反的效果。"[1]

### （二）改动幅度和改编方式

传统剧目改动的幅度要因剧而异。改动幅度较小——小修小补的，称为整理；改动幅度较大——大拆大卸的，称为改编。

1. 整理

小修小补包括润色语言、修补漏洞、消除毒素、调整结构、刻画人物等，基本保留原剧中心事件和骨架。

有的戏糟粕甚多，但入情合理地抽换它的封建思想内容，保留它优美的艺术形式，做到不露斧凿痕迹是可能的。这种字面改动小而内容更新大的整理工作，要求整理者具备高超的思想艺术修养。梅兰芳整理京剧《贵妃醉酒》是一个范例。《醉酒》旧作描写贵妇人杨玉环失宠后酒醉怀春难于自遣的心理，杂有淫秽内容和色情的动作。梅兰芳删除旧作不健康成分，赋予新的思想内容，保留优美的唱腔，丰富表演艺术，使全剧焕然一新。杨玉环一段［四平调］原文为"安禄山卿家在哪里？想当初你进宫之时，娘娘是何等待你，怎生爱你！你今朝一旦无情忘恩负义，我和你从今两分离！"这段曲文有损人物形象；但是［四平调］唱

---

① 郭汉城：《戏曲剧目论集》，上海文艺出版社 1981 年版，第 313 页。

腔却很有特色，颇有影响，以保留为好。这就得改写曲文，并以少改为佳。新改的曲文如下："杨玉环今宵如梦里，想当初你进宫之时，万岁是何等的待你，何等的爱你！到如今一旦无情明夸暗弃，难道说从今后两分离！"仅仅改动 17 个字，就改变了杨玉环感情的性质，从对安禄山的庸俗私情变为孤独、烦闷、幽怨的弃情，使人觉得显赫一时的宠妃不过是皇帝手中的玩偶而已。格调提高了，优美的唱腔也保留了。

周信芳整理《乌龙院》也很得法。旧作里宋江是个嫖客，阎惜姣淫荡泼辣，反复无常，被杀乃咎由自取，冲突双方无是非。但剧中阎惜姣的心理刻画细致，宋江的表演艺术丰富，全剧动作强烈，冲突尖锐，结构紧密，高潮迭起，这些艺术特色是值得保留的。于是周信芳巧妙地抓住旧作中刘唐送来的梁山书信，把它作为冲突的焦点，以此改变矛盾的性质，使宋江杀惜成为正义的自卫行动，从而救活了这一出戏。

看准几个关键处进行加工修改，使旧作呈现新貌又不至于伤筋动骨，是整理传统剧目的成功之路。

2. 改编

所谓改编就是在原著的基础上对情节和结构作较大的改动。由于原著优劣有别，编写意图各异，改编方式随之不同，有"减法"，有"加法"，有"除乘法"，等等。

"减法"。不少传统剧目，包括南戏传奇，头绪繁多，篇幅冗长。这就得减头绪，使剧本集中精炼。昆剧《十五贯》旧作有两件冤案，两条平行的情节线，用以编织曲折离奇的故事，改编者大胆删削熊友蕙和侯三姑一线，保留熊友兰和苏戌娟一线，腾出手来刻画况钟、过于执和周忱三个典型，表现况钟为民请命的精神和实事求是、调查研究的作风，取得巨大的成功。

有的剧目有一个值得保留的中心事件，其枝蔓却必须去除。川剧《鸳鸯绦》叙皇帝选美，有女之家怕耽误女儿终身，纷纷拉郎配女，以避其祸。在喜剧性冲突中，从侧面反映民众与封建皇权的矛盾，构思巧妙。但是其间掺杂一桩命案，平添一个包拯；三次被强拉为婿的李玉中状元，与三美团圆。这些情节既落窠臼，又属枝蔓。改编本《拉郎配》去除枝蔓，保留中心事件拉郎，包括"文拉"、"武拉"、"官拉"，改成一出独特的好戏。

有的剧目大部腐烂，但其中一折两折尚可；或者全本平庸，局部精彩，就可取用折子而舍全本。越剧《玉蜻蜓》故事叙浪子与尼姑偷情，趣味低劣，然而认母一折揭示感情和内心冲突细致，王志贞母子的相认值得同情，就把这一折改编为《庵堂认母》单折戏，深刻地揭露了封建礼教所加于人性的压抑和摧残，强烈地控诉了封建制度所加于妇女的压迫和损害。

"加法"。北杂剧限于体制，一角主唱，他角科白，白和关目比较简略，在改编时须加以突破和补充。仅从剧作容量而言，适度充实也是必要的。

本戏可以留折子，折子可以合本戏。京剧《完璧归赵》、《渑池会》、《将相和》是三个有连续性的独立折子，过去在舞台上已成为"冷"戏。改编者看出三个折子所包含的积极意义，把它们连缀为一个本戏，新增《酒楼释嫌》、《联齐伐赵》两个场子，充分发挥唱念做打多种手段，经过重新布局，编成一个有机整体，体现一个全新主题——团结御侮。

京剧《除三害》保留旧作中段，增益首尾；京剧《九江口》维持旧作骨架，逐场丰富，都是做的"加法"。

无论是"减法"还是"加法"，都保留旧作精华部分作为改编的基础，经过一番加工，使旧貌换新颜。加工涉及各个方面，诸如"真实的描绘，合理的净化与适当的创造，使含糊的明确起来，歪曲的拨正过来，不完整的完整起来。"①

"除乘法"。另有一批剧目糟粕甚多，甚至已经腐烂，其基本倾向是应当否定的。即便如此，剧中一些歪曲描写的情节和人物，由于触及封建社会的矛盾和特征，值得予以矫正，成为重新构思的出发点。如前所述，这类剧目被当成了创作素材。如此所成新剧比起旧作已是脱胎换骨，可称为大改编，实际上是新编了。大改编要求作者独具慧眼和功力，点石成金。

从莆仙戏《施天文》到《团圆之后》便是经过脱胎换骨改造的。《施天文》谴责"奸夫"、"淫妇"，歌颂"清官"、"孝妇"，浸透了封建礼教的毒素。但是《施天文》通过一对男女的私情反映社会道德面貌，显示着封建社会的矛盾和特征，可以据此制作翻案戏。一出强烈控诉封建伦理道德的大悲剧《团圆之后》就此出现。

大改编不是随心所欲、凭空编撰，既然还利用旧作一些情节和人物，把它作为创作素材，它必然对改编过程中的立意和构思产生"暗示"的作用。如改编《春草闯堂》，作者既然保留了旧作"救李"、"闯堂"、"证婿"、"见父"四场戏的框架和喜剧风格，便只能在此基础上加以生发和完善。于是把闯堂的老管家李用改为丫头，以她为中心人物进行整体布局，从旧作中孕育出了新剧。

那些基础较好的传统剧目已有不少经过整理改编了（当然可以继续加工），而糟粕甚多的戏和平庸的戏倒是大量存在，所以要重视脱胎换骨的大改编。20 世纪 50 年代舍《玉蜻蜓》全本而留其折子，到 20 世纪

---

① 徐进等改编：《梁山伯与祝英台·前记》，上海文艺出版社 1979 年版，第 3 页。

80年代重又改编了《玉蜻蜓》全本。《大劈棺》曾是禁戏，20世纪80年代竟然改编出多种翻案戏，表现了人性与礼教的矛盾。这些都是大改编的成果。

3. 改编的关键

无论是整理还是改编，都可能触动原作主题，使之发生或小或大的改变，甚至反其意而用之。这正是李渔所推崇的新的情理。整理改编者必须运用历史唯物主义对原作所反映的社会生活重新认识。改编获得的新主题，最好能与观众的现实感受相通，使古与今达到某种契合。

为了形象地体现新的主题，必须重新塑造人物。这是整理改编工作的关键。

重新塑造人物必先重新认识人物。整理改编者对原作所反映的社会生活重新认识，其中就包括对人物的重新认识。周信芳正是这样整理了《乌龙院》的。周信芳认为《乌龙院》旧作把宋江当作嫖客并不能反映北宋的社会矛盾，也不能表现宋江作为未来梁山领袖的品质和政治立场。宋江是郓城县书吏，更是山东及时雨，广交江湖义士、绿林好汉，他被逼上梁山的曲折历程，正是从杀惜起步的。因此，必须还宋江以本来面目。

《团圆之后》的旧作《施天文》是维护封建礼教的，所以它肯定"孝妇"柳氏和"清官"杜国忠，否定郑司成和叶氏。改本几经斟酌，在适当改变人物关系以后，对郑司成、叶氏、柳氏和施佾生四个小人物采取同情的态度，描写他们的悲剧性格，而对封建卫道士杜国忠予以彻底否定。一出维护封建礼教的戏改成了暴露封建礼教罪恶的戏。

扬剧《百岁挂帅》是从传统剧目《十二寡妇征西》改编的。旧作是大夫人挂帅，改本让百岁太君挂帅，把她定为中心人物，一个老英雄。

但是佘太君传统形象是忠厚慈祥有余，英明刚毅不足，作为一个老英雄得重新塑造。改编者便在寿堂闻耗的情节中加以精心刻画，写她从焦、孟二将突然回京，从穆桂英杯酒即醉，从柴郡主神情不定等反常迹象生疑，盘问而知孙儿殉国，写她精神上受到极大震动以后，反而忍痛镇静，安慰晚辈，祭奠亡灵，亲自进宫奏请发兵……佘太君的英雄形象就在尖锐的戏剧冲突中树立起来了。

重新塑造人物，要加强性格和心理的刻画。

昆剧《十五贯》改编成功的关键就在况钟形象刻画得真实细致。在《判斩》一场，况钟起初只是履行监斩官职责，不轻信死囚犯喊冤。直至听到死囚犯责问："人人都说你是爱民如子，包公再世，难道你也不分皂白"，况钟才开始听取申诉。况钟立志仿效包拯，现在有人以此质疑，必然会触动于他。何况死囚犯胆敢责问监斩官，非同寻常。原著也有"包龙图再生"等语，况钟却不为所动，而见到两熊姓名，想起梦中神示，始愿听取申诉，未免臆造。

况钟根据熊友兰辩说所带十五贯铜钱是主人陶复朱交付的货款，派门子到客栈查对，查对属实，才相信熊友兰冤枉。而原著况钟信冤出于主观推理。况钟相信熊友兰没盗财凭的是证据；况钟不信苏戌娟杀父，凭的是原判尚无真凭实据。改本突出描写了况钟实事求是的工作作风。

若改本把况钟写成专找已定案的岔子而来，对死囚一喊就听，一听就信，便也是臆造了。

改本还深入分析况钟从判断"斩不得"到停斩之间的心理历程。况钟想到自己奉命监斩，无权翻案，部文已下，无可违令。他几次提笔而不落。"这支笔重千斤，一落下丧二命！既然知冤情在，就应该判断明。错杀人怎算得为官清？"为做清官，况钟下令停斩。不料，停斩令惊了刽子手。刽子手第一次回话，说"奉旨决囚，停留不得"。况钟不为所动。谯楼报二更三点，刽子手二次回话，说"五更斩囚，迟延不得，倘误时刻，小的们吃罪不起！"况钟见时间紧迫，焦虑不安。考虑到"为民昭雪，何必犹豫"，终于打定主意，立即去求见巡抚。原著在况钟决定"超救"四囚后，随即动身赴行辕乞命，既无内心冲突，也无刽子手阻拦，一笔抹煞了复杂的过程。

## 二、古典名剧的改编

古典名剧是指南戏、杂剧、传奇中的上乘之作。古典名剧固然可供阅读，但是也要让它在舞台上展示风采。古典名剧是宝贵的民族艺术遗产，葆有长久的艺术生命力，可以一代又一代地改编下去。在同一时代，还可以有多种改编本，不同的地方剧种，对原著有不同理解的艺术家，都可以作出不同的改编。

改编古典名剧须把原著曲白适度通俗化，难免损伤佳辞丽句和韵味。有失也有得。原著将由于积极因素得以发扬，缺陷得以弥补，更显光辉。反对改动原著的人毕竟很少，广大观众是欢迎这种改编的。

改编古典名剧的一个突出问题是如何掌握改动的幅度。一般地说，原著思想艺术成就高的，主题思想的现实意义强的，改动小些；反之，改动大些。主题思想的现实意义随时代而变迁。原著改动幅度固然因剧而异，但在总体上要强调忠实于原著的精华。一个改本首先属于原著者，其次才属于改编者。观众主要通过改本领略原著的风貌，兼及改本的创造。改编者的才能要体现在对原著的扬长补短而不是任意篡改。《西厢记》杂剧改为南曲演唱，世称《南西厢记》，多达二十余种。其中影响比较大的有崔时佩、李景云改本和陆采改本。崔、李本主要解决北曲改南唱的音乐问题，尽可能保留原著精妙的曲文。陆采则别出机杼，重编情节，"悉以己意直创，不袭原剧一语"。古人赞陆采"湖海豪才"，"直期与王实甫为敌"，果然改本"俊语不乏"。然而其才错用，不合观众愿望，故后世多演崔、李本。在二十余种《南西厢记》中，刊印最多、流行最广的首推崔、李本。

强调忠实于原著，并不是要跟随原著亦步亦趋，改编者理当站在高于原著的鉴赏水平上，对原著做一番去芜存菁、取长补短的增删改易工作，使改本在原著基础上提高一步。

我们曾论及川剧《谭记儿》对谭记儿允婚的心理分析补充得好。川剧本除了这一处以外，剧终的改动也妥。原著叙皇帝遣使前来查访，赞扬"谭记儿天生智慧，赚圣旨亲上渔船"，"将衙内问成杀犯，杖八十削职归田"，结局圆满却是以意为之。在封建社会里，至高无上的皇权是不允许谭记儿"犯上"的，谭只能自卫于一时，"圣裁"如何，难以逆料。改本去除遣使情节，代之以白士中入京见驾辩冤，这就比较符合历史生活的真实。

在对原著作增删改易时，要防止脱离原著的环境和情节，把本来真实的人物拔高或提纯。如在《西厢记》原著中，老夫人以许嫁莺莺为条件征求退贼之策，张生欣然应征，修书讨来救兵。张生此举既得佳偶，又救了一寺僧俗，是件大好事。故莺莺赞道："难得此生这一片好心！"有个改本对这个情节略有改易，它让张生站出来应征前已经备下书信，表示张生自有见义勇为之心，非为娶美而修书。此乃画蛇添足。原著的主题在爱情婚姻，张生是一个勇于违背封建礼教、敢爱敢求的形象，应征修书正是为表现他敢爱敢求而设的情节，并不是要表彰他见义勇为的品格。描写性格不可离开主题和人物动作线的范围。或问：难道张生原先对贼寇围寺无动于衷？无动于衷是不至于的，但他毕竟是一介书生，难敌五千贼寇，或者，他正在谋划之中，正是悬赏激发了他的勇气和智慧。为得到意中人而出力，光明正大。恰如后来莺莺所言："若不是一封书将半万贼兵破，俺一家儿怎得存活。他不想结姻缘想什么？"不过张生应征前的内心活动，剧本可以不去涉及。

原著正面人物略有小疵，也不必为之提纯。《幽闺记·招商谐偶》中，穷书生蒋世隆与尚书之女王瑞兰在避战乱途中邂逅，以假夫妻关系一路同行，行近东京，时已罢战，两人投宿招商店。眼看分手在即，蒋急切地要求把假夫妻变成真夫妻，王则要到东京禀明父母后再成亲，蒋于是击桌生怒。哼，这个蒋世隆真粗暴，竟然乘危逼婚！然而，粗暴逼婚，仅仅是表面现象，而且事出有因，即蒋担心王瑞兰回家后，将由于门第悬殊而使婚姻落空。王瑞兰本人是私许了蒋的，但她的父母不会允许。由此看来，蒋的粗暴其实是针对环境发泄愤懑而已，小两口的口角反映了自主婚姻与封建制度之间的矛盾。

可惜有个《幽闺记》改本砍掉了原著中这一出重要的戏，代之以蒋、王两人在客店秉烛待旦，相敬如宾，把蒋改成坐怀不乱的柳下惠。君子之风是足了，粗暴不犯了，然而不敢起来抗争封建门阀制度，争取婚姻幸福，岂不有违题旨；恐怕连违心推诿婚事的王瑞兰也深感失望呢！

中国古典名剧是一个富矿。我们远没有充分地进行开采。在近一个半世纪内，中国社会内忧外患，动荡不定，当今又逢普遍心态浮躁，故无暇品味古典名剧之美。改编过于重功利，热了几个，冷了一批，路子越走越窄。只有当大部分古典名剧得到成功改编，而且一个名剧出现多种改编本的时候，我们才算是做好了这项工作。

### 三、莎士比亚戏剧的改编

早在 1914 年，川剧就改编过莎士比亚戏剧《哈姆雷特》，易名《杀兄夺嫂》。越剧改编莎剧较多。自 1942 年的《情天恨》(《罗密欧与朱丽叶》) 至 1995 年的《王子复仇记》(《哈姆雷特》)，延续了半个多世纪。京剧改编莎剧也不少。1948 年的《铸情记》(《罗密欧与朱丽叶》) 是由焦菊隐改编的。上海京剧院为北京大学生演出的《岐王梦》就是由莎剧《李尔王》改编的。自从进入 20 世纪 80 年代以来，由于两届"莎剧节"的推动，戏曲改编莎剧渐成气候，引起国内外剧坛的注意。据说在第二届"莎剧节"上，曾议过下一届"莎剧节"专演戏曲改编剧目。

对于戏曲改编莎剧的尝试，学术界尚有争议。反对戏曲改编莎剧的理由主要是它有害于观众了解莎士比亚真面目。"如果一个从来没有看过莎士比亚戏剧的观众，看了用中国戏剧形式演出的莎士比亚之后说：'原来莎士比亚戏剧和我们黄梅戏（或越剧或昆曲）是一样的！'那么这并不意味着介绍莎士比亚的成功，而只能说是失败。"① 然而这仅是从介绍莎剧方面立论。如果我们从大多数观众方面来看问题，须知他们观看戏曲改编莎剧并不是为了了解莎士比亚，而是为了审美娱乐，与看别的戏没有什么两样。所以戏曲改编莎剧的意义主要在丰富上演剧目。此外，戏曲改编莎剧也有国际文化交流的作用。

一般认为，戏曲与莎剧有颇多相似之处。徐企平在《〈罗密欧与朱

---

① 　王元化：《莎剧艺术杂谈》，《文史哲》1994 年第 3 期，第 77 页。

丽叶〉导演札记》中写道："我发现莎士比亚的剧本和中国的传统剧有许多共通的东西，惊人地相似。例如多场景的结构，舞台时空的自由表现，突出演员的表演，独白旁白的运用，充分发挥戏剧艺术的假定性原则，并不片面强调舞台环境、事件、人物的逼真性。"[①] 基于上述认识，这位上海戏剧学院教授在排练《罗密欧与朱丽叶》时，便借鉴戏曲艺术手法并获得成功。英国导演托比·罗伯逊在中国排练《请君入瓮》时也借鉴了戏曲手法。戏曲与莎剧的诸多相似是引起戏曲艺术家改编莎剧的兴趣的艺术原因。

戏曲改编莎剧是东西方两种戏剧文化的嫁接，一般采取两种改编方法。一种是把莎剧的背景移到中国，把剧中外国故事改成中国故事，通常称做中国化改编方法。越剧《冬天的故事》、《天长地久》(《罗密欧与朱丽叶》)、黄梅戏《无事生非》、昆剧《血手记》(《麦克白》)，等等，都采取此法。另一种是剧中背景、故事悉依原著，只是用了戏曲艺术形式，通常称做西洋化改编方法。越剧《第十二夜》、京剧《奥赛罗》、粤剧《天之骄女》(《威尼斯商人》)等便采取此法。"中国化"是把莎剧中国化，乃是取材于莎剧的戏曲——莎剧戏曲；"西洋化"是把戏曲莎剧化，乃是利用了戏曲形式的莎剧——戏曲莎剧。前者为丰富戏曲上演剧目，满足普通观众的需要；后者则可作为介绍莎剧之用。两种改编方法，两种舞台呈现，各有功能，不宜混淆。

莎剧中国化由来已久。早在文明戏时期，就演过二十几个莎剧，都化为了中国故事，如 1911 年上海春柳社根据林纾文言译文《吟边燕语》编演幕表戏《女律师》和《奥赛罗》。直至 20 世纪 40 年代，话剧改编

---

① 载《莎士比亚研究》创刊号。

莎剧之风仍旧很盛。如顾仲彝的《三千金》系根据《李尔王》改编，把一个外国宫廷戏化为中国家庭戏。"莎剧戏曲"的出现差不多与文明戏改编莎剧同步。除了上述川剧《杀兄夺嫂》之外，尚有秦腔、粤剧等。但是从 20 世纪 50 年代中期起，莎剧中国化在话剧舞台上已经结束，而在戏曲舞台上还很流行，并将带入下一个世纪。这是由戏曲的民族风格和戏曲观众的欣赏水平所决定的。

莎剧中国化模式在总体上讲有一个难以逾越的障碍，那就是东西方伦理道德、价值观念、思维行为方式、风俗习惯及其历史文化背景的差异。在我国历史上找不出一个欧洲文艺复兴时期的典型人物和典型环境——莎剧的典型人物和典型环境来。于是在把莎剧故事转变为中国故事时可能形似而神异。越剧《王子复仇记》上演后在上海报纸上就争论过这个问题。如关于哈姆雷特那段"生存还是死亡"的著名独白的哲理内涵能否被提示和理解，批评者以为不能，反驳者认为是处理得好的，某些观众一时不理解是无妨的。我以为问题不仅仅在一段独白，而在哈姆雷特的性格。哈姆雷特为何一再拖延复仇行为？"作为文艺复兴时期的新人，他从思想与本能上已经不能热衷于封建传统的复仇任务，而他所向往的'美好时代'，实现人文主义理想的要求，只能是一番空想。"[1]试问，这种"文艺复兴时期的新人"在中国历史上存在过吗？就具体情节而论，哈姆雷特不杀正在祈祷的国王，表现了他的宗教思想和不愿暗杀的道德观念，这也不合中国国情。

有的改编者发现这个障碍并试图克服它。黄梅戏《无事生非》所定剧中时间为中国古代，但不明朝代。地点在中国边关，那儿有少数民

---

① 孙家琇：《论莎士比亚四大悲剧》，中国戏剧出版社 1988 年版，第 51 页。

族，但不明何族。总之是使环境模糊。然而这是回避矛盾，不是解决矛盾。

莎剧西洋化改编方法没有上述剧情与国情不合的矛盾，却遇到民族形式与外国内容的矛盾，戏曲程式是从中国古代生活中提炼而成的，具有鲜明的民族风格和时代特色。许多程式难以加于现代人，若加于外国人更觉异样。故必须谨慎地选用和化用传统程式，同时从外国生活创造一些虚拟舞蹈动作，并努力使两者在风格上达到统一。这种创造是艰难的，然而是值得的。戏曲形式与莎剧内容和谐结合之戏曲莎剧，将是不可多得的艺术瑰宝。它既向中国观众介绍莎剧，又向外国观众介绍戏曲。一位日本前进座导演称赞越剧《第十二夜》说："越剧通过演莎士比亚走上了世界舞台。"越剧《第十二夜》是戏曲莎剧的尝试，成熟的戏曲莎剧要更好些。

莎剧戏曲曾经为戏曲注入新鲜的思想内容，有助于戏曲的进步。当年越剧《情天恨》的编演，就是袁雪芬改革越剧的一次实践。如今创造戏曲莎剧，将会带动戏曲形式的改革。

# 第七章　戏曲新编

新编剧目是指从现代生活和古代生活取材编写的新戏，也指从文艺作品改编的新戏。除了传统剧目及其整理改编之作以外，凡新出现的戏曲作品，不论是直接创作还是改编之作，悉称新编剧目。

新编剧目包括新编古代戏和新编现代戏。

## 一、新编古代戏

剧作家写现代题材要以直接的生活体验为基础；写古代题材固然可以从史料和有关文艺作品包括传统剧目中获得素材，但是仍然要借重直接的生活体验去消化和补充古人古事。人类社会历史是一条长河，古今人情物理是有相通之处的。如田汉创作话剧《关汉卿》就得力于他抗战时期在国统区从事戏剧运动的经历。剧作家要具备深切的现实生活体验和丰富的古代生活知识，那样，当某则古人古事触发了他的现实感受，就可能成就一件作品。这叫做"长期积累，偶然得之"。

### （一）古代戏的历史氛围和时代精神

古代戏的必要条件是它的历史氛围。剧作家只有具备丰富的古代生活知识，包括不同历史时期的民族关系、阶级关系、生产方式、战争方式、宗教状况、典章制度、风俗习惯、文化生活、建筑服饰等各个方面，艺术地加以运用，才能赋予作品以历史氛围。古代戏中的历史氛围是古代生活形象的呈现。

真实的细节描写带有鲜明的历史特征，有助于点染历史氛围。昆剧《南唐遗事·偷欢》描写纯情少女周玉英与姐夫李煜深夜幽会，情怯意乱之际，偏偏金缕鞋上银铃声响，便提鞋划袜而行。李煜为此填词《菩萨蛮》，有"划袜步香苔，手提金缕鞋"句。不料皇后从草丛中拾到铃铛，又得词笺，不禁怨忿。便命玉英系上铃铛，速归扬州。提鞋寻郎的独特细节引发戏剧纠葛，切合人物身份，又显历史特征，给人以深刻印象。

典型环境的真实勾勒更是构成历史氛围的重要方法。《新亭泪》故事发生在内外交困的东晋小王朝，作者用情节交代"王敦之乱"和石勒南犯，在天幕上映出军事态势图，展示风起云涌的大背景，更用琴、酒、谈玄等特征性事物创造意象，勾勒了冷峻郁愤的历史氛围。

历史氛围与语言的关系甚大。语言反映人和事。不但古代的事与语言联系着，而且古人的思维行为方式也与语言联系着，语言是思想底直接现实。

如何创造古代戏的语言呢？文学作品的语言是应当从民众的口语中去提炼的。古代戏的语言从口代民众的口语中去提炼。但是古人已逝，无法采撷他们的口语。好在古今口语之间既有变异性，也有继承性，不是截然不同的两种语言。古今语言中基本的词汇和语法是相同的，修辞手段也有相同之处，所以作家仍然可以去提炼现代民众的口语，以此为基础吸取古代特有的词汇，避免现代特有的词汇，创造出古代戏的语言。

我们常说的古代汉语一是指文言，它是以先秦口语为基础而形成的上古汉语书面语言以及后世作家仿古作品中的语言；一是指唐宋以来以北方话为基础而形成的古白话，主要保存在古代小说戏曲（特别是元曲）作品中。这种古白话可以成为创造古代戏语言的重要参考。那么唐宋以前上古题材作品是否要以文言为参考？参考文言，历史氛围可浓些，但现代观众不容易听懂。电视连续剧《三国演义》的对话仿照原著，属于浅近的文言体，在荧屏上打字幕助听。即使这样，还是妨碍了许多人的观赏。所以我以为上古题材戏的语言还是参考古白话，适当吸取文言为好。

新编古代戏除了必须避免现代特有的词汇之外，还要避免传统戏中大量陈言套语。大量陈言套语是产生剧目陈旧感的原因之一。

古代戏的历史氛围是重要的，但是它已经不是纯客观记录的古代生活，而是渗透着作家的审美评价和情感体验。历史氛围是古代戏之躯，现实感乃是古代戏之魂。

剧作家的现实感受不仅仅属于他个人，而且要与民众情绪相一致，与时代精神相一致。如20世纪40年代在延安上演京剧《逼上梁山》，此剧成功地塑造了林冲这个"官逼民反"的典型人物以及其他一些造反者的英雄形象，热情歌颂了民众的革命精神和英雄行为，及其在推动历史前进中的伟大作用。这就充分反映了人民革命斗争时期民众的情绪和时代的精神。

作者为突出作品的时代精神，往往选取与现实生活相似的历史事件和古代故事。新中国成立前夕写李闯王之败，告诫人们莫要让胜利冲昏头脑。抗美援朝时写战国时期"窃符救赵"故事，提示"唇亡齿寒"的道理。20世纪五六十年代之交，为发扬艰苦奋斗、奋发图强的精神，多写勾践卧薪尝胆、兴越灭吴故事。"文革"后又多写宫廷争权戏、秉公执法戏，等等。这样取材要防止简单类比，古今混淆，着力于塑造典型环境中的典型性格。古人古事本来不具备今天的思想，但运用现代意识批判地发扬古人古事的积极因素，则可表现我们的时代精神。

### （二）历史剧的史实与虚构

古代戏可细分为历史剧和历史传说剧（历史故事剧）两个分支。历史剧指取材于历史事件和历史人物的剧目。历史传说剧则是指事件和人物没有史实依据或情节虚构，而历史事件、历史人物只是当作背景和假托的剧目。我国历史悠久，为历史剧创作提供了丰富多样的题材；用戏曲艺术形式来表现历史题材，具有优越的条件和丰富的经验。

历史剧在西欧戏剧中也有，黑格尔把它称为"向过去时代取材"的作品，"维持历史的真实"是对它基本的要求。

作家表现生活首先要正确评价生活。历史剧作家必须运用历史唯物主义评价历史事件和历史人物，而后进入创作过程。如写西施，以吴越兴亡为背景，以勾践献美为起因，描写西施忍辱负重、离乡去国、强颜欢笑侍奉夫差的愁苦无奈，是很动人的。但它只能作为一个历史传说剧，其思想价值在于同情古代妇女的悲惨命运。若从历史剧标准来衡量这个西施故事，除了缺乏历史依据以外，把越国转败为胜的原因归结为一条美人计，就像《浣纱记》传奇那样，未免在历史观上存在缺陷。

由于历史剧的思想内容体现了新的观点，所以它能够以历史人物的典型性和历史事件的规律性给人以启示和教益，叫做以古鉴今。我们不赞成在历史剧中以古人影射今人，也反对以今人改造古人，那样做损害了历史剧的真实，降低了历史剧的作用。影射史剧是行之不远的。陈白尘用一个生动的比喻表达了这个思想。他说："历史剧搞影射好比蜜蜂刺人一样，它刺伤一下人，但它自己却灭亡了。"

历史剧是戏剧艺术，不是历史教科书。它必须遵循戏剧创作的一般规律，其中包括戏剧创作离不开艺术虚构的规律。何况历史书往往只是简略记载人物"做什么"，而舍弃人物"怎么做"的具体材料，然而戏剧人物正是通过"怎么做"而显露自己的性格的。于是剧作家必定要把历史家舍弃了的东西找回来。也就是虚构出人物在特定境遇中的"怎么做"。法国戏剧理论家狄德罗就论述过这个问题。他说："历史家只是简单地、单纯地写下了所发生的事实，因此不一定尽他们的所能把人物突出，也没有尽可能去感动人，去提起人的兴趣。如果是诗人的话，他就会写出一切他以为最能动人的东西。"总之，历史剧少不了艺术虚构。但是虚构有所限制，它要在史实的基础上进行，一方面找回历史家舍弃了的过程性材料，另一方面也可以对史实作出适当的更动。虚构要符合于历史条件的可能性，不勉强人物去做超越时代的事。虚构的程度要看史料的多寡和作者对史料如何处理而定。

从史实出发，经过切合历史的艺术虚构，达到艺术的真实，是历史剧创作的特殊规律。处理史实与虚构的关系，大体上有以下四种情况。

1. 真人真事

主要的人和事以史实为基础。人，是指他的基本面貌，包括历史评价和性格特征。比如于谦的历史评价是一个爱国者，就不能把他写成一个卖国贼；于谦的性格特征是硬骨头，就不能把他写成懦弱者。事，是指它的大关节目。比如写明英宗元统十四年抗击瓦剌族入侵的北京保卫战，它的内容是丰富复杂的，写戏只是取其概要。那就是瓦剌兴兵犯境，明军在土木堡战败，英宗被俘，达官贵戚主张迁都南逃，在朝内外一片混乱的情况下，兵部侍郎于谦力挽危局，拥立了主战的景泰皇帝，并奉旨主持抗战，终于挫败了瓦剌以送英宗还朝为名，企图赚入京城的阴谋，使明王朝转危为安。绍剧《于谦》正是以于谦和北京保卫战为基础创作的。既要尊重人物的基本面貌，又要尊重事件的大关节目，会不会顾此失彼？其实，历史人物的基本面貌正是通过他所从事的历史事件显示出来的，两者是一致的。要写民族英雄的于谦，是离不开北京保卫战的。

在真人真事的基础上进行虚构的方法多种多样。在结构剧情时，有些真事可以改变时间和地点，加以集中。如历史上于谦被罢官，时间早于京城保卫战，现在把它挪后，作为拒降的结果，突出了于谦的抗敌意志。历史上海瑞上的疏本，是嘉靖在后宫阅览的，当时海瑞不在场。京剧《海瑞上疏》的作者为了让海瑞与皇帝进行面对面斗争，把戏剧冲突推向高潮，就写成海瑞在金殿向皇帝上疏，有力地表现出海瑞刚正不阿的性格。在结构剧情时，一件真事可以移接到另一真人身上。据《左传》记载，吴王夫差在伐越前教人经常提醒自己，有没有忘记越王杀父之仇。这件事在一些戏里被移接到越王勾践身上，勾践在宫中设卫士经常提醒自己勿忘会稽之耻。

2. 真人假事

人乃有史可查，事则出于虚构。正如茅盾所说："凡属历史上真有的人物，大都能在不改变其本来面目的条件下进行艺术的加工。"田汉《关汉卿》一剧里关于赛帘秀的情节是巧妙的想象。据史载，赛帘秀是朱帘秀的弟子，欠耍俏的妻子，双目失明，性格很是坚强。双目失明的原因没有特别指出。剧本为赛帘秀的失明编了个故事。赛帘秀跟关汉卿、朱帘秀一起向统治者斗争，不畏强暴，敢作敢为，就此被凶残的阿合马挖了双眼。这样写不仅符合赛帘秀的性格，也符合历史生活。元朝统治者对人民施以剥皮、挖眼、抽筋的酷刑是常有的事。

如果历史人物的史料极其有限，就不得不根据有限的史料进行大量虚构。《关汉卿》中关汉卿、朱帘秀等编演《窦娥冤》而遭受迫害的中心事件是虚构的，关汉卿和朱帘秀在共同斗争中赤诚相爱的情节也是虚构的。前者的根据是杂剧《窦娥冤》对官府的愤怒控诉和元朝关于"妄撰词曲，犯上恶言"的刑律，后者的根据是关汉卿同杂剧艺人的交往和他所作《赠朱帘秀》散曲。这些"假事"完全符合那个时代生活的真实以及关汉卿在他的作品中所表现出来的同情人民疾苦、反抗黑暗统治的思想性格。

有的历史人物如司马迁的夫人只是在史籍中提到过，没有记下任何事迹，京剧《司马迁》就从她同司马迁的关系出发进行创造。作者设想她的出身可能与夫家门第相当，她知书明理，见识超群，她同情支持丈夫的事业，与司马迁是患难夫妻。由这个基本性格生发出了集资赎罪、痛斥权奸、保护副本等动人情节。

3. 假人假事

在一个大型历史剧里，不可能每个人物每个情节都见诸史籍，假人假事也是必要的，一般用于塑造次要人物。当然也要注意历史的可能性。有些戏需要出现人民群众的形象，但这类史料极少，只能全靠虚构。如京剧《淝水之战》在谢安、谢玄之外，假造了义军领袖耿义，体现东晋人民群众在战争中的作用。京剧《强项令》中的老太监完全是作者虚构的，用他来衬托董宣的性格，协调情节发展，深化主题思想。由于是将老太监的"假事"跟董宣、光武、公主间冲突的"真事"糅合在一起的，看起来非常自然，观众相信当年是有这么个老太监在场的。

如果是以假人假事作为全剧中心事件的，那就不能算作历史剧，而只能归入传说剧了。

4. 假人真事

事乃有史可查，人则出于虚构。张冠李戴，集中概括，一般用于塑造次要人物。

历史剧艺术虚构的目的不仅为了使历史人物转变为戏剧人物，使历史事件转变为戏剧事件，完成从"史"到"剧"的创作过程，而且还在于更深广地概括历史生活，把剧中的历史人物塑造成为典型形象，使典型的美学意义跨越时代，发挥审美的和教育的作用。

### （三）古今历史剧的演变

古人也写历史剧，其实大都属于我们所说的"历史传说剧"。

李渔把创作传奇分为"今人填今事"与"今人填古事"两类，亦即"现代剧"与"历史剧"。前者"记目前之事"，直接从现实生活取材，事和人都可以虚构。后者"用往事为题，以一古人出名，则满场角色皆用古人，捏一姓名不得。其人所行之事，又必本于载籍，班班可考，创一事实不得"。① 于是基本排斥了虚构。李渔为"今人填古事"作了严格的限制，严重束缚了作者的手脚，所以他自己也未曾实行。李渔所作《玉搔头》叙明武宗朱厚照私行出游，结识妓女刘倩倩事，属"往事为题"之作，却都不合史实。故被讥为"作者于史学甚疏，道听途说，多失事实。"② 李渔何以不遵史籍，宁取"道听途说"？原来当他从事

---

① 李渔著，王永宽、王梅格注解：《闲情偶寄·审虚实》，中州古籍出版社 2013 年版，第 49 页。
② 见《曲海总目提要》卷二十一。

创作时，便回到"传奇无实，大半寓言"的理论上来，而且发挥出以下主张。若一件古人古事（历史人物和历史事件）已在民间广为流传，"观者烂熟于胸中"，则即使与史不合，也无须拘泥于历史而加以改动。大概《玉搔头》的创作便是如此。李渔还认为王实甫《西厢记》的创作与此主张是一致的。王剧是从"观者烂熟于胸中"的《西厢记诸宫调》改编的，对事实不加考究。曾有人以所谓"崔、郑合葬墓志铭"为依据，请李渔"作《北西厢翻本》以正从前之谬"，遭到拒绝。李渔的拒绝是明智的。

李渔弃世后二十年，孔尚任《桃花扇》传奇问世。《桃花扇》所叙"皆南朝新事，父老犹有存者"，但毕竟属于前朝，已成历史，应是历史剧。此剧一反历史剧创作传统，严守史实，所谓"实事实人，有凭有据"，倒是符合李渔关于"今人填古事"的严格限制的。

为何前人多作"历史传奇剧"，孔尚任却要作严格的历史剧？这是出于不同创作意图所致。若仅仅进行道德教育，"表忠表节与劝人为善"，[①]"则不必尽有其事"，[②] 放手集中概括便是；若要进行历史知识教育，"惩创人心，为末世之一救"，则须"就事敷陈，不假造作"。[③] 虽然历史传说剧也能提供历史氛围，但是于史无据，与历史知识相去甚远。

新中国成立以来，大凡比较强调戏剧的历史教育作用时，必计较历史剧的历史真实。近十余年来重视戏剧的审美娱乐作用，便淡化了历史剧的历史真实。当今一些剧作家不太在乎历史人物应当是怎样的，他们是如何进行历史活动的。剧作家关注于把自己对于生活的感悟注入笔下的人物。郑怀兴认为，"剧作者的功能就在于表现他所借用的历史人物内心深处的内在生活。而如此写出来的人物就绝不是历史上原来的人物

---

① ② ③　李渔著，王永宽、王梅格注释：《闲情偶寄·审虚实》，中州古籍出版社2013年版，第49页。

了。"① 作者只是借历史人物为己所用。总之，剧作家的兴趣不在历史而在人物，作品外在包装靠历史，内在真实靠现实感。这个历史剧新走向的标志可以举出郑怀兴《晋宫寒月》和郭启宏《南唐遗事》两剧。

郭启宏把史剧的发展过程大致划分为三个阶段。第一阶段演义史剧。演义史剧往往撷取历史生活中的某一故事，甚至依凭若许传闻，演绎成篇。它重剧不重史，重事不重人。第二阶段学者史剧和写真史剧。它们都否定演义史剧，都把真实奉为圭臬。学者史剧强调"忠实于历史"；写真史剧则追求"艺术的真实"，剧中的背景、环境、性格和基本情节忠实于历史记载，而结构戏剧冲突、塑造典型性格以至想象虚构，则须突破史料的藩篱。前者如《海瑞罢官》，后者如《满江红》、《正气歌》、《秋风辞》等。比起演义史剧来，写真史剧显然前进了一步：它保留了剧的特征，又摒弃了对史的随意性，不再牵人就事，而重在性格描写。第三阶段传神史剧，如《新亭泪》、《晋宫寒月》等。传神史剧，一传历史之神，寻求历史与现实的契合点；二传人物之神，写人的内心；三传作者之神，即作者的主体意识、真性情。②

从郭论可以看到，历史剧创作的道路是广阔的，发展是迅速的。还应当看到，写真史剧是兼取了演义史剧和学者史剧两者之长又超越了它们，能为多数作者和观众所接受，且有丰富的成果，至今仍是历史剧创作的主流。


## 二、现代戏的优势和劣势

现代戏是指反映自辛亥革命时期以来的生活的剧目，其中包括现代

---

① 见《从〈晋宫寒月〉谈起》，《福建戏剧》1986 年第 1 期。
② 郭启宏：《传神史剧论》，《剧本》1988 年第 1 期，第 28—29 页。

历史剧。

这个时段虽然迄今不足百年，却是中国历史上的社会巨变时期，它历经推翻帝制、推翻"三座大山"建立人民共和国、进行社会主义革命和社会主义建设、实行改革开放和四个现代化建设等历史阶段。不论哪个历史阶段，都充满了尖锐复杂的斗争和深刻的变迁，为剧作家提供了无限丰富的创作素材。但是戏曲创作的实际成果远远不能令人满意，这是因为戏曲现代戏在总体上还处于实验之中，其深藏的价值尚未充分显示。

### （一）现代戏的思想优势

现代戏的题材贴近时代，贴近民众，便于反映现代社会复杂矛盾，塑造革命英雄人物、社会主义新人和其他现代人物，直接表现现代意识和时代精神。这是古代戏所无法企及的。古代戏只写古人古事，反映古代社会的矛盾，它的现代意识不见于剧中人物，只存在于作者对于题材的观照之中，它的时代精神只是一种间接的表现。

现代戏人物画廊可以以人民为主体，传统剧目做不到这一点，新编古代戏也难以做到这一点。早在延安时代，毛泽东在看了京剧《逼上梁山》后提出，戏曲舞台要反映人民的生活和斗争，改变老爷太太少爷小姐们统治舞台的状况，因为历史是人民创造的。这个主张可以在现代戏创作中得到完全的实行。以人民为戏剧人物的主体，必然反对压迫、反对特权、反对专制、反对腐败，提倡民主、提倡公道、提倡团结、提倡爱心、提倡共同富裕，使作品饱含进步的思想。

古代戏内容因时代的阶级的局限，会产生一定的副作用，现代戏得以避免那些副作用。

虽然现代戏有其从题材带来的思想优势，但它的思想优势有时是潜在的，要把潜在的思想优势转化为现实的思想优势，则必须保持清醒的头脑，慎重选材。人们观察眼前的社会性事物，对其表面现象可以了如指掌，对其内在本质往往不甚了然，或者自以为了然，实际是误认，或者事物发生了变化，一时认识跟不上去。现实生活总是处在变动进展之中，不是那么稳定，特别是中国现代社会不间断地发生着变革，令人目不暇接。只有经过一定时间实践的检验，才能对社会生活得出比较正确的认识。近观者迷，远视者清。所以现代题材的思想优势不是那么容易发挥出来的。

毛泽东曾经说过，我们在北伐战争阶段看当时的情况是看不清楚的，只有到第二次国内革命战争阶段再来看北伐战争阶段的情况，就看得比较清楚。我们在第二次国内革命战争阶段看当时的情况，不能完全看清楚，只有到了抗日战争阶段再来看第二次国内革命战争，就看得比较清楚了。[①] 说的是对革命战争的认识，但它作为一个科学的道理，也适用于作家观察生活和反映生活。当然，不可因此得出当前生活不可写的结论。事实上，在剧烈变动的社会生活之中仍有相对稳定的部分是能够加以反映的。更重要的是，剧作家要着重写人，写具体环境中具体的人性，写人生，避免宣传政策。

### （二）现代戏的艺术劣势

发挥现代戏思想优势的另一个难处在二度创作。众多的地方剧种大都擅演古代戏而不擅演现代戏。基本原因是那些剧种的传统艺术形式与

---

① 陈毅：《在戏曲编导工作座谈会上的讲话》，《党和国家领导人论文艺》，文化艺术出版社1982年版，第94—95页。

现代生活内容之间存在矛盾，旧的程式在现代戏中大半用不上，新的程式没有创造出来，若直接采用生活动作入戏，势必削弱戏曲特色。传统唱腔在现代戏中不够用，且缺乏时代感，伴奏音乐比较单调。总之，现代戏不能满足人们的审美需求，这便是现代戏的艺术劣势。不改变此种艺术劣势，现代戏的思想优势还是要丧失。

好在经过数十年的实验，现代戏的艺术劣势已经有了很大程度的扭转。以1964年京剧现代戏观摩演出为标志，京剧音乐的改革取得很大的成功，新唱腔既有现代气息，又有京剧特点。表演身段的改革也取得宝贵的经验。这便是把生活动作适度地夸张和节奏化，有重点地创造成套舞蹈；恰当融入一些传统程式，也吸收一些姊妹艺术的语汇，达到写实基础上的写意处理。

麻烦在表演身段。如果改革的目标是像传统程式那样创造积累一套现代程式，那么我们离目标尚远；如果只求身段舞蹈化，使它不同于生活原貌，也不同于话剧表演，那么我们离目标已近。许多权威理论著作指示人们要实现第一个目标，然而艺术家们经过艰苦实践仅仅接近第二个目标。

现代生活的表演身段倒是已经创造了一些，如骑自行车、赶大车、滑雪、坐轮椅、打电话、打羽毛球等舞蹈动作都已见之于舞台，然而这类创造尚不普遍，已经创造出来的没有进一步得到规范和广泛应用，而是各戏各做。为何各戏各做？是不是现代崇尚创作个性的观念与程式规范相抵牾？艺术家不愿重复别人的创造，甚至不愿重复自己的创造，他们追求一戏一个样。是不是人物充分的个性化与程式规范相抵牾？传统戏曲人物只有类型中的个性，程式化的个性，个性之间的差异有限。有限的个性化不一定受到现代观众的欢迎。所以现代戏舞台艺术有"要程式，不要程式化"的主张。现代生活表演身段首先是一个艺术实践的问题，重要的是多多实践，让实践作出最终的回答。

鉴于戏曲的传统艺术形式与现代生活内容之间的矛盾还没有完全解决，或者说适应新内容的新形式还没有完全创造出来，所以现代戏创作从选材开始就要顾及这种表现能力的局限性，量力而行。

一般说来，现代戏比较易于表现农村生活，难于表现城市生活。因为农村生产生活方式的机械化自动化程度比城市低，跟古代方式接近，便于借鉴传统程式。插秧割麦、肩挑手提等动作都可化入戏中。革命斗争生活也比较适合于编写戏曲。我国革命斗争长期是农村武装斗争，过的是农村生活，甚至使用大刀长矛等原始武器，便于借鉴传统程式。边远地区少数民族骑马猎射放牧的生产方式可以加以舞蹈化，于是出现了京剧《草原英雄小姐妹》等剧目。《草》剧赶羊、拢羊、骑马出寻、搏击风雪等身段，从蒙古舞变化而来的舞蹈，形成了满台载歌载舞的场面。

上面列举了戏曲较易表现的某些现代生活，只是大体而言，对于具体题材要作具体分析。像话剧《同志，你走错了路》虽然属于革命斗争题材，但多论辩而少形体动作，很难化为戏曲歌舞。京剧《六号门》虽然取材于解放前城市搬运工人的劳动、生活和斗争，但剧中拉车、喝酒、搏斗等场景有动作性，大都可化用传统程式。工人要抒发受压迫的悲愤和反抗的激情，也唱得起来。我们当然不可满足于现状，而要勇于实验，勇于创造，积极开拓戏曲表现现代生活的领域。

# 第八章　小型戏曲

小型戏曲简称小戏曲，它与独幕话剧同属小戏范畴。小型戏曲是戏曲的重要组成部分，它有着自己的特性。为了振兴戏曲，必须重视小型戏曲的编写和研究。

小型戏曲是习剧者进步的阶梯。习剧始于小戏。

或问：习剧始于小戏的理由是不是在于小戏易而大戏难？

答曰：小戏与大戏难易之比较，不能简单地说成"小戏易而大戏难"，必须加以具体分析。

倘使以优秀的水准来要求，小戏与大戏两者都难，甚至小戏比大戏更难些。

首先，在戏剧体裁上，小戏难在一个"小"字。篇幅短，容量小，作者难免有局促之感。吴梅尝语："短剧止千字左右耳，作者之旨，辄郁而未宣，其难一也。王宰之作画也，纳千里于尺幅。短剧虽短，而波澜曲折，尤必盘旋起伏，动人心目。十日画山，五日画石之说，正可为短剧喻也，其难二也。若夫分宫配调，较长剧为尤难。"[1] 这是说的短剧表达题旨、编排情节、配置宫调，都较长剧为难。

---

① 王卫民编：《郑西谛辑〈清人杂剧（二集）〉叙》，《吴梅戏曲论文集》，中国戏剧出版社 1983 年版，第 484 页。

其次，在审美心理上，世人对小戏的艺术形式和技巧似有苛求。一个大戏，若有部分场子精彩，因"数折可取而挈带全篇"，[①] 观众就可以满足。但对小戏却求全责备。一个优秀小戏，应当整个儿是精美的。它比大戏，在选材上更精简些，在结构上更精巧些，在语言上更精粹些，在表演上更精彩些，这就难了。单说选材的精简，作者不是一下子就找到了一个适合小戏的现成题材的，而是从大量的生活素材中筛选出来的，是繁中取简。如果说大戏题材经过一次筛选，则小戏题材要筛选再三。更难的是要在几十分钟的演出时间内，树立起真实、生动的人物形象来。所以，小戏作者必须具备深厚的艺术功力。总之，小戏难以成优。

小戏有其难的一面，又有其易的一面，而且其易正在其难——难易都在戏剧体裁上。小戏篇幅短、容量小，易为缺乏写作经验的习剧者所驾驭。故小戏虽然难以成优，却易于成篇，易于成篇正是习剧始于小戏的主要理由。

易于成篇，得以提高习剧的兴趣，把艰难而漫长的习剧进程坚持下去。

易于成篇，则可多写多练，由熟生巧。

易于成篇，则有反复修改的余地。一个剧作者的成长固然离不开一个个新剧的创作，但他会更多地从改稿中获得技巧和经验。改稿可以学到应当这么写的正面经验，还可以学到不应当那么写的反面经验。改稿是走向成功的必由之路。

话剧作家胡可竭力主张写独幕剧以为练笔。他说："写独幕剧可以

---

① 李渔著，王永宽、王梅格注释：《闲情偶寄·词采第二》，中州古籍出版社 2013年版，第 51 页。

帮助我们熟悉戏剧的规律，可以练习对材料的剪裁，可以锻炼集中的能力，可以养成简约的习惯，可以训练在结构上怎样使介绍和剧情结合起来的本领，从这些意义上看，把写独幕剧当作剧作者的'基本训练'，也许不会过分吧！"①

这个主张同样适用于小型戏曲写作。

习剧者因小戏易于成篇而大胆尝试，又因它难于成优而刻苦磨炼，如此，习剧者就有望通过小戏这条崎岖小道攀登戏曲创作的高峰。

## 一、释义与分类

小型戏曲与独幕剧两者既同又异。一般认为，独幕剧是一种短小的戏剧体裁，往往在独立的一幕之内，表现一个完整的行动。"在独立的一幕之内"是形式上的要求，"一个完整的行动"是内容上的要求。

独幕剧的英语名称是 One Act Play，Act 的意义是"动作"或"行为"，One Act Play 的本义是"一次动作的戏"。我国沿用日本的译名，把 Act 译为"幕"，其实很不妥当。② 所以我们不要把"独幕"理解为限于一个场景。限制是在动作（行动）的次数（一次）和形态（完整）上。既然是"独立"的，不是多幕剧的一部分，必然是自成起讫的，完整的。

小型戏曲在内容上也可以说是"一个完整的行动"。但小型戏曲中的折子戏源出大戏，并不是"独立"的，其行动不一定完整。在形式上

---

① 胡可：《习剧笔记》，解放军文艺出版社 1983 年第 2 版，第 65 页。
② 施哲存：《外国独幕剧选》引言（上），《文艺百话》，华东师范大学出版社 1994 年版，第 105 页。

它与独幕剧相去甚远。其形式特征之一是时空自由的结构；形式特征之二是唱、念、做、打的手段。这些区别正是整个戏曲艺术形式与话剧艺术形式的区别。

所以，小型戏曲是一种短小的戏剧体裁，它以唱念做打为手段，在自由的舞台时空内，表现一个完整（或不够完整）的行动。

小型戏曲曾经在历史上自然形成多类品种。大概可分三类。

其一是创作类，是指独立编写的小戏。在中国古代戏剧史上，创作类小戏的主体是兴盛于明清两代的杂剧短剧。其代表性作家作品如明代徐渭《四声猿》，清代杨潮观《吟风阁杂剧》等。这时期的小戏多为文人感世之作，"皆牢骚肮脏不得于时者之所为也"，[①] 故富于真情实感，可称为文人小戏。文人小戏形式完整，已是成熟的戏剧体裁。其特点是文学性有余，舞台性不足，在发展过程中渐趋案头化，终归沉寂。

新中国成立以来出现的创作类小戏不可胜数，但成为精品得以保留的极少。名剧如《义责王魁》、《包公赔情》、《打铜锣》等。作者不仅有文人，更有工农群众。

其二是折子类。自明末清初起，由于传奇作品的结构冗长松散，常常演不完全剧，于是艺人们从全本中挑选精彩的单出来演，称为"摘锦"、"折子戏"。像《牡丹亭·惊梦》。"折子戏"的"折"是个泛称，既指杂剧的"折"，又指南戏、传奇的"出"，而且大量是指传奇的"出"。到清代乾嘉年间，搬演折子之风大盛。乾隆三十五年（公元 1770年）昆曲折子集大成者《缀白裘》初稿问世。全书 48 卷 429 出，仅此一端，已足见折子戏的繁盛。《缀白裘》所收都是演出本，对原本的念

---

① 徐翔：《盛明杂剧·序言》。

白、身段、人物形象和思想内涵有所增删改动，甚至化腐朽为神奇，是艺人的舞台创作。

折子戏通俗地表达民众的生活体验和愿望，民众借以自我表现和自我教育，而不是作者对民众的耳提面命。它在艺术上都是独特的精品，或以唱念见长，或以做打取胜，同一作品可能因流派不同而展示不同的舞台风貌。特技表演是折子戏艺术的一大特色。那些高难度技巧是演员苦练得来的，用得恰当，大有利于塑造人物，表达思想，提供观赏。不少折子戏靠特技赢得观众。

京剧舞台与昆曲舞台一样，也是长期搬演折子戏。梅兰芳的代表作多为梅兰芳长期锤炼的折子戏。其他地方剧种也有众多折子戏，像川剧《玉簪记·逼侄赴科》等，它们大都是传统剧目而经过整理改编。也有少数出自新编长剧，包括京剧在内，像京剧《杨门女将·探谷》、《红灯记·痛说革命家史》、《沙家浜·智斗》和越剧《红楼梦·哭灵》等，可称为新折子戏。与传统相比，新折子戏量少。这是不是由于新编长剧无锦可摘？非无锦也，是无时尚也。可以加工成为精品的新折子戏绝不会少，是可编纂一套《新缀白裘》的。

其三，民间类，一些地方剧种的早期短剧。它直接反映下层民众生活以及民众对生活的评价，清新活泼，富有地方特色，是乡土风情画。如黄梅戏《夫妻观灯》，锡剧《双推磨》等。

民间小戏一般不取重大事件，不一定有戏剧冲突，绝少有尖锐的冲突。即使触及冲突，如民众与压迫者的斗争，也多写强者愚蠢，弱者智慧，以弱克强，不使冲突过于尖锐。民间小戏不注重冲突，固然由于无名作者们缺乏提炼概括社会矛盾的能力和经验，更与民间小戏的娱乐功能密切相关。节庆期间演演小戏，就要多一点轻松活泼，少一点严肃紧张。也因此民间小戏的喜剧多于悲剧和正剧。

民间小戏是小歌舞剧。艺人为满足台下人听歌观舞的需要，想方设法要集中展现一段他们喜爱的歌或舞，即使它不是情节的有机部分也罢。如黄梅戏《打猪草》的对花、河北梆子《小放牛》的对歌，都成了全剧的艺术精华，而情节部分倒成为这样一段歌舞的依托了。

1952年淮剧民间小戏《种大麦》曾在怀仁堂为党和国家领导人演出。据演员筱文艳回忆，当时毛泽东主席看了此剧后说："舞蹈不错，但没有戏剧矛盾。"[1] 一句话把民间小戏艺术上的长短点明了。

简略了解三类小型戏曲后可以得到哪些启示呢？

小型戏曲园地广阔，兼容不同品种风格，这是它优于独幕剧之处。独幕剧在20世纪二三十年代出现过编演高潮，20世纪50年代还有《妇女代表》等佳作，此后就衰落了。但即使在它的高潮期，也不及小型戏曲多样。专家提倡"独幕剧从内容到形式都写得活泼一些，多样化一些"，[2] 倒是小型戏曲真正实现了从内容到形式的活泼和多样化。

三类小戏各有长短。民间小戏富于生活气息和田野情趣，有朴素的歌舞，但比较稚嫩，也不擅于通过戏剧冲突揭示生活的矛盾和本质。折子戏在艺术上是成熟的，它的演技是丰富精湛的。但是它不是独立创作出来的，创作状态是被动的，而且传统折子戏反映封建时代生活，有其局限性。创作类小戏与折子戏相反，它是独立编演的，创作者有主动权，作品的思想感情便于贴近民众和时代。但是它在艺术上大都是粗糙的，故传之不远。现时比较完美的小戏，应当是独立创作的，具备如创

---

[1] 《筱文艳舞台生涯》，上海文艺出版社1980年版，第99页。
[2] 张光年：《谈独幕剧》，《剧本》1954年第5期，第13页。

作类戏的时代感，如传统折子戏的精湛技巧，如民间小戏的生活气息，取三者之长孕育而成。

要写出完美的小戏，更有赖于观念的转变。过去认为小戏便于迅速反映生活，可及时向群众进行宣传，过于强调教育作用，误导了小戏。而当我们真正把小戏当作艺术品来对待时，我们离开成功也就不远了。

## 二、以小见大　以少胜多

小戏虽小，创作者总是要在极其有限的篇幅中注入尽可能多的内容，蕴涵尽可能重大的主题和深刻的思想，创造尽可能生动的人物形象和尽可能多样的艺术美，于是产生了小型戏曲特殊的艺术规律。

### （一）以小见大

以小见大就是要对题材进行严格的选择、概括和提炼。由于题材的大小并不能直接决定主题思想价值的大小，关键在于题材典型化的程度，所以创作者完全可能通过日常小事件反映生活本质和时代精神，表现出大主题来。所谓以小见大，窥一斑而见全豹。生活中小事件多而大事件少，写小事件是大有可为的。

用于小型戏曲的小事件，人物经济、头绪单一、过程简短，它不是大事件的浓缩。如表现封建科举制度对文人的毒害，可以像写《儒林外史》范进中举那样，从范进中举前的忠厚与贫穷，写到中举时的发疯，再写到中举后的招摇撞骗，编出一个大戏来。也可以选取小事件，如常德汉剧《祭头巾》。此剧叙 82 岁老儒生石灏一生连考八科未中进士，又考第九次。他等待发榜，夜不成寐，把满腔怨愤发泄到头巾上，以为是头巾误了他的前程，就撰文与它祭别。忽报高中探花，此老惊喜若狂，终于昏厥。石灏夜祭头巾事件小而又小，却有力地抨击了科举制度，主题是重大的。

"以小见大"要求创作者在选择和提炼题材时从大处着眼，小处着手，通过一个小事件从侧面与重大的社会矛盾或普遍的生活现象接通，为小事件提供一个大背景，为主人公的行动提供一个动因，以此触摸到时代脉搏。越剧《盘夫》中一对新婚夫妻的隔阂是忠奸斗争的大背景造成的。忠奸斗争在传统戏中是个重大主题。

"以小见大"不可超出题材的负载能力一味求大，以致大而假、大而空。为避免"以小见大"走向极端，不妨转而小中求深。"选材要严，开掘要深"是个普遍创作法则。清杂剧《黄石婆授计逃关》依据的史实是秦时张良结交刺客，椎击秦始皇于博浪沙，未中。这是一个大事件，表现反暴政大主题。但作家偏偏避开它，而虚构一个逃关事件，叙张良冒险行刺秦始皇败逃，不得不假扮道姑混出关口，他的性格从浮躁转为坚韧，生发出这样一个哲理：韧性战斗才能成就大业。事件小了，主题却深了。

写英雄人物不一定写他的英雄行为，也可写他的非英雄行为。有小事凡人，也有小事伟人。英雄人物的品格不但会从英雄壮举中突现，也会从平凡细微处显露。

### （二）以少胜多

小型戏曲容量小，小是精炼，不是单薄，是以较少的容量反映较多的生活，从短暂的瞬间透视人生。在《三堂会审》中，王金龙和苏三——从前的一对情人在按院大堂上重逢，已变为审官和罪犯的关系。

观众从苏三追溯自己的经历了解到男女主人公的过去，又从他们在众目睽睽之下欲相认又不敢相认的矛盾心理，看到他们争取自主婚姻的不屈意志，相信冤案即将平反，有情人团圆在望。所以梅兰芳说："听了一出《三堂会审》，好像看过全部《玉堂春》的故事了。"① 《三堂会审》可以概括全本剧情，但它并非长剧框架的压缩，它仅仅铺叙一个会审场面，借审问补叙前史，引出王金龙的反应，造就了一个精巧的小戏结构。《三堂会审》代表了一种结构类型，那就是截取生活的一个短片段，把握现在，回顾过去，展望将来。用前史作为铺垫，推进戏剧动作，促使人物关系重新调整。以横为主，纳纵于横，纵横结合，方能以少胜多。

短片段不必一定来自小事件，也可以来自大事件。会审来自苏三被冤这个大事件。

短片段截在何处？人生道路的转折处。这时候最能看出人物的性格和感情，以及人物与环境的关系。会审是苏三蒙冤的转折，也是她人生道路的转折，更是描写王金龙的绝好时机，王金龙贵至巡按而不忘旧情，还有什么时候更能表露他忠诚于情人的品质？

人生道路的转折处有时就是人物性格的转变处。而描写性格的转变能够使人物形象生动，而且必然描写促使性格转变的环境，从而概括较多的生活内容。

除了题材的剪裁以外，实现以少胜多的又一个途径是细节描写。《寇准背靴》中寇准在暗夜中背靴而行的细节夸张地表现了寇准忧虑国事的胸怀和机警幽默的性格。成功的细节描写具有一以当十的艺术张力。

---

① 梅兰芳：《梅兰芳谈编剧——摘自〈舞台生活四十年〉一、二集》，见《剧本》杂志 1959 年第 6 期，第 31 页。

### 三、情节的高度集中

小型戏曲以小事件、短片段为题材。它的情节是简约的，简约的情节便于集中。因为简约往往就是头绪单一，李渔论传奇"一线到底，并无旁见侧出之情"，此法尤其要贯彻于小型戏曲。

情节的集中并不随之要求时间和场景的集中。一时一地固然有助于情节的集中，然而不集中的时间和场景也可能完成情节的集中。越剧《庵堂认母》中徐元宰对王志贞的试探恳求正是在游庵过程中借助各处景物曲折地表达的。时间、场景只是情节赖以存在的形式，使时间和场景的设置服从于情节的需要是理所当然的。在欧洲戏剧史上，浪漫主义作家雨果否定古典主义的"时间一致"和"地点一致"，而对"情节一致"未加否定，只是重新给以解释，是有道理的。

那么，小型戏曲的情节是如何集中的？一般地说，要求围绕中心人物铺排情节，"始终无二事，贯串只一人"[1]。如何围绕中心人物铺排情节？具体展现中心人物的一次戏剧动作，并把动作继续分解为一系列细小的动作。中心人物这个戏剧动作常常是一个可见的外部动作，如观灯、推磨、祭头巾、杀惜等。小型戏曲不一定都有戏剧冲突，却一定都有戏剧动作。紧紧抓住并展现中心人物的戏剧动作是使小型戏曲情节达到高度集中的一个重要方法。

那些有戏剧冲突的小戏还可能存在戏剧高潮。独幕剧以突出高潮为其特点，人称"高潮的艺术"。高潮对于小型戏曲也是重要的。截取了

---

[1] 李渔著，王永宽、王梅格注释：《闲情偶寄·结构第一》，中州古籍出版社 2013年版。

人生道路转折处和人物性格转变处的小戏多有高潮，转折、转变的顶点即为高潮。当代新编小戏一般按冲突律布局，多有高潮。传统戏以人物内心冲突构成高潮，可以发挥歌舞的魅力，乃小型戏曲高潮的一个显著特色，如《芦林》、《出塞》等剧。

高潮场面属起承转合中的"转"，趋向高潮的情节发展阶段属"承"，转和承为全剧主体部分。也可称为"身"。"起"和"合"则是"头"和"尾"。头尾一般是短小的。总之是身大头小尾短。

小戏的头起于靠近高潮处。从小戏的起头至高潮的情节发展，其间的距离看来近在咫尺，实际颇多曲折，不是轻易就可到达的。好比登泰山，假定泰山顶上南天门是高潮，则取对松亭为起点。对松亭距南天门仅零点八公里，但中间横着一段险陡蜿蜒的"十八盘"，必须奋力攀登，方能到达南天门。《辕门斩子》中杨延昭先后驳回佘太君、赵德芳、穆桂英的说情；《审头》中陆炳要落案，再三被汤勤阻挠……都是小戏情节发展的"十八盘"。

# 第九章　当代戏曲的写实倾向

　　戏曲受话剧的影响可谓广且深矣，影响所及，改变了当代戏曲艺术的整体面貌。现试述数项如下。

　　一曰减少戏曲的时空自由。传统戏曲凭借动作和环境的虚拟以及分场制结构等手段争得舞台时空处理的极大自由，它不但便于时空的流动和转换，而且便于设置多重空间，为戏曲明场叙事创造了条件。但是大量新编剧目采用话剧写实布景，虽然加强了直观性，有其欣赏价值，然而大大减少了时空自由，无异作茧自缚。继起的装饰化布景和单纯化布景，作为写实布景的改进型，使布景的写实性有所淡化，却未能完全弥补写实布景的缺陷。当然，我们不可满足于传统的一桌二椅加守旧，戏曲舞台美术设计应当革新，但是戏曲在大多数情况下不宜采用写实布景是已经为实践证明了的。

　　二曰削弱戏曲的歌舞成分。写实布景不仅减少戏曲的时空自由，也削弱戏曲的舞蹈，因为它与戏曲表演的虚拟性和舞蹈性相矛盾，促使戏曲表演趋向生活化。此外，近年流行的平台转台设计又有妨碍歌舞的可能。平台转台似也来自话剧，不过它不是具象的，而是中性的，因此它能够与戏曲虚拟表演相调和，不至于破坏时空自由，这是难能可贵的。但是在狭小的平台转台上歌犹可，舞却难，舞者局促，观者紧张。如上海昆剧团上演的《司马相如》（第二版）是个好戏，但是该剧用了一个高转台，演员登上去时战战兢兢，如履险地，非但舞蹈不开，甚至累及歌唱①。若说平台转台或可谨慎地用于某些重唱轻舞的剧种，那么它对于昆剧那样重舞的剧种是不相宜的。

削弱戏曲歌舞的因素，除了平台转台外，尚有念白无韵律，动作无节奏，片面强调生活化，以为靠近了话剧，这便是所谓"话剧加唱"。

三曰限制戏曲的夸张变形。戏曲的美学精神是神似重于形似，达到传神的一个有力手段便是夸张变形。倘使以话剧舞台逻辑代替戏曲舞台逻辑，便限制了戏曲的夸张变形，从而大失其神。

凡此种种，损害了戏曲艺术的个性和表现力。这是话剧对戏曲的消极影响。所幸，戏曲还接受了话剧的积极影响而大受其益。也列举数项如下。

一曰注重情节的戏剧性和结构的严谨性。戏曲在戏与曲之间向来是偏重曲的，像京剧就培养了一批"听戏"的观众。但自从戏曲受到话剧"情境论"、"冲突论"的影响，就逐渐加强戏的比重，即注重情节的戏剧性和结构的严谨性。周信芳曾主张京剧要可听，也要可看。为此，他刻意锤炼白工和做工，使麒派剧目具有尖锐的冲突，紧张的情节，严谨的结构，丰满的人物。是否可以说，偏重曲还是偏重戏，是区别传统戏曲还是当代戏曲的一个重要标志。

二曰注重人物的典型性。传统戏曲曾经创造了众多的典型人物，同

---

① 在本文中，笔者仅从歌舞方面论及平台转台，若从全剧来看，则另有一番道理在。司马相如的扮演者岳美缇女士告诉我，剧中青龙桥乃是一个关键性地点，在桥上桥下桥前桥后有许多戏。如何设计这座桥？完全虚拟，未免单调；若用写实布景，则破坏昆剧表演风格。现在设计的高转台，尽管它对歌舞有所妨碍，毕竟配合了剧情的开展。在出现更好的设计以前，有其存在的必要。此言甚是。

216

时又创造了一批理想人物。比如包拯只是一个古代民众理想中的清官，因为他是民众感情和愿望的化身，而并非存在于社会生活中。真正的清官典型是当代作家创造出来的，如莆仙戏《团圆之后》的杜国忠。杜国忠一不贪污，二不枉法，他把无辜的柳氏从刑场上拯救出来，平反了她的冤狱。但是杜国忠为维护封建礼教，却逼死了郑司成和施侩生父子俩，还把贞节牌坊改赐柳氏，致使柳氏触坊而死。杜国忠既清正廉明，又维护着封建的王法和礼教，他才是从封建社会清官中概括出来的典型。当代戏曲创作不必一定拘泥于细节真实，却很注重"典型环境中的典型性格"。

三曰注重人物的个性。传统戏曲人物在总体上个性化程度不高，而且被简单地区分为好人与坏人。在小说《红楼梦》已经破除了"叙好人完全是好，坏人完全是坏"的方法以后，戏曲在长时期内依旧墨守成规。这种状况怎么能够满足现代观众的审美需求呢？所以当代作家在注重人物典型性的同时也注重人物个性。如昆剧《十五贯》改编成功的关键在加强况钟的个性描写，即删除与梦中神示有关的情节，突出况钟的责任感和求实精神。又如 20 世纪 80 年代以来，一批经过改编的包公戏都加强了对包拯的个性描写，使包拯在保留廉明清正、铁面无私的品格的同时，变神化为人化，增添凡人的素质。

综观当代戏曲所受话剧诸多影响，包括消极的和积极的，一言以蔽之，写实倾向是也。其实，当代戏曲的写实倾向不单是话剧影响的结果，也是其他西方艺术影响的结果，总之，是西方写实观念影响的结果。如何看待这个影响？新中国成立之初，就有过关于写实方法渗入戏曲的讨论。当时周扬在致程砚秋的一封复信中道："您指摘了盲目崇拜西洋的风气与对自己民族历史遗产的忽略，这些意见都是很正确的，但您认为把直接写实的方法渗入到旧剧里去，使旧剧改革走了错路，这一点似有考虑的余地。我不知道您所谓直接写实的方法是否即是指的话剧的手法？旧剧的改革固然需要适当地顾及中国民族歌剧所固有的许多特点和优点，不要过于轻易地破坏了它们；但同时也不能完全拒绝采用您所谓直接写实的手法。旧剧真正感人的地方每每正在它的写实力。因此就不应拒绝向话剧、电影等兄弟艺术学习……"程砚秋对周扬的信作了答复。他解释道，"直接写实方法"并不是指话剧手法，他赞成"旧剧"向话剧、电影学习，"不过学习而有所见的时候，必须要融会地来吸收"，避免生吞活剥，"同时对于自己本身的艺术，也要深刻地客观地检讨研究"①。周扬的意见在原则上是正确的，程砚秋的补充意见也很重要。半个世纪以来，戏曲正是学习了写实方法，取得长足的进步，然而由于忽视了程砚秋的补充意见，没能避免学习中的生吞活剥，产生了许多弊病。或者主观上不想生吞活剥地学，因为对于戏曲艺术自身的规律缺乏深刻的"检讨研究"，终于事与愿违。缺乏正确理论指导的实践难免盲目。

戏曲写实倾向的出现还有其深刻的内在原因。就一些古老剧种而言，它们在艺术形式上完美了，却也凝固了，于是远离了生活，减弱了生命力。所以，它们倾向写实，是为了重新贴近生活，寻求生存与发展。就说京剧，它"为着专求形式上的简练，动作的边式好看，便同人民的生活越离越远"。"京戏发扬光大的路就是要善于运用它的技术积累，着重体现生活的真实"②。请注意，"着重体现生活的真实"不是要

---

① 程砚秋著，程永江编、钮葆校勘：《程砚秋戏剧文集》，华艺出版社 2009 年版，第 179 页。
② 见欧阳予倩《京剧一知谈》。

抛弃它的"技术积累"即戏曲独特的形式和技巧，恰恰相反，是"要善于运用它的技术积累"。当然："技术积累"不可能原封不动，它也是要革新的，只是这个革新必须是谨慎的，不至于泯灭了自己的艺术个性。

# 第十章　史剧创作"意识"种种

　　在 1978—1988 年十年间，福建的戏曲历史剧创作异军突起，佳作迭出，取得了瞩目的成就。固然，同期改编的传统戏如《状元与乞丐》、《真假美猴王》，现代戏如《东邻女》、《溜冰场上》等，都是有全国影响的定评之作，但足以显示福建特色的有代表性的戏剧品种毕竟要推戏曲历史剧。

　　从 20 世纪 50 年代到 60 年代中期，福建的代表性戏剧品种是整理改编了的传统戏。当时涌现不少精美绝伦的剧目，其舞台生命力至今不衰。戏剧创作重点从整理改编传统戏转向新编历史剧是历史的选择。因为尽管传统剧目浩如烟海，仍然没有穷尽悠久丰富的历史生活。在思想内容上，即使那些优秀传统剧目，其局限也是颇大的。当然可以进行脱胎换骨的大改编，就像《团圆之后》、《春草闯堂》的作者们所做的那样，然而这种方式不见得适用于所有传统剧目，而且它实际上已经是一种新创作了。此外，随着岁月的流逝，身怀传统剧目戏词和表演艺术的老艺人已经所剩无几。而新编历史剧则便于作家自由开拓题材领域，注入现代意识，它又比现代戏便于利用传统戏曲形式。于是，在史剧这片广袤的土地上集合起了许多耕耘者。1984 年 10 月在莆田举行的四省剧协创作座谈会，充分肯定了史剧创作在现阶段创作中的重要地位，并认为它是振兴戏曲的希望所在。

对于新时期福建新编历史剧，省内外已有过许多评论，本文仅从史剧创作上的现代意识、主体意识及观众意识三个方面略加议论。

鲜明的现代意识是新编史剧共有的特色。所谓新编，本来是区别于流传下来的剧目而言。在此，不妨把它理解为作品思想之新即现代意识。现代意识以唯物主义历史观为指导，既承认人的阶级属性，也承认人的自然属性，并且包容一切现代科学成就，像近年翻译介绍得较多的弗洛伊德精神分析法，也是可以批判吸收的。作家从现代意识出发去观照历史生活，表现历史生活，就能开拓新的题材，或者在旧题材中翻出新意，创造出新的人物、新的主题。

省十六届戏剧会演得奖越剧《滕玉公主》就是一个生动的例证。《滕玉公主》在众多的宫廷戏中别具一格，令人耳目一新。剧中滕玉纯洁美丽，好比白净的菱花。她是一个自然人，也是一个社会人。作为自然人，她要亲近山水；作为社会人，她渴求真情。所以她想到"山好，水好，人也好"的宫外去。不幸被父王的"爱"所害。但她被毁灭的只是肉体，她的精神已经解脱。《滕玉公主》歌颂了人的觉醒。这样的作品在"文革"前是不可能产生的。又如《魂断燕山》中的王梦星是一个封建思想批判者的形象，是明代受迫害的东林党人之后觉悟的一代代表。作家以唯物史观为指导创造了这一个新的人物。这些新人物、新主题为史剧创作带来了清新的气息。

具有复杂性格的人物的出现也是史剧创作的新气象。雄才大略的汉武帝暮年独处深宫，猜忌多疑，听信小人谗言，错杀太子刘据，造成不可弥补的损失。他企求长生不老，又为嗣位操心；他爱太子，又恨其"不肖"；他明知错杀，深深悔恨，又不愿公开认错，一颗破碎的心在萧瑟的秋风里颤抖……总之，汉武帝是一个伟大的君主，而且还是一个人。对人的先天性和后天性，对人的阶级、时代、地方、个性等特征加以全面审视，是刻画复杂性格的基础。传统戏曲将人物分成好坏、忠奸等类型，现代戏曲一度将人物只当作阶级的代表。如今，当剧作家们为现代科学的认识论所武装了的时候，一个个活生生的历史人物就召唤到他们的笔下了。

现代意识是理性的认识，史剧家进行创作还必须始于现实感受。现实生活始终是史剧创作的源泉。正因为现实中有了人的觉醒，作家才发现历史上人的觉醒。王梦星形象的生活依据，大概就是"文革"后思考的一代？而复杂性格的出现，不正是十年动乱使作家看清了社会和人的复杂性吗？

主体意识在部分史剧中有比较强烈的显露，郑怀兴的作品就是如此。郑怀兴是有意为之的。他明白宣称："我笔下的周伯仁和骊姬，已不是历史上原来的周伯仁和骊姬了，在他们身上，不仅可以观照到他们的原型，而且还可以观照到'我'，观照到'我们'；他们的历史，已不仅是原来的历史，而且还是'我'的历史，'我们'的历史"（《历史剧是艺术作品，不是历史教科书》）。曲六乙总结郑怀兴的创作经验说："现代意识与主体意识融汇于历史人物形象之中，这就是怀兴同志史剧创作的基本特征"（《现代意识与主体意识》），其中，鲜明的主体意识更是郑怀兴作品有别于别人作品的因素。你可以喜欢它，也可以不喜欢它，但你不可能不注意到它。

当然，其他作品也不同程度地渗透着作家主体意识。凡是优秀的剧作无不如此。古今皆然。戏曲是写意抒情性的剧诗，比起写实描绘性的小说，剧作家主观的思想感情，他对生活的体验和理解，是表现得更明显的。明代沈自征有个《霸亭秋》杂剧，抒写饱学书生杜默赴考下第，途经乌江边霸王庙，对泥塑项羽诉说：以大王之英雄不得为天子，以杜默之才学不得作状元，为之奈何！言罢放声大哭。泥神竟被感动得唏嘘流泪。祁彪佳《远山堂剧品》评论说："有杜秀才之哭，而项王帐下之泣，千载再见；有沈居士之哭，即阅者亦唏嘘欲绝矣。"祁氏认为杜默之哭也是沈自征之哭，把作家的思想感情与人物以及接受者的思想感情联系起来，强调了作家主体意识。但是这一条创作规律以往是被忽视了。当代关于文艺的反映论是唯物主义的，可惜没有强调文艺反映生活是通过个别的作家进行的，甚至批判作家的主观精神，以致削弱了文化戏剧作品固有的作家主体意识。福建史剧创作恢复了这个艺术特性，形成了它第二个特色。

至于所谓观众意识，是我为了行文的方便杜撰的一个名词。剧作家的主体意识与观众相通，即郑怀兴所说的"我"和"我们"，也可以看作是有观众意识的。但本文所要说的观众意识是指写戏为了演出，"填词之设，专为登场"（《李笠翁曲话》）剧作家应当驾驭戏曲的形式与技巧，写出适应观众审美需要的为二度创作提供良好基础的剧本。

上文提到新编历史剧比现代戏便于利用传统戏曲形式，这是它的一大优势，是现阶段宜于大力编演史剧的根据之一。传统戏曲形式是我们的祖先为在舞台上表现古代生活内容而精心创造出来的，它表现古代生活的各个方面简直是无所不能，它极其富于形式美感，其中那些表演绝技令人叹为观止。继承这一份宝贵的艺术遗产，使具有现代意识和主体意识的史剧内容与完美的传统戏曲形式相结合，可称珠联璧合、锦上添花。继承也不废革新，要根据现代欣赏趣味改造古典形式美。演传统戏也得革新，何况新编史剧。《节妇吟》之所以广受称道，因为它是一个地道的梨园戏。成功的二度创作有赖于一度创作的配合。《节妇吟》文学本不是限制了舞台创造，而是为表导演留下余地；文学本简洁本色的风格与古朴的剧种特色相得益彰。剧作家顾及二度创作是因为他胸怀观众。

遗憾的是《节妇吟》这样的剧本在新编史剧中还不是普遍的，史剧作家们的观众意识似较薄弱。专家盛赞莆仙戏《秋风辞》的人物塑造，也不讳言剧本舞台性的欠缺。有个京剧《汉武哭宫》，与《秋风辞》写的同一题材。若将两个剧本加以比较，不难看出《哭宫》更具戏曲特征。单就武帝惊悉太子死讯的反应来说，由于是丧失亲子和储君的双重悲剧，按戏曲的要求，得有一段戏让演员从容地以唱念等手段抒发人物的悲痛和悔恨。类似的场面，元杂剧中有《汉宫秋》第四折，是为千古名篇；越剧《红楼梦·哭灵》也脍炙人口。借用西方戏剧术语，这样一段戏叫做"必需场面"。《哭宫》作者为此特地安排武帝在思子宫哭祭太子，写了"悔不该"大段唱词。《秋风辞》虽然有幕后伴唱和《秋风辞》歌，并为武帝设计了怀抱太子头颅的强烈动作，却没有留给武帝一个唱的机会，更没有一个从容抒情的场面。势必限制了戏曲的歌舞特性，减损了作品的艺术力量，令观众难以满足。应当承认，以一位青年作家处女作与一位老作家晚年力作进行比较是不公平的。举此例子，仅仅因为两剧题材、立意相同，易于论证而已。

我相信，中青年史剧作家们既然已经历史性地改变了戏曲剧本文学性不足的状况，也一定能够为了观众而刻意加强剧本的舞台性。

与观众意识相关，还有一个新编史剧的功能问题。观众需求于史剧的到底是什么？或者说史剧应以什么奉献给观众？这是关系到史剧创作进一步发展与提高的根本问题。

简单地说，史剧要摆脱那些附加于它的非艺术功能，如历史知识和历史规律的教育。要淡化功利目的，如反封建的思想政治任务。反封建不应当是一切史剧的总主题。封建社会中至今仍有值得肯定的事物。张庚曾批评过那样一种创作倾向，他说："过去我们写现代戏专讲好的，写历史剧都是讲不好的，把统治阶级都写成坏东西。实际上在古代生活中也有了不起的光辉的东西。"但这项批评没有受到充分的注意。我由此想起传统戏《打金枝》。这是一出很有意思很有情趣的戏。有人以为它是反对封建等级制度和皇室特权的。其实作品的主旨是在肯定并赞赏唐代宗的通权达变，善于处理皇室与功臣之间即统治阶级内部的矛盾。我们今天的史剧作者理应具有比当年《打金枝》的无名作者更开阔的视野。

何况封建主义和封建制度是一个庞大的体系，通过一个爱情戏或一个宫廷斗争戏就能加以批判否定吗？用简单的政治概念去套复杂的历史生活岂不是要误事？倘然以为事事要挂到反封建主题上才算思想深刻，更是一种误解。越剧《滕玉公主》的新意难能可贵，但把压抑滕玉自由意志的力量明确限定为"帝王之家"，可能会缩小作品的普遍意义。此剧初演时，已有评论者提出淡化时代背景的意见，认为"封建社会的任何一个朝代，君权专制和封建意识都无一例外地残害、压制着追求自由的生灵，不允许有丝毫的叛离"（李小燕《返朴归真意识的觉醒》）。这是很有见地的。若再进一步思考，滕玉悲剧的发生何止于封建社会，恐怕只有未来理想的社会才是滕玉和全人类的乐园。

关于历史剧功能，张庚是这样表述的："历史剧以及广泛的古代戏最大的功能是表现古代人的精神世界，也就是在古代社会生活的背景之中来写古人的喜怒哀乐，写古人在种种不同的富贵穷通命运之中如何对待生活，以及对待人与人的关系。"郑怀兴的史剧创作主张与实践大体上是与此一致的。也许，郑怀兴的史剧创作主张要比他的作品的价值更长久些，它将影响到史剧创作的将来。

# 第十一章　剧本简洁的范例

## ——读"梅"偶得

　　梅者，梅兰芳演出剧本也。梅兰芳先生在解放前拍过京剧影片，出过唱片，但是好像没有发表过剧本。直到 1959 年才有了《梅兰芳演出剧本选集》的定本，计收十个剧本。《选集》1961 年版增补了《穆桂英挂帅》一剧。它是新中国成立后梅先生演出的唯一新戏，改编自同名豫剧。

　　梅先生一生演过的戏据说有近一百出之多。其中大量是传统戏，但是编入《选集》的传统戏只有《宇宙锋》等三个，是经过梅先生作了重要修改才得以入选的。梅先生有的传统戏虽然在表演上有出色的创造，但剧本未作大的改动，就没有被选中。如著名昆曲折子戏《游园惊梦》是梅先生代表作之一，用的剧本是《遏云阁曲谱本》——汤显祖《牡丹亭·惊梦》的演出本，1953 年毛泽东主席为观赏梅先生的《游园惊梦》，曾经预先向他借阅过这个本子。此本就没有收进《选集》。所以选编的剧本与梅兰芳代表作两个概念并不是完全重合的。

　　梅先生逝世于 1961 年 8 月 8 日，过了一个月，我才开始攻读戏曲专业。没有赶上观摩梅先生生前的舞台演出，成了我平生的一大憾事。不得已，唯有看梅兰芳舞台艺术影片，或者读他的演出剧本。读演出剧本较之看舞台演出，无疑是一件枯燥乏味的事。但是如果为了学习编剧或者为了研究编剧学，读名演员的演出剧本倒是很有必要的，而且会读出味来，读出心得来。这里略记本人读"梅"的浅薄心得。

我觉得，梅剧本一个明显的特点是它高度的简洁。剧本的简洁首先是曲白的简洁，尤其是白的简洁。此即李笠翁所谓"意则期多，字唯求少"之"洁净"。梅剧本当之无愧，堪为范例。

读《奇双会》，它的白充满动作性，而说明性的白少之又少。巡按李保童审读李桂枝的状纸，巧遇失散多年的姐姐，是一段重要情节，剧本仅有以下文字。

李保童 （念状）"告状人李桂枝……"啊，我想桂枝二字乃是女子之名；怎么男子前来告状，分明是一刁棍。——来，看大刑伺候。

李桂枝 （惊坐于地，忙将乔装衣帽揭下）哎呀！

众　　是一妇人。

李保童 掩门！

〔吹打。众分下。李保童拉李桂枝，门子随拥。李桂枝惊极，被拉同下。

李保童念到李桂枝的姓名时，必定有一句心声："哎呀，这不是我姐姐的姓名吗！"在李桂枝露出女妆时，李保童必定又有一句心声："原来她正是我的姐姐！"剧本把这些说明心理过程的白省略了。李保童追问赵宠，证实告状人是赵宠的妻子，在吩咐"掩门"前应有"原来他正是我的姐丈"一语，同样被省略了。李桂枝被拉入后堂，赵宠怀疑巡按贪色，打听巡按携带家眷没有。胡老爷答"按院按院，不带家眷"，赵宠惊呼："哎呀，完了！"至于惊慌的原因则没有说出。所有这些省略，都不言自明，不但丝毫无损情节，反而称得上"意多字少"。

再读《宇宙锋·金殿》终场一段曲白。


**秦二世**　再若疯癫，斩头来见。

**赵　女**　哦哟哟，我也不知道这皇帝老官有多大的脸面，动不动就要斩头来见。你要晓得，一个人的头斩了下来，是还能长得上哟。

**赵　高**　嗳，一个人的头斩了下来，是长不上了。

**赵　女**　哦，长不上了？

**赵　高**　长不上了。

**赵　女**　唉，爹爹！

**赵　高**　明白了！

**赵　女**　（唱"哭头"）

　　　　　啊……老哥哥，我的儿啊！

**赵　高**　哎呀，又来了！

**赵　女**　（唱"散板"）

　　　　　此一番在金殿装疯弄险，

**秦二世**　赶下殿去。

　　　　　〔哑丫鬟迎上。〕

**赵　女**　（接唱）但不知何日里夫妻重圆。

　　　　　哈哈，哈哈，啊哈哈哈哈！

　　　　　〔哑丫鬟扶赵女下。

**赵　高**　老臣领罪。

秦二世　罚俸三月。

赵　高　谢主隆恩。

秦二世　退班！


　　引文中赵女"斩头"一句，梅先生在长时期里念的是"你要晓得，一个人的头斩了下来，就长不上"，直到1954年拍影片时才改成现句。改句切合赵女疯态，兼有讽刺抨击暴政的意味，优于原句的直斥。赵高是相信女儿变疯的，便来纠正她，招来女儿感叹，并亲热地称呼爹爹，没出口的话是"你真的听不出女儿的言外之意吗！"赵高又没听懂这句话，竟然庆幸她"明白了"。赵女见老父如此愚昧，也为了继续装疯，便再一次戏称他"老哥、我儿"。赵女离去，秦二世迁怒于赵高，要责问一句"丞相知罪？"剧本没有写上，让惶恐的赵高主动请罪。最后，秦二世传旨退班，料想不会释怀，而是悻悻然余怒未息的。

　　剧本的简洁除了指曲白以外，也包括情节的简约和结构的集中紧凑。假使头绪繁多，即使炼字锤句，仍然难免累赘之感。在情节结构方面，梅剧本的成就同样令人赞叹。

　　《宇宙锋》常演的两场作为一个短剧来看，它的中心事件是赵艳容装疯拒婚。在秦二世夜访相府之前是剧本的开端部分，赵艳容请求父亲奏免匡家之罪。这个情节交代赵艳容及其夫家的悲惨遭遇，交代了赵高乃是陷害匡家的元凶，所以赵氏父女实为仇敌。而赵艳容曾经掩护丈夫避难，今又说动父亲赞同特赦，初露了她的胆识，为以后的戏父和骂殿埋了伏线。开端已是不凡，发展和高潮部分更见功力。赵高以逆父抗旨之罪逼女进宫，赵艳容机智应付，巧妙装疯。剧本仅用损容破衫、上天入地、呼儿唤夫、错认鬼神等少量曲白和动作就完成了疯女形象，不仅瞒过了残忍的赵高，观众也信服。第二场里，秦二世当场审察美人疯癫的真伪，赵艳容二次装疯。如何装疯？是不是再编一套胡言乱语？作者另辟蹊径，让赵艳容严正谴责昏王，不是疯话，更像疯话。因为在秦二世看来，精神正常的人是决不敢于当面骂他的。骂殿出奇制胜，一石数鸟：激化矛盾，达于高潮；加强了赵艳容自卫抗暴的斗争精神；避免了写法的重复，是情节极大的简约。

梅先生演过《宇宙锋》全本。经过他修改的《宇宙锋》全本也是简约的：一方面删除纯属交代故事的场子，包括《金殿》后直到匡、赵夫妻重圆的多场和《金殿》前《放粮》等几场；另一方面删除赵高图谋篡位的枝蔓。确立这个权奸为了专横弄权，不惜牺牲亲生女儿这条主线，达到纵向结构的集中。梅先生在演出过程中总是虚心地听取意见，修改表演和剧本。修改工作除了修饰人物性格、润色语言外，就是情节上的删繁就简。他在总结这方面的经验时说道："大凡遇到剧情过于复杂，使观众看不清戏里究竟想说些什么问题，这就需要加以精简了。"[1]

当然，情节的简约绝不是只简不繁，当简则简，当繁则繁，便是简约，便是简洁。所以李笠翁又说："多而不觉其多者，多即是洁。"不在剧中非紧要处敷衍，正是为了在紧要处发挥使透。《霸王别姬》的紧要处在英雄末路、美人歌舞的死别场面，此处必须把戏写足。同时为这个高潮场面铺垫的笔墨决非无关紧要，于是就有诸将和虞姬三谏项王的描写，项羽终因刚愎自用，错误决策，一步步陷入汉兵重围之中。此剧的布局抓住了这两个紧要处，便可做到结构集中紧凑，情节繁简得当。

情节简约的条件是人物性格的单纯，突出人物主要性格特征，无须

---

① 梅兰芳著：《与安徽戏曲界谈艺》，《梅兰芳文集》，中国戏剧出版社 1962 年版，第 136 页。

兼顾太多的性格侧面。性格的单纯不等于人物描写简单化。单纯性格在特定境遇中可能显示出丰富复杂的心理内容。《宇宙锋》剧本限于刻画赵艳容勇敢机智的斗争性格而不及其余，但是她有种种矛盾的内心活动。她装疯戏父并非玩世不恭，实在出于无奈，故嬉笑于外而痛苦于内。她痛骂昏君而居然脱险，有胜利的喜悦，也有受迫害的伤感、弄险的后怕和对夫妻重圆的企盼。

上文略述梅剧简洁的情况，其实，剧本简洁并非只此一家，老一辈京剧表演艺术家的拿手好戏大都如此。简洁应当是京剧剧本和所有戏曲剧本的基本风貌。因为京剧以至整个中国戏曲乃是歌舞剧，剧本写得简洁正是为了省出时间发挥演员的歌舞表演，满足观众欣赏的需求。

比如曲白的简洁就大有利于表演。怎样的曲白才是简洁的？与散文比较，散文的简洁是无废话；曲白的简洁，仅仅无废话是不够的，它还应当是跳跃式的，其间留有空白，切忌填塞。所以曲白以不满为简洁。张庚先生的《戏曲艺术论》中有过一个形象的解释。他说："戏里的语言或对话，只不过是整个行动线上的某些个点，好像坐火车一样，是一个站口。一个剧本拿到排演场或剧场上，一句话跟一句话的中间都是空白，这些空白都要由导演、演员、音乐工作者把它填起来，才能够成为一条完整的不断的线。而语言不过是个路标，指示你朝这方向走。"这段话说得好。前述《奇双会》和《宇宙锋》两例就是如此。一个较近的例子是新戏《穆桂英挂帅》。此剧第五场叙穆桂英从不愿挂帅转变到捧印点兵，导演提示梅先生，剧本里有空白，大可发挥，梅先生仔细研读剧本，修改重点唱段的曲文，得前四句如下："一家人闻边报雄心振奋，穆桂英为报国再度出征。二十年抛甲胄未临战阵，难道我就无有为国为民一片忠心！"第三、第四句之间似有跳跃，正可安置身段，表现穆桂英隐居二十年后再度出山的种种思虑。这里选用〔九锤半〕锣经，衬托穆桂英思潮的起伏。第四句后，鼓角声、马嘶声唤起穆桂英当年大破天门阵的豪情壮志，曲文又一次跳跃，梅先生也在此设计了强烈的动作。

读过梅剧，回头翻阅时下一些新编剧本，顿生异样之感。它们大都语满为患，演员排演起来，忙不迭又唱又念，把演剧本变成背剧本了。它们固然可以满足阅读需要，却不能满足观赏需要。用写剧原为登场的观念加以衡量，不妨认为这类剧本不是好剧本，至少不是好的演出本。本文把梅剧本的简洁当作特点，是与某些新编剧本比较而言的。

梅剧本的简洁不成为特点之日，便是新编剧本回归于戏曲本应有的风貌之时。

戏曲写作教程　第十一章　剧本简洁的范例

233

# 第十二章　越剧剧作特点

越剧的剧本创作，从 20 世纪 30 年代末就开始了由幕表改为文字本的过程，其间经历了文字与幕表混用的阶段。幕表戏的创作方法是先由派戏师傅向艺人提供一个分幕剧情梗概，并规定各人所要扮演角色的性别、年龄、身份、习性以及他与别的角色之间的关系，然后由艺人在演出中即兴编词。艺人即兴编词不全是现编的，他们会把一些通用的传统"赋子"视戏情需要稍加改动而用之。所以幕表戏是由派戏师傅和艺人共同创作的不成文的故事，这类故事也许不乏生动的片段和相当的娱乐性，反映了某些生活真实，表达了作者对生活的评价和对人物的爱憎，却难免芜杂、粗糙、松散、雷同，思想肤浅直露，甚至夹杂低级的色情的内容。而越剧自从有了文字本，便实现了剪裁布局、锤炼语言、刻画人物、表达主题的真正文学创作，也是个体的文人创作。戏曲剧本是最复杂的布局高度集中的文学形式，不是松散的群体即兴创作所能驾驭的。业成于专，精于专。

越剧有了文字本，始能自觉发挥戏剧的社会功能。越剧史上第一个完整的文字剧本始于袁雪芬主演的《断肠人》。袁雪芬讨嫌演员在台上演出时信口编造的风气，她要求每个剧目都有准词准本。《断肠人》的编写达到了她的要求。据统计，袁雪芬于 1944 年 9 月底开始的半年内，在九星大戏院演出的新戏和整理加工的老戏共 11 个，大部分反映妇女的不幸命运，有反封建的民主思想，有些则体现着爱国精神。越剧文字本的出现不仅完善了自身的文学机制和社会功能，而且推动了剧种艺术改革，并逐渐形成富于特色的剧本创作状态。

## 一、剧本创作状态

所谓剧本创作状态是指剧本创作中某些带规律性的特征。它决定于剧种的整个艺术机制。现将越剧剧本创作状态试述如下。

### （一）综合艺术中的剧本创作

越剧产生了文字本，再也不能像演幕表戏那样让演员"台上见"，随之要求建立导演制，废止说戏制。编导制的建立大大改变了剧本创作与表演的关系。

以京剧为代表的近代戏曲的传统观念是表演高于一切，表演形式完全制约剧本形式，剧本是表演的载体和附庸。传统表演还处处突出主角，观众也看重名角而不及其余。越剧这个初起的小剧种也不能例外于这种传统体制。但是越剧在建立编导制以后，表演就被纳入艺术整体以内，加上新增的布景设计，形成编、导、演、音、美的综合艺术体制。袁雪芬创设的剧务部从机构上确保了这个体制的运作。于是剧本不再是表演的附庸，它已经成为综合艺术的文学部分，成为舞台艺术的基础。从此，导演的构思和阐述，演员分析角色，作曲的定腔和谱曲，舞美的布景灯光设计，都有了一个共同的依据和蓝图。从此，一出戏可以经过排练而后树立于舞台，质量得到明显提高。

经过改革，表演不再高于一切，而是被置于综合艺术的中心。剧本创作争得了综合艺术中的基础地位，但它不可忽视表演的重要性，它要为展示表演艺术的魅力服务，它要充分发挥主要演员的特长，只有表演成功了，剧本的价值才能得到全面的实现。好剧本可以作为文学作品置于案头阅读，但是剧本主要为舞台而作，"填词之设，专为登场"。剧本为表演提供文学形象，表演把文学形象转化为舞台形象，剧本与表演是共存共荣的。

### （二）写实成分中的剧本创作

越剧改革打破表演程式化，代之以表演生活化。生活化表演不是照搬生活动作，它在表演生活实感的同时也追求动作的节奏化、舞蹈化，致力于写实与写意的结合。由于表演中写实成分的增加，越剧得以接近生活，这是越剧改革意义最深远的收获。田汉曾热烈地给以赞扬。他说："地方剧表演的好处是真实朴素，接近生活。倘使昆腔戏和今日的平剧'炉火纯青'，只剩一点艺术的空壳，那么地方戏表现真感情常常如生龙活虎。"[①] 越剧表演的生活化使它无须用程式体系去束缚剧本创作，反而给予剧本创作一定的自由度，用于表现新的生活内容。

在这样一个新型的编演格局里，越剧才得以改编演出外国戏剧，而不必像某些剧种那样，为避免形式与内容的不调和，勉强把外国戏剧的剧情改为中国故事。如《第十二夜》采用洋装洋扮，逼真地表现了异国的环境和生活习俗，但它又是越剧，可谓"莎味"与"越味"相融。剧中人物行礼、耍披风、甩帽等动作，从礼仪的外部形式看是西洋的，但

---

① 田汉著：《田汉文集（15）》，中国戏剧出版社1986年版，第572页。

在其中已糅合了越剧生、旦的某些步法手势，产生造型美。刘厚生欣喜地评论道，演出使人"几乎会觉得莎士比亚就是为越剧写的这出戏"，改编者"有眼力，有笔力，繁简得当，唱白流畅，不失莎剧原意，'越剧味'又很浓"。[①] 改编者的才能是值得称道的，但正是剧本创作的自由度为施展改编才能创造了条件。朝鲜戏《春香传》的改编演出也有类似情况，布景、道具和服装是朝鲜式的，"席地而坐"等生活习俗也是朝鲜式的，"虽然整个戏带有这些浓厚的朝鲜风味，但整个演出却仍然是与越剧的风格调和的"。[②]

### （三）女性戏曲中的剧本创作

越剧有鲜明的艺术个性，诸如世俗浅近的眼光，平易适度的表述，抒情柔婉的唱腔，温和蕴藉的气质，清丽优雅的风格和在唱念做打中突出唱功等。这种艺术个性的形成源于越剧的女扮男角。女扮男角在戏曲舞台上时有所见，然而满台女扮，成为一个女性戏曲，在全国 300 余种戏曲里仅此越剧一家。也许是江南多佳丽的缘故吧。

作为女性戏曲的越剧有许多局限。它的角色虽然照样包括。生、旦、净、丑，但是除少数杰出的演员以外，女扮净、丑究竟难以毕肖，女扮老生和武生也难胜任，只有女扮小生——青年男子在生理上比较接近些。所以女子越剧各种角色不是均衡发展的，而不得不以小生和花旦为主。但是越剧女小生的演技又很狭窄，试与京剧小生对照。在京剧里小生行可细分为翎子生、纱帽生、扇子生、穷生和武小生等，武小生和翎子生或者重武功，或者文武兼擅，女性不易担当；穷生的酸味和滑

---

① 《刘厚生戏曲长短文·越剧的新突破》，中国戏剧出版社 1996 年版。
② 戴不凡：《百花集·介绍越剧〈春香传〉》，作家出版社 1956 年版，第 84 页。

稽相也不太适合女性表演；纱帽生端一副官架，掩盖了女性的活泼妩媚；能与越剧女小生对应的只有儒雅潇洒的扇子生。因此，通常越剧不宜以净、丑、老生、武生等行扮主角，也不宜以相当于京剧扇子生以外的各种小生扮主角，于是，由这许多不宜扮主角的角色所能反映的生活领域便被排除在越剧题材之外。有鉴于此，从事越剧剧本创作务必分清有所不为与有所为的界限，须知有所不为是大面积的，有所为是小范围的。有所不为与有所为的创作原则是普遍适用于任何剧种的，但以越剧为甚。

有所不为不是消极的，而是积极的，是为了更好地有所为。越剧女小生与京剧扇子生同样与旦角一起主演爱情戏，越剧女小生以其扮相俊美、气质优雅、感情充沛、表演细腻等优势，能够把恋爱中男青年的风度和心理琢磨得细致，表现得生动。

## 二、儿女情事

这一节讲的是越剧题材。

题材是作家在观察、体验生活的过程中形成的，是开始进入创作过程的产物。但是，人们习惯上把可以作为写作材料的社会生活的某些方面称做题材。此处从习惯用法。

长期以来，关于题材的种种清规戒律，尤其是"四人帮"的"题材决定"论，扰乱了人们的思想，扼杀了越剧创作。"野火烧不尽，春风吹又生。"经过拨乱反正，恢复了题材问题上正确的理论和政策，越剧终于摆脱桎梏，重现创作生机。

### （一）题材的定位

艺术创作的过程是从选择题材开始的。艺术创作的题材来源于生活，它像生活一样的广阔丰富，创作者必须有所选择。

选择要得当。正如歌德所说，"如果题材不适合，一切才能都会浪费掉"。[1] 梅兰芳在晚年总结他的编剧经验时也说："选材的得当与否，往往能影响一部戏的成功"。[2] 选材不但对一个作品的成败优劣产生影响，甚至关系到一个剧种的兴衰。前述"四人帮"的"题材决定"论扼杀了整个越剧创作。而今，仍然要严重关注选材问题。假使不是个别作者而是大批作者陷入选材误区，将导致越剧剧目危机。

如何才能做到选材得当呢？对于一个文学作家来说，要基于自己的生活阅历和感情积累，限于自己的审美趣味和艺术风格，出于自己的社会责任感，而去选择题材。对于一个戏曲作家来说，除了适应这些主观条件以外，还须适应观众的需要和剧种艺术个性。

观众对题材的需要似可划分为可变的和不变的两个部分。可变的是指一个时期内社会生活的"热点"；不变的是指一个剧种经常表现的某些生活领域。而一个时期内社会生活"热点"须与剧种经常表现的某些生活领域相融合，因为后者是与剧种的艺术个性紧紧联系着的。

什么是与越剧艺术个性紧紧联系着的某些生活领域呢？便是所谓"家务事，儿女情"，简称"儿女情事"。正是它构成了越剧题材的主体。答案不是来自个人欣赏趣味或者个别例证，是观演双方在长期艺术实践

---

[1] ［德］爱克曼辑录，朱光潜译：《歌德谈话录》，人民文学出版社 1978 年版，第 11 页。

[2] 许姬传：《梅兰芳先生对编剧的一些看法》，《剧本》杂志 1962 年 1—3 期。

中达成的默契，而由那些盛演不衰的优秀传统剧目所昭示于我们的。

越剧从男班经女班到新越剧，积累了一大批优秀剧目，可谓远期传统剧目，它们的题材就是如此。越剧从20世纪50年代初期的"戏改"经过它的鼎盛时期至今将近半个世纪的历程，又积累了一大批优秀剧目，可谓近期保留剧目，它们的题材也是如此。上海越剧院的四个代表作——《梁山伯与祝英台》、《西厢记》、《红楼梦》和《祥林嫂》就是从这远、近两批剧目中产生出来的，其中三个作品所叙就是儿女情事。《红楼梦》对原著的取舍于我们是有启示的。小说原著写的是一个封建大家族的衰败史，它不是一部单一的爱情小说。但是越剧《红楼梦》却改编成了一出爱情戏，它以宝、黛爱情为主线，舍弃与此无关的人物和情节，没有（也不可能）去传达原著极其丰富的总主题。尽管如此，还是应当承认越剧《红楼梦》忠实于原著的精神，因为它全力刻画了贾宝玉作为封建叛逆者的形象。此剧选材的成功经验在于向越剧的主体题材靠拢。

《十一郎》改编的成功出于同一个原因。《十一郎》是根据京剧折子戏《艳阳楼》、《白水滩》、《通天犀》改编的。三剧都是武戏，叙梁山英雄后代反对封建官府的斗争。越剧改编时在严肃的反官府斗争中穿插有趣的爱情故事，以洞房花烛大收煞。全剧有武戏又有文戏，侠骨更兼柔肠。《救郎》一场徐凤珠扮老妇冒充穆玉玑之母到法场先祭玉玑，一次激烈的劫法场竟然是从一对恋人的奇遇开始的，此处有亦悲亦喜的大段唱功。末场《洞房》是新颖的抒情戏，新婚夫妇穆玉玑和徐凤珠在打打闹闹之间重温他们往日战斗的情谊。题材内容的调整赋予《十一郎》以越剧特色。

或问：越剧尚有一批宫闱戏、神话戏和从外国名著改编的戏，难道它们所选取的也是越剧主体题材？

回答是肯定的。宫闱戏如《三看御妹》、《问君能有几多愁》等，前者叙御妹刘金定与尚书公子封加进相爱，排除险阻，终成眷属；后者叙南唐国主李煜与小周后在家祸国难之中的爱情生活，无非是帝王之家的儿女情事。《打金枝》原是晋剧，表现帝王家事而涉及国事——森严的封建等级的皇室与功臣的关系，英明的唐代宗把国事当作家事来处理，在他与功臣郭子仪之间突出两亲家的关系。一出宫闱戏实际上成了家庭伦理戏，这是以民间眼光看宫廷生活。晋剧《打金枝》被移植为越剧，顺应以小生、花旦为主的表演体制和观众的兴趣，增加对公主的描写，也就是增加儿女情事在全剧的比重，表达民众愿望——夫妻相爱家庭和睦，因此大受欢迎。

神话戏如《白蛇传》、《追鱼》等，则是人与神怪间——他们都有人性——的儿女情事。从外国名著改编的戏也大抵不出此范围。越剧于1942年首次改编莎士比亚戏剧便是罗密欧与朱丽叶的爱情悲剧，更名《情天恨》。40余年后所改编的《第十二夜》则是一个爱情喜剧。从《天方夜谭》改编的《沙漠王子》是叙罗兰与伊丽的爱情悲喜剧的。《春香传》是另一个爱情悲喜剧。

看来，儿女情事确实是越剧主体题材。

这个主体题材是切合戏曲抒情的根本特性的。戏曲作品中所反映的生活是融入了作家的主观情感的，但戏曲抒情并不是戏曲反映生活的副产品，恰恰相反，戏曲是借助于反映生活而达到抒情目的的。"情事"者事以载情也。通常把戏曲归类于叙事性艺术作品，应当特别指明，戏曲是抒情性强烈的叙事作品。所以张庚称之为"剧诗"。《尚书·尧典》云："诗言志，歌咏言"。《汉书·艺文志》释作"哀乐之心感，歌咏之声发"。汤显祖《董解元西厢记题辞》更明确地指出"志也者，情也"。就是说，诗是抒情的，无论抒情诗、叙事诗还是剧诗，概莫能外。不过，戏曲中的情不同于叙事诗中的情，更不同于抒情诗中的情，它是戏剧化的情，戏剧纠葛中的情。越剧选择儿女情事作为主体题材，充分抒发戏剧纠葛中的亲情和爱情——人类情感的基本内容之一，社会生活中普遍的永恒的内容，正切合了戏曲抒情特性。林纾曾在《"不如归"序》中说："小说之所以动人者，无若男女之情。"小说作为叙事文学尚且以男女之情动人，何况抒情之戏曲乎！

这个主体题材具备普遍体验性和世俗性。关于普遍体验性，是说它为所有成年人所关注和体验，对于未婚者可产生人生启蒙和感情宣泄作用，对于婚姻坎坷者可产生情感补偿作用，即使对于婚姻美满者也能引起对早年激情和浪漫的怀念。关于世俗性，是指常人较多留意于自己的生计、婚姻和家庭，所谓世俗的生活，正好与此题材合拍。就连"四大皆空"的出家人仍有亲情——他有"俗家"呀。总之，这个主体题材是"全体民众所了解的"。[①] 题材的世俗性没什么不好，它使越剧拥有了最广大的观众群，不可怀疑它，削弱它。

关于越剧主体题材，不仅有怀疑的，还有所谓"细小"论、"局限"论、"窠臼"论种种非议。

关于"细小"论。儿女情事比起农民起义、民族战争等题材，当然有小与大之别。但是生活是错综复杂的，事物与事物之间互相联系、互相渗透，小题材与大题材不一定绝缘。表现古代儿女情事的优秀作品通常多能揭露等级门第的限制、权豪势要的横行、纲常伦理的束缚、功名

---

① [美] 布·马修斯《怎样写剧本》，罗晓风选编：《编剧艺术》，文化艺术出版社1986年版，第72页。

利禄的诱惑……特别是强烈表达亿万妇女争取婚姻自主和做人权利的正当愿望。于是，小题材的意义大了。如越剧《盘夫》由于为一场新婚夫妻的洞房风波设置一个冤家路窄的境遇，便触及了封建社会一个重大的政治问题——忠奸斗争。

就艺术反映生活的方法而言，不论题材大小，最好选用较小的事件。题材大小并不一定对应于事件大小，大题材也可以用小事件反映。如前所述，习惯上所说题材是指某个生活领域，它不就是选进作品的事件，题材与事件是两个概念。这种选用较小事件反映生活的方法是侧写的方法。

焦菊隐曾经赞赏戏曲的这种方法。他说："传统剧目擅于用小题材来写大题目……我们写话剧有时就不善于用观众所熟知的平常而又简单的生活、事物，来表现重大的主题思想。"[①] 歌德也说过，"写小题材是最好的途径"。[②] 话剧尚且需要侧写，何况越剧。"四人帮"把"家务事、儿女情"与重大题材割裂开来并加以排斥，致使"样板戏"里的英雄人物独身索居，即使出现家庭，却无有家务事，唯有革命业，拉远了大题材与普通观众的距离。

越剧也偶用正写之法。即使正写大题材，也要落在常事常情上。改编自同名传奇的越剧《双烈记》是正写南宋名将韩世忠在镇江水域围困金兵这个重大历史事件的，剧本在抗金的故事框架内铺陈一对英雄夫妻韩世忠与梁红玉思想性格的矛盾，刻画梁红玉勇敢睿智、公而废私的坦荡胸怀，在金戈铁马的战阵中传出儿女情、战友情、爱国情的喁喁之

---

① 焦菊隐著：《焦菊隐戏剧论文集·豹头·熊腰·凤尾》，上海文艺出版社 1979年版，第 287 页。
② ［德］爱克曼辑录，朱光潜译：《歌德谈话录》，人民文学出版社 1978 年版，第8 页。

声。《夸夫》一段戏乃全剧精华，脍炙人口，剧作避实就虚的抒情处理是巧妙的。假如《双烈记》纯粹铺陈镇江水战，抽掉夫妻矛盾，是不宜改编为越剧的。

有一个现代戏《忠魂曲》却提供了值得反思的教训。杨开慧留在家乡，度过一段艰难的日子直至牺牲，是侧面反映大革命失败后白色恐怖下革命者崇高情怀的好题材。然而此剧没有如实际生活那样去写。作者后来总结道："杨开慧留在家乡，本来就没有什么武装斗争、路线斗争的记载，硬要正面去写，不是自找麻烦，为难自己，也为难了杨开慧吗？"幸而此剧作者在既定框架内深挖感情戏，在末场《狱中示儿》把钟阿婆送百家饭、开慧嘱别岸英的情节写得深切感人。

《盘夫》小中见大，《双烈记》大中含小，都是"细小"连着"重大"。此"小"不可等闲视之矣。

至于儿女情事有"局限"，是无须讳言的。但是事物总有两重性。局限有其好的一面，正是局限才显出特色，有所不为才能有所为。事实上，反映生活包罗万象的剧种是不存在的。京剧是戏曲的代表性剧种，它的表现力大得很，偏是尺有所短，它在编演爱情的缠绵悱恻上远不及越剧。众多地方剧种各有局限，因而各具特色，汇成一个万紫千红的戏曲百花园。

还有，儿女情事是不是"窠臼"？窠臼使创作背离生动活泼的生活，是必须反对的。李渔说得好，"窠臼不脱，难语填词"。[①] 但窠臼者当指情节的模式化，如"私订终身后花园，落难公子中状元"之类。故李渔的"脱窠臼"主张着眼于情节的新奇，他称赞张珙之跳墙、赵五娘之剪

---

① 李渔著，王永宽、王梅格注释：《闲情偶寄》，中州古籍出版社 2013 年版。

244

发都从未见诸戏场者。儿女情事本身不是什么情节，而是特定的生活领域，它能衍生出各式各样的情节来，与"寠臼"论是不相干的。倒是要谨防杜撰的"寠臼"论诱使作者抛弃越剧主体题材。

儿女情事剧目习称"才子佳人戏"。要不要把"才子佳人"通统赶下舞台呢？"文革"期间这么做过，但终于未能禁绝。历史是割不断的。如《西厢记》、《牡丹亭》和《桃花扇》是元、明、清三代戏剧的代表作，是我们民族宝贵的艺术遗产，它们都是"才子佳人戏"。"才子佳人戏"不应当成为一个贬称。这是因为"郎才女貌"是中国人理想的婚姻观念，它已经积淀为一种民族心理，而且它比门第、财产、地位等身外之物论更合乎人性些。现代爱情观是更为健全了，但"郎才女貌"仍是择偶的重要条件，观众因此会认同古代的"才子佳人戏"。当然，在新编剧目中理当多写下层民众的生活。在这方面，越剧已经积累了不少剧目。但是，"才子佳人"并不是一个阶级，他们有属于上层社会的，也有属于下层社会的。下层的"才子佳人"如梁山伯和祝英台可以写，上层的也不妨写一些。写上层人物，甚至包括帝王将相，不是要对他们封建的意识和生活方式加以美化宣扬，"只是取他的某一点，如像学勾践只取他的坚忍不拔"。[1]

## （二）题材的拓展

既然越剧题材的局限伴生了它的特色，那么越剧题材还要不要拓展呢？我们主张越剧题材要适当地拓展，为的是增强剧种艺术表现力，使之更好地为人民服务。一个剧种墨守成规，不思进取，便会落后于观众

---

[1]　田汉：《题材的处理》，《文艺报》1961年第7期。

不断发展的艺术需求。拓展题材不是新问题。在越剧史上，从新越剧形成算起，拓展题材的尝试从未间断过。

所谓题材的拓展，或是超越主体范围，或是增添新的来源，或是向现代生活延伸，都是在"扬长"的前提下"补短"。

超越主体题材范围，就是超越儿女情事，超越以小生、花旦为主的格局，塑造新的人物。芳华越剧团的《屈原》是一个成功的例子。扮演屈原的尹桂芳决定编演这个新戏，就是有超越主体题材的强烈愿望。她明确表示"越剧应该上演这样有意义、思想性强的好戏，不能老是才子佳人！"[①] 为了演好爱国诗人、有远见卓识的政治家屈原，演员一改过去风流小生的装扮，挂上髯口，按老生路子来演。这样有利于表现屈原的风貌和气质。这个戏曲剧本带动舞台艺术实现全方位超越。然而它的超越仅是特例。要是没有尹桂芳个人深厚的艺术造诣、巨大的创造才能和强烈的革新意识，成功是不可想象的。因此，它终于没有成为原创剧团的常演剧目，也没有被一代又一代的演员所传承。在越剧中，小生、花旦以外的行当艺术发展不充分，由那些行当扮演主要人物的戏少，只有发展那些行当艺术，才能超越主体题材范围。

增添新的题材来源，是指越剧题材原来只是从唱书节目和别的剧种剧目来，从宣卷、话本和民间传说来，都属民间创作。从 20 世纪 50 年代起增添了新的题材来源——史籍，创作起历史剧来。《屈原》就是一个历史剧，但它是从话剧改编的。原创的历史剧如《则天皇帝》、《唐伯虎》等。前剧的武则天是一个真实的历史人物，一个巾帼英雄和雄才大略的政治家。后剧的唐伯虎迥然不同于以往传说中"点秋香"的风流才

---

① 李惠康：《一代风流尹桂芳》，上海文艺出版社 1995 年版，第 90 页。

子，还原其历史上大画家的坎坷命运和本来面目。重视基本的历史真实是这一类剧目的显著特征。协调历史真实与世俗性的关系是创作中必须面对的课题。

再者，是题材向现代生活延伸。从来认为这是越剧艺术的一大难题，其实不可一概而论。越剧现代戏不是没有成功之作。《啼笑因缘》20 世纪从 30 年代直至 90 年代，跨上海、浙江、宁夏等诸省市，几度掀起编演热潮，观众踊跃。女班还编演过《雷雨》，演员着西装旗袍上台，轰动一时。评论称"开越剧之记录，创未有之奇迹，观过者咸云创见"。[①]《啼笑因缘》、《雷雨》等剧代表越剧的一个品种，当初叫做"时装戏"，是得到观众和评论界认可的。成为越剧保留剧目的《祥林嫂》始演于 1946 年，也是归类于时装戏的。如此看来，越剧表现现代生活是有传统的。

梅兰芳曾早于越剧编演过时装戏，后来因为时装戏用不上京剧那一套精美的程式，观、演双方都难适应，便中止了实验。越剧时装戏倒是留下了一些。越剧经过 20 世纪 40 年代的革新，其表演摒弃程式化，既真且美，克服了表现现代生活的主要障碍。那些时装戏在当年已能站住，数十年之后，由于时距的作用，更少审美阻隔。所以越剧演民国故事，即使新编，在观众间能够通得过。近期上海越剧院从同名电影改编的《舞台姐妹》取得良好的效果。

越剧表现更近一些的当代生活又如何呢？也有成功的。《瓜园曲》演 20 世纪 80 年代农村新貌，清新活泼，剧种风格与生活内容相得益彰，青年农民科学家罗晓明纯朴勤奋，风华正茂，女扮男角颇为顺眼。

---

① 《创见与奇迹》，《越讴》杂志第 1 卷第 2 期。

越剧女演男曾经被认为是怪现象，当在革除之列。这是把艺术等同于生活之论。戏曲中男演女、女演男的现象固然是封建意识禁止男女同台演出所造成的，但人们意外发现在艺术上居然是可行的，有时不仅无碍，甚至胜过同性扮演者，着实让人惊叹。《祥林嫂》本来就是女子越剧的剧目。《瓜园曲》证明女小生不但能够演好古代才子少爷，也能够演好现代青年。成败的关键在于有无脂粉气。如果说女小生演古人不妨略显脂粉气，则演今人务必杜绝脂粉气。当年尹桂芳主演时装戏《秋海棠》因此得好评。

越剧表现现代生活宜多取儿女情事，即如《啼笑因缘》、《雷雨》和《瓜园曲》那样。越剧题材向现代生活延伸，是要伸向现代婚恋和家庭等领域，不在于生活面的扩大。在这个领域，除了继续揭露残余封建思想的影响以外，更要表现在新的历史条件下，如何维护妇女权益，创造幸福生活，为祖国多作贡献。若要大面积拓展越剧题材，除非实行男女合演。现代戏《鲁迅在广州》得到业内人士的赞赏，是在男演员刘觉扮演鲁迅得其形且得其神。但它的内容是大革命时期鲁迅与广州进步学生同叛变革命的蒋介石反动派进行斗争，题材远离了剧种特长，故不为普通观众所接纳。《三月春潮》也存在同样的问题。

或问：《祥林嫂》所反映的是现代生活，而且超越了婚恋范围，它何以大得成功，被称为剧种代表作？在女子越剧中，《祥林嫂》较大地拓展了题材而大得成功，除了得力于袁雪芬等主创人员的杰出创造以外，更有着深层次的原因，那就是《祥林嫂》的主题切合越剧传统。越剧男班时期有四个代表剧目，它们是《梁祝》、《孟丽君》、《碧玉簪》和《琵琶记》，后两剧专写妇女遭遇的苦难：前两剧一悲一喜，都是写争取婚姻自由的故事，封建社会的婚姻问题主要是妇女问题。前两剧的侧重点正是在祝英台和孟丽君身上，所以四剧的总主题在妇女命运。《祥林嫂》表现封建宗法制度对妇女的压迫和束缚，与男班四剧的思想内容是一致的。《祥林嫂》是离开了女子越剧的儿女情事，但是儿女情事归根到底也是关乎妇女命运的，《祥林嫂》深刻地表现了这个贯穿于越剧史的重要主题，焉有不成功之理？

若要大面积拓展越剧题材，除非实行男女合演。实行男女合演，发展男生、男净、男丑等行当艺术，解决男腔问题，不但有利于表现现代生活，同样有利于开拓古代题材。到那时，像《屈原》这个老生戏便能普遍上演，无须依赖个别女小生的杰出才能了。1960 年重新编演的《十一郎》之所以成为"解放后上海越剧试行男女合演以来最受观众喜爱的一出戏"，[①] 正是因为这出戏生旦净丑行当齐全，文武兼备，而以男女合演的阵容承当，胜任愉快。男女合演难免部分地改变剧种艺术个性，但因此大幅度增强艺术表现力，大大拓展题材，是值得做的，男女越剧与女子越剧共存共荣，必将为越剧创造空前的辉煌。

### （三）意蕴的时代性

题材当慎重选择，而比题材的选择更具决定意义的是题材的开掘，作家赋予作品的意蕴。怎么写比写什么更重要。重大题材若写得肤浅，它的价值不见得大；反之，细小题材若概括得广，开掘得深，它的价值不见得小。关于作品的意蕴，还有一个时代性问题。我们主张作品要传达民众的思想感情，而民众的思想感情是与时代紧密关联的，所以作品的意蕴要体现时代性，才能不脱离民众。

---

① 卢时俊、高义龙主编：《上海越剧志》，中国戏剧出版社 1997 年版，第 106 页。

在 20 世纪 40 年代，越剧之所以获得迅猛的发展，革新艺术形式是一个原因，此外还由于剧目关注民众的处境，呼出民众的心声。那时的进步剧目，其经常性的主题是婚恋自主、妇女解放、民族意识、爱国精神等，都与时代密切相关，服务于中国共产党领导的反帝反封建革命的。于今越剧以及其他剧种遭遇危机，根本的原因恐怕是剧目意蕴没有及时跟上时代的发展，引不起民众的共鸣。我们的剧目创作，要是在总体上不顾及剧种个性和观众爱好，轻易抛弃主体题材，便会脱离民众；要是不去寻找和表达新时代的新主题，同样会脱离民众。在主体题材中出新意，是我们努力的目标。

老作家顾锡东从 20 世纪 80 年代以来新编许多历史故事剧，"务求其与时代群众感情相通，为越剧提供些能博观众喜爱的新剧目"。[①] 他的《五女拜寿》叙杨继康宦海浮沉引起五女五婿的不同反应，恰好切合"文革"浩劫中人们的生活体验——人情冷暖、世态炎凉，主要行当是小生和花旦，所以大受欢迎。薛允璜的《唐伯虎》叙大画家的坎坷遭遇不仅符合历史真实，而且与人们的现实感受相通，可谓双重出新。同为写武则天的前后两个戏，都跳动着时代的脉搏。编演于 20 世纪 50 年代末的《则天皇帝》颂扬武则天把握机遇，击败政敌，革新旧政的雄才大略和历史功绩，顺应崇尚英雄人物、发扬战斗精神的时代风尚。问世于20 世纪 90 年代前期的《女皇与公主》，叙女皇武则天宠爱的亲生女儿太平公主亟盼承继帝位，权欲熏心，阴谋逼宫，武则天适时粉碎了她的图谋，从而表现权势污染亲情，扭曲人性。深受"文革"中篡党夺权阴谋活动之害的观众当然为此剧所激动。

---

① 顾锡东：《顾锡东剧作选·后记》，浙江文艺出版社 1990 年版，第 477—478 页。

为出新意，可新编，亦可改旧。但若旧作是名剧，则须慎重。尊重名剧，就是尊重历史，尊重观众。

## 三、情感纠葛

我们已经对越剧题材进行一番考察，得知它须是一件"情事"。由于戏剧必须有戏剧矛盾，形成戏剧纠葛，则情事的戏剧纠葛便是情感纠葛，通常所说一本戏的中心事件或主线，就应当是一件情感纠葛。如果戏剧冲突是话剧剧作的基础，那么情感纠葛就是越剧剧作的基础。

### （一）提炼情感纠葛

让我们从几个剧例谈起。

越剧《红楼梦》的改编正是从提炼宝、黛爱情悲剧入手的。前已提及越剧《红楼梦》没有去展示封建大家庭的衰败史，而是写成了一出爱情戏。之所以作此选择，除了限于戏剧容量的原因，还因为原著主人公宝、黛的爱情悲剧是充满着情感纠葛的。不但宝、黛两人之间不时掀起情感波澜，而且又有宝钗介入其中，更涉及贾母和王夫人等家长的干预，他们从家族利益出发，要弃黛娶钗，家长的干预造成家长与宝、黛的矛盾，还引起宝、黛之间的矛盾，种种情感纠葛，"剪不断，理还乱"，正合剧作之需。

据作者自述，他选取读《西厢》作为宝、黛相爱的开端，既借《西厢》曲文吐露心声，又描写了两人对封建礼法的叛逆性格。葬花在小说里是抒写黛玉的压抑感的，在剧本中则把葬花置于笞宝玉之后，在黛玉的悲凄中加入她对宝玉被笞的不平，他们是同病相怜的。作者又把小说第三十二回"诉肺腑心迷活宝玉"中宝玉向黛玉表白情事接续于葬花之后，正面描写宝、黛爱情及其叛逆性格的发展。作者还从"慧紫鹃情辞试莽玉"一回书中提取宝玉听紫鹃说黛玉要回苏州而受惊事，另取小说中宝玉失玉得病事改为宝玉担心失黛而得病，置于受惊后，于是引出家长们干预婚姻。作者把担心失黛作为宝玉真正的病因，这个处理是深刻的，在布局上也符合集中的原则，并与下文掉包计呼应。宝玉仅仅担心失黛就会得病，之后错配鸳鸯，失黛成真，他会作出怎样剧烈的反应啊！

黛玉焚稿和宝玉娶亲是宝、黛生活中的大事，作者的处理恰当，黛玉误解宝玉，遂有焚稿。作者在小说的基础上借鉴清韩小窗鼓词《露泪缘》，在曲文中强调黛玉的怨恨，加强了悲剧性。娶亲吸取小说的巧思，安排在焚稿的同时，让宝玉明白自己受骗后大闹喜堂，也成了悲剧。末场，作者以增写的宝玉哭灵归结全剧。至此，终于形成一个情感纠葛，但作者不是从一开始就集中注意于宝、黛爱情悲剧，他曾经试图包罗小说中许多事件，犯了头绪繁多的大忌，几经摸索才回到越剧取材和布局的轨道上来。

《红楼梦》提炼情感纠葛的成功是新编剧目中的例证，回头研究一些传统剧目，原来其中已经积累了相同的经验。《梁山伯与祝英台》最初编演于小歌班时期。据史家研究，1920 年小歌班进入上海后，艺人以折子戏《十八相送》和唱书回目《楼台会》为基础足成全剧。《十八相送》是英台向山伯含蓄地吐露爱意并托辞许婚，《楼台会》是梁、祝互诉相思和悲愤，它们分别标志着梁、祝爱情生活的两个阶段，以之为基础扩展开来，必然包容着一件情感纠葛。当时的艺人在"五四"新文化运动的感召下，从生活和艺术的直感出发，在编演《梁祝》的过程中，探索越剧创作的途径。

问世稍早于《梁祝》的《碧玉簪》以其曲折的编演经历，积累着丰富的创作经验。当时小歌班艺人受婺剧东阳班路头戏《碧玉簪》的启发起意自编此剧。他们根据婺剧《碧玉簪》情节梗概，参照《李秀英宝卷》的唱词，编成越剧《碧玉簪》最初的路头戏演出本。此稿结局是李秀英不堪折磨，又得不到父母的谅解，一病不起，临死唯怨自己"生来就命苦"，陷害她的顾文友也在神魂颠倒中死去。演出后，李秀英的冤死令观众难以接受，于是艺人参照《碧玉簪全传》一书，借用其中李秀英提议查对笔迹以辨情书真伪和从回忆失簪疑及孙媒婆的情节，另编结局。修改稿李秀英在查明真相后回娘家养病，王玉林意欲补过，故刻苦攻读，得中状元，为李秀英请得凤冠霞帔。此时李秀英已经心灰意冷，要"看破红尘早出家，今生不好修来世"了，王玉林深感愧疚，跪地认错。另编结局的初衷是要造就一个大团圆，若从剧作法看，则是端正了情节走向，描写出李秀英忍无可忍的怨愤情绪，这样，不再是李秀英单方面受辱，也使王玉林良心不安，李、王双方都经历了情感的煎熬，纠葛贯穿到剧终。

出于对《碧玉簪》的不同理解，关于其结局的争议屡有发生。有人依据此剧有一个顾文友求婚不成栽赃诬陷李秀英的事件，认为此剧是一场小人破坏家庭幸福的善恶之争，至"对书明冤"已消除了王玉林的误会，还李秀英以清白，便可"大收煞"，末场"送凤冠"应取消。导演黄沙不同意这个解释，他分析道，如果《碧玉簪》主要写这一场善恶斗争，则要发展顾文友的情节，他可能跻身王、李婚礼，也可能在李秀英满月回门时守候在李府，甚至怂恿李夫人请回在京城的丈夫。然而作者无意于此。剧中顾文友在定计后就消失了，孙媒婆也仅有几次短暂的出场。导演是对的。《碧玉簪》情节是围绕李、王安排的，虽然"对书明冤"澄清了事实，但李的精神创伤有待抚慰，王必须赔礼道歉，"送凤冠"取消不得。

有人主张取消这场戏是因为它落入了大团圆俗套。我们不要一概反对大团圆，此剧需要团圆，夫妻俩的矛盾不是对抗性的，在王认错之后没有理由不和好。其中俗套也是有的，它不在团圆而在高中状元。高中不是本剧所必需的，促成团圆的关键不在凤冠，而在王的真诚悔过。

很明显，作者只是把顾文友的栽赃诬陷作为触发李、王新婚不和的缘由，由此导入王粗暴虐待新娘的情感纠葛。这个令人酸鼻的故事并非一蹴而就，形成后又屡遭非议，表明越剧提炼情感纠葛的重要性曾经没有被普遍理解。何以如此呢？恐怕是在"情事"中重"事"轻"情"之故。如前所述，"情事"者，事以载情也。虽然不能笼统地说叙事为抒情，叙事有其自身的价值，然而就剧本布局而言，不妨说叙事是抒情的基础和向导，叙事除了提供故事供人观赏外，更要由事及情，为抒情创造条件。倘若叙事头绪繁多，必然淹没抒情。事是水，情是船，水只应载船，不可淹没了船。

越剧界有一个术语叫"骨子老戏"，专指那些广受欢迎长期流传的传统剧目。"骨子"，顾名思义，是一个坚固耐久的框架，即一个生命力长久的布局。这个布局当是情感纠葛。


### （二）精编"肉子戏"

传统越剧在建构"骨子"的同时，还刻意编撰"肉子"。"肉子"当指一场戏有固定的曲文，紧扣着剧情和人物心理，好像长在人体上的肌肤，是人体有机的一个部分。它不同于"赋子"泛泛描述，可以随处搬用的。既把"骨子"释作情感纠葛，可否进而把"肉子"释作重点抒情场子？"骨子"关乎整体，"肉子"关乎局部，整体既定，便须全力经营局部。

作为"肉子戏"的重点场子用于描写人物，剖析心理，抒发情感，其他一般场子则用于交代情节，开展矛盾。一块块抒情的"肉子戏"分布在一条情节连贯有头有尾的叙事线上，构成越剧块线组合的布局。这种块线组合有个形成过程。越剧在改革初期搬用话剧分幕制，幕间换景，造成情节跳跃，搬用分幕制与采用布景有关。至20世纪50年代学习戏曲传统，重视情节连贯，便关闭二道幕换景，在二道幕外演过场戏，或以幕间合唱衔接情节。《祥林嫂》1956年演出本为话剧分幕制，1962年经过修改在二道幕内外连续演出，一气呵成。越剧采用布景，场子就不能太碎，不同于虚拟的传统分场法，所以块线组合是传统戏曲布局的继承与发展。

什么样的场子适于编成"肉子戏"呢？

适于编成"肉子戏"的是那些观众预见和期待可能出现的能使自己获得情感满足的场子，这是在既定的总体框架内所必需的场子，没它会招致观众正当的不满。在梁祝故事中，男女主人公同窗三载，情投意合，一旦别离，观众期待他们及时表白爱情，且有某种约定，要是山伯不去送行，或者送行而言不及情，观众就会失望，于是有了《十八相送》。之后，由于祝父将女儿许配马家，观众急于盼望山伯到访，看到两个有情人互诉衷肠，没有这样一次别后重逢，观众也是不答应的，于是有了《楼台会》。我们注意到同是敷演梁祝故事的川剧《柳荫记》有《山伯送行》和《祝庄访友》两场，正好与越剧的《十八相送》和《楼台会》对应，恐怕不是偶然的。

在剧本构思中，作者及早抓住必需场子，创作便顺畅，即如《梁祝》那样。反之，若疏漏了必需场子，便留下缺憾，欲求完美，须加以弥补。修改《碧玉簪》李秀英病死的结局把情节延续至《送凤冠》是一个远例。近例则有《西厢记·寄方》的增补。

《西厢记》于1953年初创，1954年修改，1955年再修改。再修改时根据袁雪芬的建议增写了"寄方"这场戏。"寄方"在王实甫原著仅是一个简单的过场，在其他剧种的改编本里也没有详写，它是不是一个必需场子呢？回答是肯定的。但是要有细致的艺术感觉和深刻的理解方能把握它。"袁雪芬反复阅读原著，细细思索，揣摩人物性格的内涵和感情发展的脉络，她产生了一个想法：莺莺性格的完成，'寄方'是关键"。① 是的。赖简之后，莺莺面临着最后的抉择，要么屈从于老母压力而坑害张生，要么冲破礼教大防，大胆与张生结合，"寄方"就描写莺莺如何艰难地走上自主婚姻之路。人物性格发生重大转折处的心理剖析正可写成极好的必需场子。那么为何"寄方"不出于别处而出于越剧改编本呢？当与越剧"情感纠葛"和"肉子戏"布局有关。别的地方剧种不是没有必需场子。仅越剧以其浓郁的抒情性而独擅胜场。

越剧有一类独特的"肉子戏"，如《送凤冠》那样的剧终抒情。话剧创作大都过了高潮尽快结束全剧，有的戏曲剧种以火爆的武打作为大收煞，越剧独辟蹊径，在剧终以整场抒情唱取胜。剧终抒情没有强烈的悬念和紧张的情节，何以留住观众？就因为它是观众所期待的必需场子。且看《红楼梦·哭灵》。

《红楼梦》有三个必需场子，它们是"焚稿"、"金玉良缘"和"哭

---

① 章力挥、高义龙：《袁雪芬的艺术道路》，上海文艺出版社1984年版，第236页。

灵"。观众从傻丫头泄密起，便忧虑黛玉如何经受得起巨大的精神打击，她临终如何对待宝玉，于是写了"焚稿"。观众从贾母等定下掉包计起，便关注宝玉在新婚之夜的态度，会不会如王熙凤所预言的，"销金帐内翻不了脸，鸳鸯枕上息波澜"，于是写了"金玉良缘"。宝玉大闹喜堂，惊悉林妹妹死讯即昏厥。此刻观众还有期待吗？有，期待还大着呢！他们要看到宝玉如何自遣又如何向黛玉的亡灵交代，这场戏不应当草草了事，应当是宝玉披肝沥胆的倾诉。作者不负众望，他那管笔好像是握在千万观众手里那样，挥洒出感天动地的"哭灵"。"哭灵"是新增的"肉子戏"，原著宝玉随贾母一行同到潇湘馆祭奠黛玉，只是简单叙述宝玉伤心痛哭，向紫鹃询问黛玉临死的情形。改编者从短短一段叙述文字衍生出一个完整的抒情场子。

类似的剧例在越剧中还有一些，如《北地王·哭祖庙》等。

越剧编排剧终抒情布局似曾相识，在中国戏曲史上找得到相似的剧目。元杂剧《汉宫秋》第三折汉元帝送别远嫁匈奴的昭君，昭君行至番汉交界处投江自尽。和亲事已毕，元帝情未尽。第四折，元帝失去昭君，幸有美人图把他引入短暂梦会，醒来又闻孤雁叫声。由此畅抒元帝的孤独心境和离愁别绪，营造了深远的意境和悲剧的氛围。与《汉宫秋》相似的还有一个名剧《梧桐雨》，也是元杂剧。其第四折叛乱已平，唐玄宗退居西宫养老，终日面对杨贵妃遗像怀念旧日恩爱。秋雨打梧桐，泪洒龙袍，一片孤寂、愁闷和哀伤。两剧的第四折与《送凤冠》、《宝玉哭灵》一样，都有精彩的剧终抒情。为何能从现代的越剧和古老的杂剧中找到相似的布局？因为两个剧种都有很强的抒情特征，都突出唱功，这种相似的剧种艺术个性产生了相似的剧本布局。

上乘的"肉子戏"不但是必需场子，而且是构思独特精巧的场子。

越剧中那些脍炙人口的"肉子戏"大抵如此。此处以《梁山伯与祝英台》两场独角戏"回忆"和"吊孝"为例分析其构思。这两场使观众看到山伯在得知英台的真实身份以及英台在得知山伯的噩耗后各自的心情。"十八相送"山伯参不破英台的比喻，观众只看到英台表白爱情，看不到山伯的态度，留下遗憾，"回忆"是起补憾作用的。山伯从师母那里欣悉英台原来是个女子，赶赴祝家庄访求婚，走在当日送行路上，顿悟前喻，又惊喜又自责。别出心裁的场景选择是构思中关键的一着。景物依旧，体验迥异，现场的体验是直接而强烈的。而且尽管仅有山伯在场，仿佛英台的身影仍在，两人完成了爱情的交流。假设山伯的顿悟不在十八里旧景而在书馆，必失大半情趣，构思就平庸了。所以这一场的标目取"回十八"比"回忆"更切题些。

"吊孝"描写英台惊悉山伯病故，亲至梁家吊唁，重申昔日盟誓，为下文英台殉情伏笔。写英台祭奠的方法，不是正面直抒悲伤，而是侧面迂回。作者借成语"死不瞑目"化成奇特的意境，既表达山伯的遗恨，又实现生者与死者的交流，表示这一对恋人心心相印。如此描写悲痛远胜一般的悼语。这场戏选在灵堂也是构思中的关键，只有到灵堂才见到死者遗体，才引出超常的想象。

作者要精编"肉子戏"，也要在一般叙事场子中尽可能深挖感情戏，以保持全剧抒情风格的统一。越剧《西厢记·寺警》叙孙飞虎兵围普救寺要掳莺莺为妻，逼得崔夫人向建退兵之策的张生许婚，乃是一个叙事场子，竟也有一段崔氏母女大难临头的悲戏。其中莺莺惊悉兵祸，与母亲相抱泣诉；有莺莺决心牺牲自己的悲壮表白，令人同声一哭；还有凶信冲击了莺莺对张生的深情思念。多种情感的抒发增添了"寺警"的抒情色彩。

## （三）迸发激情

"肉子戏"的主要成分是重点抒情唱段，它也是全剧的艺术支柱。只有安置好重点抒情唱段，剧本的抒情性才能获得基本的保证，"肉子戏"才饱满酣畅，神完气足。

重点抒情唱段不论是对唱或是独唱，多安置于人物命运转折处、人物性格转变处或者人物采取重大行动处，人物在这些地方常有激情迸发。《祥林嫂》全剧有四个重点抒情唱段，它们是"哭别"、"洞房叹"、"夜半惊魂"和"问苍天"，分别置于一、七、十一、十四各场。"哭别"是祥林嫂在亡夫牌位前诉说自己宁死不做再醮妇，料想婆婆不会饶过她，不得不出逃。这是她初次的反抗，从此走上曲折的道路。"洞房叹"是洞房里祥林嫂与贺老六的对唱，描写祥林嫂从拒婚——她的二次反抗到允婚的转变过程。"夜半惊魂"描写祥林嫂深受柳妈刺激，为恐怖所攫，决定捐门槛赎罪。这是她对环境的拼命挣扎和殷切寄望。"问苍天"是祥林嫂赎罪无效，流落长街，回顾苦难一生，对魂灵和地狱的有无发生疑问。这是祥林嫂不屈性格的重要发展，"是奴隶开始走向觉醒的前兆"。[①] 可见这四段唱对于表现祥林嫂的人生、刻画祥林嫂的性格心理具有极其重要的作用。

重点抒情唱段饱和着激情，是一个个情感高潮，它不会倏然而至又倏然而去，情感由平趋高，凝聚为激情，要有一个过渡，因此在它的前后常有一般唱段作为铺垫，共同组成一个唱段群。好像重重叠叠的群山簇拥着一座主峰一样。《黛玉焚稿》一场里，"我一生与诗书作了闺中

---

① 袁雪芬：《重演祥林嫂》，鲁迅原著，吴琛、庄志等改编：《祥林嫂》，上海文艺出版社 1960 年版，第 116 页。

伴"乃重点抒情唱段,此前紫鹃百般劝慰黛玉,一段对唱成了前导;此后黛玉昏迷,唱段群情然煞住。为重点唱段铺垫还可运用念白和动作等手段。

重点抒情唱段的艺术魅力来自曲文和唱腔,有时还须配以身段,歌之不足更舞之。《情探·行路》有一个夹白的大型唱段。剧情规定敫桂英鬼魂随判官由莱阳赴汴京,一路上凌空行走,越过山山水水,抒发她抚今思昔万千感慨,对负心汉王魁的怨恨以及残留的一丝旧情。敫桂英扮演者傅全香为曲文刻意新创的〔六字调·行路板〕新腔,同时借鉴昆剧丰富的身段和绍剧《女吊》的"鬼行步",配用加长至五尺的水袖,创造出一套飘逸优美如行云流水且富于雕塑感的舞蹈。这一套精妙的舞蹈大大提升了唱段的情感力度。


## 四、诉情三境界

戏曲创作以写人为主。写人以诉情为主。"戏曲者,谓其曲尽人情也。"[①] 中国绘画理论有形似和神似之说,主张形神兼备而尤重传神,戏曲的美学追求与中国绘画有相通之处,戏曲也重传神。在戏曲中,传神即传情,所以戏曲写人主要诉情。通常说,在文艺创作中,写人就是写性格,而在戏曲中,写性格是着重于性格的内在部分——情感。情感在西方戏剧中也是重要的。乔治·贝克说:"动作虽然被一般人认为是戏剧的中心,但感情才真正是要素。"[②] 但在西方戏剧特别是近代西方戏剧

---

① 陈继儒:《〈秋水庵花影集〉序》。
② [美] 乔治·贝克著,余上沅译:《戏剧技巧》,中国戏剧出版社 1985 年版,第47 页。

中，情感是作用于动作而表现出来的，戏曲则有所不同。在戏曲中，情感除了通过动作得以表现外，它还经常得到直接的表露。

写人诉情可谓戏曲艺术的"金科玉律"，它在越剧创作中得到完全的贯彻。越剧艺术的成就，正是以祝英台、梁山伯、李秀英、严兰贞、崔莺莺、贾宝玉、林黛玉、敫桂英和祥林嫂等众多以情感人的形象为主要标志的。越剧之所以如此，是由它的题材和艺术形式所决定的，越剧题材的抒情性决定着越剧人物属情感型，都从某种激情构成其主要性格特征。越剧艺术形式偏重唱功，可以容纳丰富的抒情内容，于中完成人物塑造。像《四进士》那样以念和做为主的作品于越剧是不相宜的。

写人诉情须惨淡经营。《牡丹亭》作者汤显祖说得好："白日消磨肠断句，世间只有情难诉。"越剧作家追随古人的足迹，呕心沥血诉情，在他们的优秀作品中，诉情已臻于或酣畅或细腻或深透的境界。三种境界不是各不关连的，它们有时可能互相重合，呈现多姿多彩的景象。

### （一）酣畅的境界

越剧写人的常用方法是突出描写性格特征，从各个方面揭示性格的情感内涵，层层递进地反复渲染地诉情，造成酣畅的境界。

梁山伯和祝英台是读书人，是同窗好友，他们在学堂这片净土上培植起挚爱深情。由于英台聪慧热烈，山伯憨厚深沉，他们表达挚爱的方式是不同的。英台会巧用比喻，会托辞许婚，表达挚爱富于诗意情趣；山伯闻说九妹的品貌一如英台，满口允婚，英台是他理想中的配偶形象，但是他浑然不觉。待到山伯得知真相，他欣然自责便是挚爱的最高表达。山伯和英台殉情的方式也是不同的，山伯忧愤而死，英台居然在马家迎亲途中戴孝祭坟，更具示威的涵义。

《梁山伯与祝英台》诉情从"十八相送"起便呈递进态势。送行是挚爱的初次表露，限于英台单方面的，山伯没有领悟；山伯重走送行路时才猛然醒悟；然而山伯欣喜若狂地述爱也是单方面的，终于发展到楼台之上面叙肺腑；再后山伯病故，英台吊孝祭坟。两人由相知转相爱，因相爱求相守，相守不得，唯有身殉。如此层层递进，如江河奔向大海。

　　层层递进是为达诉情酣畅所作纵向把握，另有一种横向把握——在重点场面内的反复渲染。反复渲染是民间文学的传统手法。《梁山伯与祝英台》和其他一些民间创作，较多运用这种手法，"十八相送"英台用十个比喻点拨山伯，意欲临别定情，未料山伯不悟喻意。正是山伯的憨厚促使英台连用十喻，正是十喻渲染了英台热烈的追求。"楼台会"的"十相思"和"送兄"曲文则以反复咏唱的民歌句式渲染婉转缠绵之情。当年有人著文评论影片《梁山伯与祝英台》时曾经指出，"越剧《梁祝》善于运用反复歌唱的手法，在需要发挥的地方尽情地发挥。如'十八相送'和'回忆'中的种种比喻，如'楼台会'的'十相思'，这些反复歌唱的地方对于观众最具感染力，却被大大削减了，因而影片偏重于剧情的叙述，缺乏舞台演出的魅力"。[①] 评论是正确的。再如"送兄"十六句优美的词若以戏剧情节衡量，没有新增内容，似可精简，故在同名影片中是删掉的；但是若以诉情酣畅来要求，它是"十相思"的延续，作为"楼台会"唱段群的一部分不是多余的。

　　行文的反复之中亦含递进。"十八相送"比喻一个比一个明显和夸张，有几个比喻如牛女过桥、男女照影、夫妻拜堂都限定两人中一人为女子，而山伯都以为英台把他比做女子，偏偏不去想一想英台是否女

---

① 　戴不凡：《百花集·谈电影〈梁山伯与祝英台〉》，作家出版社 1956 年版。

子。狗咬女红妆一喻，英台明确无误地自称女红妆，山伯竟斥之为"荒唐"。英台责怪山伯"笨如牛"，山伯似应反思了，然而他依旧固守自己的思维逻辑。多么浓郁的喜剧情趣！

诉情多用歌唱——独唱、对唱、背躬唱等，有时兼用道白和细节等手段，以求综合效应。《血手印·法场祭夫》王千金身穿重孝，来到法场生祭未婚夫林招得。"三遗愿"、"三杯酒"的生旦对唱催人泪下，此刻惊闻两声炮响，开刀时刻临近，王千金赶忙为林招得喂饭。霎时狂风突至，飞沙走石，王千金乘机取石沙拌饭，边捡边吃，拖延时间，推迟行刑。这个细节令人心碎。然而"纵有石沙千万粒，王法如山挽不了"，王千金不得不吟诵祭文作最后诀别。祭文有受苦遭冤的回顾，有怨愤难尽的哀叹，更有对官府惩办良善的指控。"可怜我未披嫁衣，先穿孝裙。哪来洞房新婚之乐，唯有法场死别之情"等句，非文字，乃血泪也。"祭夫"有百多句唱词，为了把戏引向高潮，又写下这篇祭文，采用对偶排比的长短句，表演者则采用介乎唱、念之间的吟诵形式，称为〔祭文调〕，演来直欲惊天地、泣鬼神。


### （二）细腻的境界

人的性格丰富复杂，人的内心深邃微妙，唯有巨眼和工笔才能加以洞察和描绘，越剧就有这种眼和笔。越剧作者能够对人的隐情，尤其是人的矛盾心理，表现得纤毫毕露。

《西厢记·寄方》是描写崔莺莺在重订佳期前后的隐秘心理及其变化的，全场由"寄方"、"违训"、"赴约"三段组成。第一段，莺莺听说张生病重，责备自己在花园冒犯了他，使他气出病来。她要独自去到西厢探望张生，探望将以兄妹的名义进行，她自白："我何妨以兄妹之情去探病。"观众看到莺莺前夜对张生的斥责已化成自责，爱情的火焰已烧毁了她同张生之间的隔阂，这是莺莺重订佳期的感情基础，是她必有的内心活动。"何妨"句下得绝妙。明明是以情人的身份去的，却要借兄妹的名义，兄妹关系是老夫人赖婚时强加给他们的，莺莺内心是不接受的，不接受而又借用，表明她仍有顾忌。借用兄妹名义，既可看到张生，又可把自己保护起来，甚至还是一种自我安慰。此语道尽了莺莺复杂微妙的心理。可是莺莺才要举步，却因红娘回来而受阻。红娘带来张生病危的消息，莺莺震惊，她明白唯有重订佳期，才能为张生祛病消灾。她终于写下书简，口称药方，恳求红娘传送。尽管莺莺有独自探望张生的打算，又修书重订佳期，都是瞒着红娘的，但是她不靠红娘又什么事都做不成。

第二段，前面写莺莺瞒红娘，是怕老母知晓。作者紧接着安排老夫人到场，以"考验"莺莺的叛逆性格。在突然出现的老母面前，莺莺有点局促不安，但没有丝毫动摇。老夫人重申与郑恒的婚约，莺莺不理；老夫人训诫女儿守孝居丧，不可轻举妄动，莺莺不理。老夫人离去后，莺莺有一段唱，埋怨老母，不愿守闺中训，惜清白名，"解相思为救他风流命，慰痴心也了却我这女儿情"。莺莺在老母面前的沉默不从比起当初在老母赖婚时勉强奉命把盏是强硬了，她叛逆的决心已定，她经受住了"考验"，仅仅没有当面顶撞罢了，作者描写莺莺性格的发展是严格把握分寸的。

第三段，既然莺莺要瞒红娘，她就不敢让红娘陪送去西厢，同时真要委身张生，又觉羞臊。所以当红娘兴冲冲传书回来时，她竟装作无事一样要睡觉去。直至红娘劝阻交心，使她消除了误解顾虑，替她梳洗披衣，把她推出门外，她犹自含羞，半拒半随而行。莺莺赴约艰难，临行又怯，但她毕竟不是赖简时的小姐了，她在红娘的推动下，终于迈出叛逆行动的一步。

"寄方"描写了莺莺在赖简后冲破封建礼法毅然与张生结合的曲折历程，它恰如其分地表现了莺莺性格的转变及其矛盾心理，并触及其微妙复杂之处。"寄方"是改编者在忠实于原著基础上可贵的创造，它把莺莺的情感世界揭示得脉络清晰，细腻熨帖，因而更见真实。王实甫泉下有知，他会感谢越剧艺术家们的。

细腻熨帖地传情达意，需要在歌唱之外，辅之以其他艺术手段。有时一个调度一束灯光抵得上一片喁喁细语，舞台处理甚至还深入语言无能为力之处，传达只可意会不可言传的情绪。因此，剧本创作决不可忽视舞台艺术传情的作用，《魂断铜雀台》有一场两地相思，魏王曹丕之妃甄洛与临淄侯曹植曾相爱而不能成眷属，引以为憾。现在他们相隔千里，不得聚首，唯有互相遥思远念。舞台上置左右两表演区，一处魏王宫，甄洛居之；一处临淄侯府，曹植居之。两演区明暗相同，甄洛与曹植各在灯下演唱。然后两演区同时亮灯，两人轮番演唱，好像在对面倾诉，他们起先用眼和耳寻觅对方，而后四目对视，好像互相找到了，演唱从各自咏叹转为呼应的对唱，似有心灵感应一般。最后他们相向而行，走近了，相遇了，却交臂而过，回头又重复一遍，他们在不断变化的灯光里同唱同舞，但总是可遇而不可见。这种超越舞台时空以虚代实的处理具备极大的表现力，比常见的各唱各的方式更真实细腻地传达难言难解的相思。

### （三）深透的境界

对人物的思想和情感进行深刻透彻的剖析使其性格足以概括丰富的

人性内容和社会内容，成为某种艺术典型，便达于诉情深透的境界。此种境界的获得，要求作者开掘和认识人物的内在意蕴，突出地给以表现。鲁迅小说《祝福》是现代文学史上的名篇，作品里的祥林嫂是一个成功的文学典型，小说为越剧改编提供了坚实的基础。但是改编不可满足于照搬小说现成的情节和场面，亟须利用越剧擅长抒情的条件，深刻透彻地剖析祥林嫂的思想和情感，把小说限于篇幅未能展开的内容补入，使祥林嫂的戏剧形象焕发新的光彩。越剧改编正是这样做的，经过1962年加工修改，进一步到达深透的境界。

在修改工作中，袁雪芬等作者又一次研读原著，注意到柳妈警告祥林嫂，因为她嫁过两个男人，死后入地府为分属两鬼要受锯尸之苦，补救之法是到土地庙捐门槛赎罪，此后原著有以下一段文字："她当时并不回答什么话，但大约非常苦闷了，第二天早上起来的时候，两眼上便都围着大黑圈……"眼围黑圈是没有安睡的标志，料想祥林嫂闻柳妈之言极受震撼，编导从中生发出来第十一场祥林嫂深夜在厨房看《玉历宝钞》后极度恐怖疑神疑鬼一节来。祥林嫂看到："那《玉历宝钞劝世文》，十殿阎罗阴森森，青面獠牙是小鬼，紧拉着铁索锒铛一妇人，莫非她也是生前犯大罪，到阎罗殿前定罪刑。想我生前受尽千般苦，死后哪堪两半分。"这段独角戏姑且称为"夜半惊魂"。

相信神鬼和命运是封建社会极其普遍的现象，封建宗法社会在对劳动人民实行物质奴役以外又实行精神奴役是非常恶毒的。善良的祥林嫂不能幸免于此，她的悲惨遭遇因此雪上加霜。"夜半惊魂"是对原著创造性的发挥，它直接与第十四场祥林嫂倒毙于雪地时对自己一生的回顾思索相呼应。祥林嫂听从柳妈指点，花大钱捐门槛赎罪，却丝毫没有减轻自己的罪孽，以至于沦为乞丐。她怀疑起赎罪，进而怀疑有无灵魂和地狱。她希望其有，因为人世对她太无情，不如去到阴司，倒可见到阿毛和老六；但她害怕阎王要把她一锯两半分，就希望其无。祥林嫂从信鬼到疑鬼，是生活本身对她的启示。

鲁迅以民主和科学的"五四"精神观察生活，表现生活，写成小说《祝福》，越剧作者学习鲁迅思想，深入解剖祥林嫂的精神创伤，塑造出这个封建制度下被压迫被麻醉的劳动妇女的不朽典型，是对戏曲艺术的重要贡献。如今封建的经济制度和政治制度早已被推翻，我们正在迈向社会主义现代化新世纪，但是封建社会遗留下来的神鬼观念和种种迷信远未绝迹，它像一个毒瘤还在腐蚀社会的肌体，我们何妨把越剧《祥林嫂》当作社会生活的一面镜子呢。


### （四）境界的重合

上述诉情三境界，是为便于阐述而分列，在实际创作中，它们可能单独出现，也可能互相重合，既是醋畅的，又是深透的，或者既是深透的，又是细腻的，等等，甚至三者合一。造成何种境界，决定于题材、人物、作者艺术功力和他对生活的评价。

《红楼梦·哭灵》宝玉大段独唱是醋畅的。前三十四句，起于宝玉因素烛白帏的灵堂景物触发巨大的悲痛；继而回忆与黛玉共读《西厢》彼此思念的恋情；随后转入控诉婚姻悲剧的制造者；最后归结到黛玉被逼丧命。宝玉在历数往事中直抒胸臆，由于所叙都是难忘的情景，所以曲中饱含感情。

前段独唱是借事抒情，其后"问紫鹃"对唱便是念物寓意。宝玉不见诗稿、瑶琴、花锄和鹦鹉四件黛玉遗物，表示深切怀念，其实念遗物就是念物主。作者在写遗物的同时还写了紫鹃，遗物使人伤情，作为黛玉知心婢紫鹃的存在更能唤起对死者的追忆。对唱所表达的情感是三重的：宝玉的悲，紫鹃的怨，以及由紫鹃所流露的黛玉的遗恨，笔触含蓄细腻。正如作者所说："通过问紫鹃，写了贾宝玉与紫鹃，实际上也包含着与已去世的林黛玉的感情交流。"

如果说前段独唱如滚滚洪涛涌入观众心坎，难以遏止，则中段对唱如涓涓细流潜入观众心坎，更难排除。

后段又回到宝玉独唱。骗婚给宝玉以沉重打击，引起他的反思，"你已是无瑕白玉遭泥陷，我岂能一股清流随俗波"，进而导致他的厌世，"人间难栽连理枝，我和你世外去结并蒂花"。宝玉终于抛却那块通灵宝玉，撇下那个簪缨世家，在寺院晚钟声中走远。宝玉在黛玉灵位前不但重温了昔日难以磨灭的爱，而且重新审视自己所处的险恶环境而大彻大悟了。作者至此完成对贾宝玉叛逆性格的描写，同时对他的内心情感作了极其深透的揭示。

兼备酣畅、细腻、深透三重诉情境界的《红楼梦·哭灵》理所当然地成为经典的越剧折子。

《碧玉簪·送凤冠》也是写得酣畅兼深透的，不过它是先点上深透的一笔——一贯逆来顺受的李秀英居然顶撞起当了新科状元的丈夫来，然后反复渲染她违抗行为的情感依据，达到酣畅的程度。

前场"对书明冤"消除王玉林误会后，李秀英愤而吐血，被接回娘家养病，夫妻自此分居。本场王玉林高中，到李府报喜迎妻，陡起情感波澜。玉林送凤冠声声自责，未曾说动妻子，反遭一顿抢白。秀英讽刺和责备玉林道："我是个轻骨女子下贱辈"，"错认夫人是理不端"，"怪爹娘错选错许错允婚，配了你这个负情负义负心汉"。秀英性格的剧变符合生活辩证法，弱者的忍耐是有限度的，也注入了民众的爱憎和意愿。于是玉林不得不一一恳求岳父母和娘亲相继代送凤冠劝解，每一次长辈的出面都似乎可能劝转秀英，尤其是婆婆的言语亲切动人，不料都被秀英驳回。驳的是长辈，斥的是丈夫，每一次驳斥都有一番不平之鸣，弱者之愤，一番郁积的宣泄，情感的喷涌，直至王玉林被驳斥得理屈词穷，无地自容，自愿跪地认错，才勉强换得夫妻和解，诉情至于如此痛快淋漓，在越剧以及其他地方剧种里都是少见的。

## 五、雅俗共赏的品位

越剧，它不是粗浅的初级艺术，也不是精深的高级艺术，而是一门雅俗共赏的大众艺术。

雅俗共赏在中国文学史上是有其悠久传统的。朱自清在《论雅俗共赏》一文中认为，雅俗共赏是从唐代安史之乱后逐渐形成的发展趋势。至宋代，古文和诗都走上了这条路。新兴的词，继词而起的曲，都生成于民间而经过雅化，但是雅化的程度每况愈下，分别成了"诗余"和"词余"。一方面是雅文学的俗化，另一方面产生大量俗文学，如平话、章回小说、诸宫调、杂剧、南戏、传奇以及皮簧戏。这些俗文学除杂剧和传奇也算是"词余"以外，大都在过去的文学传统里没有地位。它们"虽然俗，大体上却'俗不伤雅'，虽然没有什么地位，却总是'雅俗共赏'的玩艺儿。"朱自清的论述是有见地的。戏曲和其他形式的俗文学，它们的完美状态和旺盛生命力在于雅俗共赏。明末清初戏曲作家黄周星强调指出，"制曲之诀无他，不过四字尽之，曰雅俗共赏而已"。[①]

---

① 黄周星：《制曲枝语》，中国戏曲研究院编：《中国古典戏曲论著集成（七）》，中国戏剧出版社 1959 年版，第 120 页。

但是，一种民间小戏不是与生俱来具备雅俗共赏品位的。它必须善于学习借鉴，善于革新创造，经过较长时期的发展，在观众的参与下，才有可能实现雅俗共赏。越剧自的笃班至女子绍兴文戏，是摸索并形成自己最佳艺术形式时期。此后，雅俗共赏才逐渐提上日程。至20世纪40年代，一批文人投身于越剧改革，与越剧艺人一起，在观众的支持和配合下，在共产党人的影响下，促使民间小戏的越剧在艺术上适度雅化，并且跟上时代的步伐，达到了雅俗共赏的层面。至20世纪50年代，越剧艺术更趋完善，雅俗共赏成了剧种的重要特征。此时，在党的"百花齐放，推陈出新"方针指引下，戏曲得到大发展大提高，各剧种互相交流，其中包括接受越剧艺术的影响，许多剧种逐渐臻于雅俗共赏了。

越剧是如何实现雅俗共赏的？


### （一）民众之情

首先，也是根本的一条，作品的思想感情要贴近民众，或者说作品要表达民众之情。艺术上共赏先要感情上认同。

朱自清认为雅俗共赏要表达人之常情。他以《西厢记》和《水浒传》为例分析道，"男女"是"人之大欲"之一，"官逼民反"也是人之常情。梁山泊的英雄正是被压迫的人们所想望的。俗人固然赞同这些，一部分的雅人，跟俗人相距还不太远的，也未尝不高兴这两部书说出了他们想说而不敢说的话。因此这两部书都是雅俗共赏的。

民间创作如民间故事和传说直接来自民众的生活体验，是作家创作的好材料。高尔基认为俄国戏剧不如西欧戏剧的原因就是它没有利用民间创作。他举例说歌德写《浮士德》采用过16世纪一个纽伦堡鞋匠汉斯·萨克斯的诗。所幸我国的戏曲包括越剧在内是"深深地植根于广大人民生活的土壤之中"①的，它与民间创作有着血缘的关系。越剧许多保留剧目如《梁山伯与祝英台》、《盘夫》、《打金枝》、《碧玉簪》等最初的作者就是民众。

民间的创作富于纯朴的情趣和想象。祝英台为赴杭城读书，假扮卜卦人把父亲瞒过，祝英台与梁山伯同窗三载未暴露女儿身份，临别时欲以十喻点悟山伯托付终身等情节，都是无名氏的天才创造。严兰贞名为权奸孙女，实为民众正气和善心的化身，她为救护忠良之后的丈夫，甘愿大义灭亲，寄托了民众的爱憎。在一段书房内外的"隔壁戏"中，她饶有风趣地平息了一场闺房风波。《打金枝》的唐皇既像一个幽默慈爱的田舍翁，又是一个豁达大度的明君。他用"和稀泥"的方法及时化解一场内部矛盾。唐皇是一个有人情味的帝王形象，在他身上寄寓着老百姓的政治理想。

关于《碧玉簪》的思想内容，过去有过争议。我们如果在分析它的时候考虑到剧目来自民间又长期流传于民间的事实，可以认为李秀英名为尚书女，实乃民间贤德媳妇的楷模。她迫于王玉林的无理要求，归宁当天坐原轿返回；她以德报怨，深夜为王玉林盖衣御寒，都不能认作三从四德的封建行为，而是为求夫妻和睦而委屈忍让。王玉林也不是封建礼教卫道士，他只是一个简单粗暴的书呆子和大男子主义者，任意欺凌一个弱女子。如果王玉林是一个封建卫道士，他是不会在对书明冤后知错认错，更不会在高中状元后向妻子下跪赔礼。

来自民间的创作多民众的体验和意愿凝结的理想人物。这是雅俗共赏的汇集点。严兰贞、唐皇、李秀英都是民众创造的理想人物。梁山伯

---

① 张庚：《中国戏曲》，载《中国大百科全书·戏曲曲艺》，中国大百科全书出版社 1983 年版。

和祝英台也是。有评论说，"梁山伯深情而又纯厚，祝英台热烈而又能节制，这是中国老百姓理想的性格。""梁祝的反封建主题和爱情内容，还属于它的较低层次的内涵，其核心层次是它塑造了符合民族美学理想的人物性格。"①

### （二）传奇故事

民众之情的最佳载体是传奇故事。是民众之情，才能普遍打动人心；是传奇故事，才能普遍引发观赏兴趣。好奇求新的心理不但俗人有，雅人也有。《盘夫》仇家结亲竟然夫妻和好，岂不新奇？《盘妻》借鉴《盘夫》编成相似的故事，再次受到观众喜爱。父辈的仇恨不应当祸及儿女，大概是善良人的共同愿望吧。

传奇故事常使人物处于独特境遇而迸发激情，切合了越剧抒情的需要。正如剧名所昭示的，《盘夫》和《盘妻》两剧各有妻盘问夫和夫盘问妻以及"抖包袱"的场子，极尽抒情之能事。

传奇故事都有动作性。观众不论是有教养的还是无教养的，都爱好动作。有人说一出好戏的骨架是哑剧，意即好戏是由动作支撑起来的。盘问就是动作，配合着悬念、发现、突转等戏剧技巧，牢牢地吸引着观众的注意力。

或问：剧本深刻的哲理不为俗人所理解，作者却很希望争取这些观众，怎么办？答曰：写出动作来。俗人被动作所吸引，雅人则获得欣赏动作和哲理的双重满足。布·马修斯在《怎样写剧本》一文中写道，《哈姆莱特》富有诗意和深刻哲理，但它也是顶层楼座的观众感兴趣的

---

① 安葵：《当代戏曲作家社》，中国戏剧出版社 1989 年版，第 218 页。

一出戏，其实他们并不关心什么诗和哲理，却以看到鬼魂、戏中戏、用毒剑决斗为乐事。此剧在上海改编为越剧《王子复仇记》演出，也证实了马修斯所言。观赏原理，中外略同。《文姬归汉》蔡文姬母子离别，文姬面见曹丞相为董祀辩罪等情节为普通观众所注目；"胡笳十八拍"的诗境，曹操形象的新意等则为一些文人和业内人士所赞许。由此可见雅俗共赏又有雅俗兼顾的涵义。雅俗双方在一本戏中可以有共赏部分，又有分赏部分。好比中国人习惯吃桌菜，为何不同口味的人能够围坐一桌共尝呢？因为桌菜兼有冷盆、热炒、甜羹、大菜等多类多道菜肴可供共尝和分尝。越剧雅俗共赏的道路甚宽。

### （三）显浅优美的曲文

越剧雅俗共赏的一个重要方面是曲文显浅优美。

曲文是观众进入剧作艺术宫殿的通道。曲文过于偏雅或偏俗，都会把一批观众拒之门外。曲文雅俗共赏是为争取广大观众群所必须的，所以，尽管人们在剧作内容诸如题材、主题、情节诸方面各有主张，然而关于曲白理论倒是近于一致的。不过在戏曲创作实践上，曲文的雅俗不能兼顾的情况时有所见，越剧正是在比较之中发现了自己的特色。

在古典曲论中，关于曲文的论述是相当丰富的，其原则至今适用。

对曲文的基本要求是显浅。曲的显浅是与诗的蕴藉相异的。这是戏剧的审美方式所决定的。戏剧是一次过的艺术，"不遑使反，何暇思维"[1]，况且它主要是诉诸听觉的，故应明白如话，一听就懂。戏剧是剧场艺术，观赏的群体中多数是文化不高的人，曲文又应避免深奥晦涩。

---

[1] 徐复祚：《曲论》，中国戏曲研究院编：《中国古典戏曲论著集成（四）》，中国戏剧出版社 1959 年版。

"世有不可解之诗，而不可令有不可解之曲"。①有才能的作者决不要鄙弃显浅。显浅不是浅薄，而是意深而词浅。"能于浅处见才，方是文章高手。"②为达显浅，当从民众口头采撷生动活泼的语言。口头语言包括街谈巷议和民众口头文学——民谣田歌。

曲文应显浅，也应优美。就是所谓俗中见雅。这不仅为满足雅人之需，也是为了提高俗人的欣赏水平。显浅的曲文不是一览无余的大白话，它具备某些诗的特征，如形象、精炼、饱含感情和有意境等。如果把优美的曲文比作诗，那么它是显浅的诗，是老妪能解的诗，而不是蕴藉的诗。为此，要把从民众口头采撷来的语言加以提炼熔铸，使之成为文学语言。提炼熔铸要有借鉴，借鉴古典诗词，借鉴古今一切优秀的文学作品。

越剧曲文大量的是显浅中见优美，民歌味浓郁，有许多名句流传遐迩。

"官人你好比天上月，为妻可比月边星。那月若亮来星也明，月若暗来星也昏。官人若有千斤担，为妻分挑五百斤，问君有何疑难事，快把真情说我听。"这是《盘夫》严兰贞见丈夫终日愁闷而加以劝慰的一段曲文。星月的比喻形象鲜明优美，切合夫妻关系和严兰贞的婚姻现状。感情诚挚，表达委婉，足见新妇之贤淑，使满怀敌意的曾荣不能不有所感动。

"叫声媳妇我格肉，心肝肉来宝贝肉，阿林是我手心肉，媳妇大娘侬是我格手背肉。手背手心都是肉，老太婆舍不得俫两块肉。"这是

① 王骥德：《曲律·杂论》，中国戏曲研究院编：《中国古典戏曲论著集成（四）》，中国戏剧出版社 1959 年版。
② 李渔著，王永宽、王梅格注释：《闲情偶寄》，中州古籍出版社 2013 年版。

《碧玉簪》陆氏劝说李秀英接受凤冠与夫和好的曲文。全文是说理的，在说理之前先说这几句充满温情的话，为晓之以理，先动之以情。比喻浅近而恰当，而且与劝和的目的发生内在联系，既然夫妻彼此是手背与手心的关系，和好是理所当然的。"手背手心都是肉"一句已几近成语。

"我与你梁兄难成对，爹爹允了马家媒；我与你梁兄难成婚，爹爹收了马家聘；我与你梁兄难成偶，爹爹饮过马家酒；爹爹之命不能违，马家势大亲难退。"这是祝英台在楼台会上对梁山伯的痛心诉说。精巧的排比和反复的歌咏强调了父命难违、希望成灰之意，不言痛苦，悲情自见。

越剧改编杂剧、传奇等古典剧本充分顾及现代观众的语言接受能力，不用已经弃止的古代口语和习惯语，不用须加注释才能明白的辞语，少用能看懂不易听懂的文句。《琵琶记》主要人物赵五娘的语言最为本色，故许多剧团乐于改编演出。《西厢记》是元杂剧夺魁之作，曲文华丽，人称"花间美人"。所以上海越剧院在改编中不得不保留它的一些原文，以争取那些雅人的认可，但又不得不为了大多数观众力求通俗化，终于做到两者兼顾，即使偏雅而俗人大致能解。沪本《西厢》适度雅化越剧语言，又证明着通俗化乃越剧语言铁的法则。如在老夫人突然宣布张生与莺莺为兄妹关系后，有一个莺莺面对冷酷老母敢怒不敢言的紧张场面，作者为莺莺所写大段背躬唱（配以科泛夹白）抒发了她的愤懑和忧虑，曲文准确生动，文白兼济。兹录其中一段，云："休道他脸上笑呵呵，我知他泪入愁肠比酒多，他一封书信把贼兵破，他不想姻缘想什么？母亲啊说尽了甜言落空他，担尽了虚名你误了我！"

一些成熟的越剧作家各有自己鲜明的语言风格。其中成就最高者首推徐进。他从民间和古典文学两处汲取营养，创造自己朴素而有文采的、轻灵而又瓷实的风格。这风格多姿多态，在整理改编的传统剧目侧重呈现民间性，在新编的《红楼梦》侧重呈现古典性。《红楼梦》是徐进最重要的代表作，成于他的创作高峰期，同时也是越剧全盛期。此时，徐进经过十余年的创作实践，随着他生活积累和艺术修养与日俱进，他的语言功力已是得心应手了。

且看《红楼梦·哭灵》四句词。词云："九州生铁铸大错，一根赤绳把终身误。天缺一角有女娲，心缺一块难再补。"贾宝玉哀悼黛玉之死，又闻紫鹃怨语，更增愤懑，遂有这四句词。第一句从"铸大错"的"铸"字化出"生铁"，从"大"字化出"九州"，"九州生铁"所铸错不止言其大，也言其难以改易，借助夸张有力地表达了恼恨。第二句解释"大错"乃骗婚，对制造大错者作出强烈的控诉。"一根赤绳"与"九州生铁"对偶，"赤绳"与"生铁"在色彩上也有对比，"赤绳"又是"终身"的修饰语。上下句之间语意相连，两句的前半句都修饰后半句，明白晓畅而又文采斐然。后两句转入直抒悲痛和无奈。继续选用最具表现力的比喻，把"心缺一块"比作痛失知音再恰当不过，而且能够与女娲补天神话作比较，补天尚有术，补心却无方。有多遗憾！观众可以感觉到宝玉是在用他整个生命发出悲号。作家想象丰富，体验深刻，功底厚实，才铸此伟词。

徐进能在曲文中体现人物身份、年龄等个性因素，并时得惊人之句。林黛玉在焚稿时自叹："我一生与诗书作了闺中伴，与笔墨作了骨肉亲"，上下句为互体。它雅致地描写林黛玉作为大观园第一才女的文字生涯和孤芳自赏品性，还透露了她寄人篱下的寂寞。

紫鹃劝慰黛玉云："镜子里只见你容颜瘦，枕头边只觉你泪湿透。想你眼中能有多少泪，怎禁得冬流到春，夏流到秋？"这词是作者对黛玉的侧面描写，切合紫鹃作为黛玉贴身侍女的身份，表现她有情有义的品性。同为侍女的袭人比紫鹃功利些，俗气些，她的话便有一股腐臭味。她拥护娶钗弃黛，说什么"宝二爷若娶宝姑娘，这真是天造地设配成双，二爷得了百年福，奴婢也沾一线光。"她还提醒主子要防备二爷抗婚闯祸，说："倒不如未曾落雨先带伞，老太太，能提防处且提防。"

少年宝玉是个有文学修养的贵公子，他初见黛玉，为她高洁美貌如仙而惊喜，且有似曾相识的亲近感。作者为此找到了传神之句："天上掉下个林妹妹，似一朵轻云刚出岫。""眼前分明外来客，心底却似旧时友。"把这些句子与宝玉哭灵的"九州生铁"句比较，可以明显看出岁月的磨炼留在性格上的印痕。

越剧作家胡小孩才气横溢，他的语言艺术也是第一流的。胡小孩早期现代戏的语言富于生活气息和清新活泼的民歌味，在后来的古代戏中又融入了古诗词的韵味和技巧，描绘出一幅幅情景交融的丹青。且看他的《大观园》。

林黛玉在雨夜孤灯下独对诗帕伤感，其词委婉，其境凄凉。词云："秋花惨淡秋草黄，耿耿秋灯秋夜长。已觉秋窗秋不尽，那堪风雨助凄凉？一方诗帕愁千叠——无限心事心底藏！……诗帕有情情难诉，羞怯不敢效《西厢》。风风雨雨增惆怅，更添悲泪人愁肠。不知风雨几时休，已教泪湿碧纱窗。"这是林黛玉感怀身世，忧虑婚事的即景图画。随后林黛玉恍然入梦，见王夫人逼她出嫁，她恳求外祖母容她留下，贾母不管，叫他去找母亲。此时伴唱声起："失了依傍，绝了期望，哭干眼泪，揉碎肝肠！倒不如投向沁芳桥下水，伴随落花出园墙。一路漂流江南去，返姑苏，入故土，长依母怀，细诉衷肠！"一幅多美的图景！原来林黛玉预感到"木石前盟"将被拆散，自己将不久于人世，作者把这个不祥预感幻化为诗意的图画，让黛玉遗体随落花流水回返姑苏，安息于亡母怀里。原著82回写了黛玉惊梦，但无回返姑苏的描写，作者是从黛玉临终表示要干净还乡一语获得灵感的。

《大观园》同《红楼梦》一样，也有袭人议亲的曲文，并且同"九州生铁"那段词一样，因采用夸张手法而取得特殊效果。袭人向主子们形容宝、黛两人亲密无间状说："他们是难分难离鱼和水；他们是缠死缠活两根藤。他们是两张嘴儿一口气；他们是两个身子一颗心。怡红院中一声叹，潇湘馆里泪沾巾。潇湘馆里一声嗽，宝玉他深更半夜坐起身。"这词的比喻生动，是从民间口语提炼的。但它不是美誉，实为微辞，道出了袭人对宝黛爱情的否定。如此文字令人难忘。

另一位越剧语言大家当数南薇。南薇创作成熟期作品的语言风格是旖旎缠绵，清新流利，恰与越剧音乐的柔婉细腻交融似水乳。南薇曲词以七字句为主，间以三字句、五字句和十字句，不但靠词义表意，而且连词句的节奏、语气、声调都能透出人物的情绪神态。南薇很少追求隽词丽句，只是平实诉来，情真意切，自能感人肺腑。南薇最重要的代表作《孔雀东南飞》是一个上乘之作。它不但在总体精神上，而且在主要情节上都忠实于原著汉乐府《古诗·为焦仲卿妻作》，所繁衍的枝节又无不妥帖。同时，剧情与诗意相融，有充分的情感纠葛，是地道的"场上之曲"，久演不衰。新编曲词与原作诗句在风格上也很调和。"雀盟"中，刘兰芝被夫家休弃，独自回归娘家，焦仲卿瞒着母亲赶到中途话别。兰芝满腔委屈，拒绝仲卿要她在娘家等待复婚的请求，直至仲卿跌跪于地，兰芝大惊，才吐露真意道："你莫怪，兰芝心肠不肯软，仲卿呀，兰芝心中似箭穿。只要你心如磐石坚，兰芝如同蒲苇般。那磐石倘不随风转，蒲苇自当永牵缠。"这段曲文是可以印证南薇风格的。

雅俗共赏的品位是越剧改革必然的产物，它使越剧走向兴旺之路。数十年来，尽管越剧生产过偏俗或偏雅的剧目——这是正常的，甚至是必须的，但是主流总是那些雅俗共赏的剧目，长期流传的总是那些雅俗共赏的剧目。自 20 世纪 80 年代以来，上海越剧界没有为追逐奖项或轰动效应，刻意生产叫好不叫座的剧目；也没有为消极迎合市场，粗制滥造叫座不叫好的剧目；总是力图把叫好与叫座统一起来，保持着健康的创作心态。

由于近年越剧创作呈现疲软状态，一些有作为的青年艺术家便致力于创作雅品。他们的积极性是可贵的，部分改变剧种艺术个性作为探索也未尝不可。但是创作者和某些评论者以此作为越剧改革的方向，使越剧在艺术上偏离雅俗共赏的品位，是振兴不了越剧的，倒是可能事与愿违。剧种艺术改革应当根据普通观众能够接受的程度逐步实行。一个剧种由于改革而脱离普通观众是危险的。曹禺曾说："写作、演出中种种限制，最可怕的限制就是普通观众的趣味"[1]。田汉曾经强调越剧等民间小戏词句的通俗是其最大好处。他甚至警告说："倘使越剧'改良'到老太太、小媳妇们听不懂了，那就是越剧没落的开始。"[2] 我们一定要防止这个局面的出现。越剧要重建辉煌，根本上是要跟上时代，贴近新时期民众的思想感情。现代创作确实需要"现代意识"，但是我们真正需要的是民众的"现代意识"，而不是脱离民众的"现代意识"。

---

[1] 曹禺：《日出·跋》，文化生活出版社 1963 年初版。
[2] 田汉：《田汉文集（15）》，中国戏剧出版社 1986 年版，第 575 页。

# 代后记

## 戏曲剧本写作课是一门训练课

我们戏剧文学系举办了许多届戏曲创作进修班和包括戏曲创作在内的戏剧创作进修班。在这些班的教学计划里列入了结业创作，这对于培养学生的写作能力起了良好的作用。不少结业作品得到公演和发表。所以，历来学生们都很重视结业创作。

但是，仅凭一次结业创作培养学生的写作能力是远远不够的。而且，我们从结业创作中发现，有的构思很好，可惜好的构思不能在稿本中充分体现出来。原因在作者的功力不够，或者说写作基本功不过关。因此，为进修班开设系统培养学生基本功的写作课是十分必要的。

这样的写作课对于进修生之所以必要，还另有缘故。有些学生在以往自学中受过概念化、"三突出"、直奔主题等不良创作方法的影响，或者沾染了低下的艺术趣味，尽管他们后来获得了正确的认识，但习惯是顽固的，亟待在严格的写作教学中切实加以纠正。我由此想起明代何良俊在《四友斋丛说》卷二六中转述的一个故事来。故事说长安大市有两街。街东康昆仑人称琵琶第一手。一次，他演奏新翻《绿腰调》。街西请来僧人段善本装扮女郎弹奏同一乐曲，并能转入另一曲《枫香调》，妙绝入神。昆仑惊骇，请以为师。段师批评昆仑"本领何杂，兼带邪声"。他要昆仑"不近乐器十数年，忘其本领，然后可教"。后来昆仑果穷段师之艺。何良俊接着引用朱熹《答友人论诗书》中语："来书谓漱六艺之芳润，良是。但恐旧习不除，渣秽在胸，芳润无由入耳！"无论习乐学诗，都要去除"邪声""旧习"。我们的写作课也要排净学生胸中可能存在的"渣秽"而入以"芳润"。当然，进修学生也能带来宝贵的实践经验，并能加强我们与戏曲界的联系。

毫无疑问，通过史论课和修养课全面提高学生的文化素质和知识水平是培养写作能力的"基本建设"。因为教育学认为，掌握技巧不能与获取知识截然分开，技巧是在与获取知识的过程紧密联系的情况下形成的。可是，旨在培养能力掌握技巧的写作课毕竟是一种实践，离不开动手的，史论课和修养课不能代替写作课本身。它们反倒激起学生的创作欲望。学生读了这些课，视野开阔了，思想活跃了，对过去的得意之作不满意起来，纷纷动笔或改旧稿，或写新作。教师倘能因势利导，对学生进行系统写作教学。必然取得可观的实绩。

在为湖南省开办的戏曲创作进修班（以下简称湖南班）上，我们就是根据上述认识制订剧本写作课教学计划的。第一年，我们仅组织缺乏写作经历的部分学生学写戏剧场面、小戏和大戏，带有补课的性质。学生的进步是显著的。其中两位出身演员的青年首次写出的大型剧本就颇可读。第二年的上半年，我们又组织半数学生学习戏曲结构的写作，学生是满意的。一位学生在小结中写道："在众多的课程中，使我在专业上直接受益最大的要算是戏曲写作课了……自己觉得对剧本写作中情节布局、冲突设置、人物塑造等方面的把握都有了一种不寻常的体会，更懂得了'书上得来终觉浅，绝知此事须躬行'的真正含义。此时再回头翻翻自己过去的剧本，不禁哑然失笑，羞愧万分。"学生们普遍尝到了甜头，以"这门课程开得太晚太短"为憾。

以上说的只是戏曲创作专业的进修班。进修班尚且需要开设写作课，本科班自不待言。

也许年轻的本科学生胸无"渣秽"，但根据"学慎始习"（见《文心雕龙·体性》）的经验要让他们及早进入正规的写作学习。

写作课应当成为创作专业的主课。

在确认写作课的重要性以后，还必须对这门课的性质、原则和方法进行一番研究，把写作教学建立在科学的基础之上。

### 习作是创作的准备

剧本写作课是什么性质的课？上文已提到，它是实践课。答案没错，但未指明是什么样的实践。须知创作也是实践；同是实践，写作课绝非完全意义上的创作实践。创作在于出作品，写作课在于训练学生逐步掌握戏曲剧本的形式和技巧，训练学生写作的基本功，正如表演专业的表演课是训练学生表演的基本功一样。两者目的不同，性质也就各异。在学校教育中，学生的各种技能技巧都要在基本训练中形成，练习是培养学生技能技巧的基本方法。戏曲写作同样如此。写作课名称的完整表述当是写作训练课或写作练习课。

朱光潜曾借用前人旧诗标题中"偶成"和"赋得"的字样，把文学作品分为"偶成"和"赋得"两类。"偶成"作品的成因在作者的内心冲动，那是理想的创作，"赋得"作品是为了满足某种实用的需要，如练习技巧之类。他进而阐发出"一般作家在练习写作时期常是做'赋得'的工作。'赋得'是一种训练，'偶成'是一种收获"。(见《作文与运思》)这个论述是与我们的认识相通的。

于是，我们肯定，剧本写作只是剧本创作的准备阶段，它虽然要遵循戏剧创作规律，同时更要受教学规律的制约。

对于学生练习的要求不宜过高。比如关于取材问题。要教育学生懂得社会生活是文艺创作唯一源泉的道理。要根据教学计划组织学生到工人、农民、解放军、干部和知识分子中间去，到社会主义现代化建设的第一线去，到改革开放的火热斗争中去，调查研究，观察体验，了解人，熟悉人。但是，要想根据短期观察所得进行写作是异常困难的，而且青年学生的阅历浅，功底差，要他们学会直接从生活中取材并加以集中概括更非朝夕之功。应当允许他们在习作中利用第二手乃至第三手材料，包括借用文学作品中的人物和事件。

即便是进修生，有相当的生活体验和创作经验，也难免为从生活中取材困惑，也要允许他们利用现成材料。如湖南班在结业创作中许多人被取材拖累了，或者积累少，拿不出几个来，苦思焦虑；或者虽有几个，都不合适，一换再换。有人就因为对所定题材不满意而影响创作情绪和剧本质量。为此，我们批准部分学生从事改编或重写自己的旧稿。结果，有些较好的本子就出自这部分学生之手。

利用现成材料编写剧本不但符合教学规律，而且符合创作规律，这是为戏剧题材受限制较多的状况所决定的。有位进修生原是小说散文作者，惯于随心所欲地从生活中取材。这回初学剧本，居然为取材发愁，不得不求助于改编。

再如关于剧本舞台性问题。要教育学生懂得戏曲是综合性艺术，剧本只是演出的基础，剧本主要是为舞台演出而作。所谓"填词之设，专为登场"（见《李笠翁曲话》）。所以剧作者必须熟悉舞台，剧本必须具备舞台性。我们的教学计划要重视培养学生的舞台感。但是，要使剧本适合舞台演出，需要作者经过长期的实践，并取得导演和演员的合作。有的戏曲作者包括有成就的作者终生未能十分熟悉复杂的戏曲舞台。纵观戏曲史，文人创作往往难以完全避免案头剧倾向。即使《牡丹亭》那样伟大的作品也不例外。明末著名作家冯梦龙评论《牡丹亭》："识者以为此案头之书，非当场之谱，欲付当场敷演，即欲不稍加篡改而不可得也"（见《墨憨斋定本传奇序》）。这是冯梦龙改编《牡丹亭》为《风流梦》的缘起。有鉴于此，学生习作不符舞台需要的现象不为怪了，不必勉强要求它完全成为"当场之谱"。

又如关于剧本思想内容问题。剧本写作课是培养学生写作能力，指导他们学习并逐步掌握戏曲剧本的形式和技巧，而形式和技巧是离不开一定的思想内容的，所以要教育学生真实而深刻地反映生活，追求较高思想性和艺术性的结合，重视作品的社会效果。但是，学生交作业与作家出作品是不同的，作家的作品并不总是完美的，何况学生的作业。学生作业思想内容的适当标准是否定为不违背四项基本原则。由于青年学生对生活的认识尚未成熟以至时有片面之处，可能出现思想上有缺陷有错误的习作。一般地说，只要这类习作没有在社会上公开发表和演出，产生不良影响，就要在教学工作和思想政治工作范围内加以处置，有分析地有说服力地指出其缺陷或错误，帮助作者提高认识。进行修改，防止挫伤青年的上进心。

只有当我们真正明确剧本写作是训练课，是创作的准备，从而采取正确的态度时，方能获得最佳教学效果。

## 独创必自模仿始

与写作课的训练性质相联系，有一个模仿的问题。即是陈白尘早年在《戏剧创作讲话》中所提出的，习剧"不妨从模仿名著着手。"这是一条正确的途径，一条捷径，由于这个问题至今没有给予充分的注意，故有特别提出来讨论的必要。

我们在课堂上总在反复强调戏曲创作与任何文艺创作一样，要有独创性和独特风格，要"脱窠臼"。这是千真万确的。遗憾的是，在低年级学生习作中很难找到独创的东西。情况正相反，所找到的竟然是模仿他作的痕迹。此种现象正常吗？我以为是正常的。原来，作品独创性和独特风格的形成是一个作家创作上成熟的标志，但是，作家在初学阶段却是难以避免模仿的。田汉生前在对业余作者的谈话中说过："古今中外许多大作家在写作的初期，大都经过模写的阶段"，"我自己在试作时也有模仿的阶段！"（见《田汉论创作》）贝克《戏剧技巧》的译者余上沅在《论改译》中历数了欧洲戏剧史上的名家是如何模仿他们的先辈后得出以下结论："利用已成的模型，也许在戏剧方面更见得显著些"，"模仿是创造的途径，至少也是一条捷径"。所以，我们要使学生臻于独创，首先需要实行的倒是它的反面——模仿。

这里并无深奥的道理，小学生常常是教一篇什么体裁的课文，就规定做一篇什么体裁的文章，习作与范文挂钩，依样画葫芦。这种模仿写作，是符合教育学原理的，被广大教师所普遍接受的。剧本习作者是戏剧创作的小学生，他们不该从模仿着手吗？或问：文艺创作是异常复杂的劳动，戏曲创作尤其如此。简单劳动能模仿，复杂劳动也能模仿吗？

回答是肯定的。所不同的是，复杂劳动的模仿更困难些。唯其复杂，更有模仿的必要。演员创造角色也是复杂劳动，而传授戏曲演技不都是一招一式的模仿吗！其实，小学生作文尽管比写剧本简单，还是属于复杂劳动的范畴的。

值得注意的是，那些进步迅速，写作成绩优秀的学生恰恰是善于模仿的人。

如何模仿？田汉在那篇谈话中提出："模仿名作家的作品，按照自己既得的生活经验，从中得到某些启发，塑造自己的人物，抒发自己的意旨"。他还具体说明模仿的是"别人作品中如何刻画人物，选择题材、构思布局、表现主题和开拓主题的技巧"。这些意见包括了三层意思。

第一层，模仿的对象是名家名著。这与陈白尘的提法相同。名家名著是经过观众的检验和时间的筛选的，它经得起钻研咀嚼。据我所知，习剧者或多或少读过名著，受过名著影响，不自觉地模仿着名著。我们的写作教学则要自觉地把模仿当作指导原则，把读写紧密结合起来。如有一位学生写了个小戏曲《杀嫂》。作者以现代意识重新解释武松和潘金莲两个人物的思想性格，同时又采用传统戏曲形式，具有撼人心魄的气势。不足之处在唱段过多，节奏拖沓，我们指定作者细读周信芳《坐楼杀惜》演出本，揣摩剧中强烈的动作性和简短有力的对白是如何造成鲜明的节奏感并为表演留有余地的。这个作品得到一些戏曲界人士的赞赏。

学习戏曲的名家名著，人们首先想到元明清的关、王、汤、洪、孔等大家。是的，我们必须以古典戏曲名著来滋补自己，吸收其中一切于今有益的东西，但是杂剧和传奇的形式毕竟古老了，写作教学更要重视优秀的现代戏曲作品。戏曲传统有古典的，自宋杂剧至清代地方戏，也有现代的。现代传统是指在继承古典传统的基础上，经过 20 世纪 50 年代"戏改"及其后的现代戏实验，历史剧新编，又借鉴了话剧、电影等现代艺术而形成的新的传统，它是为现代观众所接受了的。现代戏曲创作没有出现大家，却不乏优秀之作。我们的剧本选读课，就是以选读现代作品为主、古典作品为次的。

模仿会不会造成雷同？这就说到第二层意思了。

如果从形式到题材全部加以模仿，当然会造成雷同。所以田汉认为模仿的基础是本人的生活素材和生活体验。我以为本人的生活体验更重要，因为素材相同而体验不同，作品必然互异。都是写的潘金莲故事，魏明伦笔下潘金莲与施耐庵笔下的潘金莲迥然不同；《杀嫂》中武松又区别于川剧《水浒》中的武松。这个武松依旧是古代英雄，只是在铮铮铁汉的躯壳里流动着热血。潘金莲故事的作者们都基于本人的生活体验，"塑造自己的人物，抒发自己的意旨"。坚持这一条，仿作甚至可能成为名篇。《雷雨》与《群鬼》在结构上相似，但又有谁能贬低《雷雨》的思想艺术成就呢。正如诗歌中李白《登金陵凤凰台》是模仿了崔颢《黄鹤楼》的，竟也成了千古绝唱。

第三层，模仿的内容是掌握形式和技巧。要让学生广泛学习种种戏剧形式和技巧，更要着重学习优秀的戏曲传统。

模仿戏曲形式和技巧通常是逐个地进行的。前面提到戏曲创作是复杂劳动，不易模仿。把复杂劳动加以分解，相对简化，逐个进行模仿，不就方便了吗！下文将要谈到阶段训练和单项训练等逐个模仿的方法。但也有整剧模仿的方法，叫做"改译"。

戏剧家们的改译是指翻译和改作外国的或古代的戏剧名著，使之适合我国当代舞台演出条件和观众欣赏习惯。其本意不在习剧。从王尔德《温德米尔夫人的扇子》到洪昇《少奶奶的扇子》便是改译一例。明传奇《南西厢》是《北西厢》的改译。解放初期上演的越剧《西厢记》也是宋之的由《北西厢》改译的。石凌鹤则改译过汤显祖的《临川四梦》。他改译的准则是"尊重原著。鉴古裨益；保护丽句，译意浅明；重新剪裁，压缩篇幅；牌名仍旧，曲词更新"（见《关于〈临川四梦〉的改译》）。试对照《还魂记·惊梦》[步步娇]，原词是"袅晴丝吹来闲庭院，摇漾春如线，停半晌，整花钿，没揣菱花，偷人半面，迤逗的彩云偏，步香闺怎便把全身现"。译文是"妩媚春光、吹进深闺庭院，袅娜柔如线。理秀发、整花钿，才对着菱花偷窥半面，斜梳发髻恰似彩云偏，小步出香闺，怎便把全身现"。此译文保留了原词的丽句，又适当作了意译。

由于改译要尽可能尊重原著精神，保留本来面貌，比改编的限制更多些，创造更少些，可以认为它也是一种模仿。余上沅说，"改译本虽无永远存在的价值，但在便于初学用作模型方面，在便于观众容易了解方面，它却有它的相当价值"。所以，可以把改译古典戏曲名著纳入写作课。这种改译，对于学生学习戏曲语言特别是曲词有极大的助益。

总之，模仿是初学者的一种法宝。但又不止于初学，学成后也离不开这件法宝。田汉说他自己"做了专业作家也还有模写或半模写的作品"。这是最坦率的作家创作谈了。模仿法不仅与作家联系着，更与大作家联系着。只有博采众长才能成为大作家。

独造必自模仿始，我们要在写作教学中理直气壮地实行模仿训练。


## 练习、练习、再练习

写作课是实践课，训练课。每一个训练项目都要明确其特定目的，目的要单一，"攻其一点，不及其余"。我们曾经在湖南班上指导学生学习迅速造成戏剧纠葛的技巧，预先替学生确定了题材，免得他们陷入取材的困境而忘了训练目的。我们借用潮剧《张春郎削发》第一场的人物、事件和情境，即双娇公主降香青云寺，奉旨回京完婚的驸马张春郎出于爱慕之心，假扮小僧献茶窥美。不料春郎暴露俗家身份，激怒公主，罚他削发为僧。驸马受辱，决意不再还俗，以此报复公主。公主发觉得罪了意中人，悔恨不已。这个预定的题材使学生集中注意于如何写好"豹头"，顺利地完成了训练任务。

写作训练得循序渐进——从小到大，由简入繁，先易后难。掌握戏曲的形式技巧与学习科学知识一样得循序渐进。即《学记》中强调的"学不躐等"。若不这样做，则欲速不达，学习的创造力和禀赋反而不能充分地发展。

在练习整剧时，当先练小型剧本，后练大型剧本。尽管小型剧本更加讲究取材的精粹，结构的集中，进戏的迅速，人物的突出，立意的新和深，等等，优秀小型剧本往往比大型剧本更难编写，但是，小型剧本终究容易成篇，对于缺乏功力和经验的初学者来说便于驾驭。业余剧作者大部分都从小戏写作入门就是这个缘故。因此，高尔基谆谆教导青年作家"应该用小小的短篇学习写作"。胡可主张把写独幕剧当作剧作者的基本训练。

一个整剧可以按其写作过程分为若干阶段，逐段进行训练，避免因一举完稿而顾此失彼。先练取材。戏曲形式对题材的限制极严，有其不同于小说的特殊要求，是写作中的一大难题，非练不可。学习取材有许多方面。要学习区别戏剧题材与非戏剧题材，可以由教师选定几篇小说同时交给学生，要他们从中指出哪一篇小说的题材也可以成为戏剧的题材，或者稍加改造即可成为戏剧题材。还要学习区别戏曲题材与话剧题材。剧作者在取材上容易犯一个错误，他们过于重视题材的戏剧性而不问自己是否熟悉它，能否驾驭它，以致戏剧界常常发生题材"撞车"的事。告诫学生避免这个错误也是学习取材的一个方面。

次练戏剧故事，把题材经过集中概括捏合成一个有情节有人物并能表达一定思想的完整故事。在戏剧创作中，一个题材通常总要经过作者充分的酝酿，在酝酿期内，题材大体上是经过故事的形态逐渐化为戏剧结构的，所以我们划分出戏剧故事的练习阶段，有意识地先编戏剧故事，便于听取意见加以增删，编得尽可能完善些，以减少形成稿本后麻烦得多的修改。编写戏剧故事既可以积累剧作半成品，又可供单独发表。戏剧故事属独立的文学体裁，拥有大量读者。

三练分幕分场详细提纲，学习把文学叙述变为戏剧动作，根据体现主题和塑造人物的需要进行缜密布局。这一步很重要，结构能力主要从此处培养，并可体会戏剧的重要特征——动作性。王骥德和李笠翁把章法结构比作工师之作室建宅，"必俟成局了然，始可挥斥运斧"，"故作传奇者不宜卒急拈毫，袖手于前始能疾书于后"。他们没说写不写提纲，料想提纲腹稿是有的。

有的学生没有议题材、编故事、定提纲的习惯，规定他们这样练习，可能破坏他们的创作情绪，加重他们的心理负担，一时做不好练习。但这样做仍然是必要的。取消了教师的步步指导，训练就要落空。只要学生们适应了阶段训练，进步就会很快。

议题材、编故事、定提纲可以是书写的，可以是口述的，也可以是书写和口述并用的，曾见一些专业编剧能写出漂亮的文字，却不善于向导演和演员生动地介绍剧情，是颇为遗憾的。我们要重视学生口述能力的培养。

最后，依据提纲写全剧。在这个阶段，往往还要改动提纲。

在练整剧以前，可以先练片断。我们习惯于从戏剧的基本单元——场面练起。一个较大的场面或几个较小场面的连接即为片断。戏剧场面是极好的训练课题。

无论是片断练习或是阶段练习，都是综合练习，兼有戏剧文学成分——语言、结构、主题等。能不能将各个成分抽出来进行单项练习呢？不但是可能的，而且是必要的。从单项练习到综合练习即是循序渐进。单项训练的重点是语言和结构。语言实在是当前戏曲创作的一大弱点，在训练中非下一番苦功不可。戏曲结构首先是指文学结构，它在横向上一般分头、身、尾或起、承、转、合；在纵向上分单线、多线，或先立主脑，或先定高潮。戏曲结构也包括复杂的技术因素，有人称之为"技术结构"，如人物的上下场，唱段的安置，如何结合表演等。剧本的舞台性与"技术结构"的关系极大。戏曲结构还包括繁多的结构的手法。总之，练习的内容是极其丰富的。

训练必勤。要多练、苦练、熟练，方能生巧。在这里，多练是关键。多练必伴以苦练，多练必趋熟练。教师要像体育教练对运动员进行大运动量训练那样向学生布置足量的作业，少了是不行的。反复修改也是多练。郭沫若说："写剧本最重要的是要多改，不止一遍地改！"为了鼓励学生修改，曾作过规定，作业在评分和讲评后，学生愿意再改，只要改稿质量有所提高，追加分数。

训练须活。多练更要讲究方法的多样，以期引起学生的兴趣。部分改写某个现成作品就是个有效的方法，李笠翁改写过《琵琶记·寻夫》和《明珠记·煎茶》。我们效法古人，也来尝试改写。这种改写不可违背原著的整体构思和风格，不可与前后情节脱节，改写不是改编。我们在学写剧本的"尾"——结局时利用了湖南的剧本《寡妇链》。这是一个动人的剧本。它的高潮在第六场。高潮之后，观众要看到主人公滩姑为铸链经历了哪些艰难困苦，她如何在克服困难的过程中变得坚强起来，并完成"命书由人写，不靠神与仙"的主题。但是在剧本的结局部分，滩姑的性格刻画略嫌疲软。我们要求学生重写其中第七场，改换情节，赋予滩姑以有力的戏剧动作，显示她性格的变化。这个练习使学生体会剧本的结局除了要交代人物的归宿，事件的结果，更要完成人物性格的刻画和主题的体现。通过改写练习，不仅培养了学生写作能力，也培养了学生分析和鉴赏作品的能力。

写作训练还要注重因材施教。由于各个学生的气质、修养、功力和生活积累的差异甚大，采用个别指导的教学方式就比较理想。允许学生各自取材，作业的质量、数量和教学进度也不强求一致。同一个教学内容。根据学生的实际情况强调不同的侧面。如在艺术与生活的关系上，有的学生拘泥于真人真事，化不开，就要求他在广泛观察体验生活的基础上充分发挥艺术想象力进行集中概括，冲破真人真事的束缚。有的学生热衷于胡编乱造，就对他强调艺术虚构的生活依据，积累生活原型和事迹。对两类学生的要求似乎是矛盾的，实际上殊途同归，从生活真实提高到艺术真实。

个别指导也有短处，教学活动只在师生两人之间进行，学生之间缺乏交流，不利于开展比较和竞赛。为此，不妨借鉴中小学作文课集中指导的教学方式，实行统一命题，指定题材。在学生独立完成作业后组织小组讨论，调动学生学习的主动性积极性，最后教师讲评。在集中指导的范围内也可有必要的个别指导，对作业写出批语和评语。集中指导适用于大量的单项练习和片断练习，个别指导则适用于整剧写作和毕业结业创作。

　　写作训练的速度也要给予注意。有的练习要当堂交卷，课外练习的期限以短为宜。专业编剧可以反复推敲，"慢工出细活"。作业不是正式作品，达到练习要求即可，不要拖拉。

　　　　　　　　　　　　（1987 年 3 月在戏曲文学教育研讨会上的发言）

**图书在版编目(CIP)数据**

戏曲写作教程/宋光祖著. —上海:上海人民出
版社,2015
(上海戏剧学院编剧学教材丛书)
ISBN 978 - 7 - 208 - 13433 - 1

Ⅰ.①戏⋯　Ⅱ.①宋⋯　Ⅲ.①戏曲文学创作-高等学
校-教材　Ⅳ.①J053

中国版本图书馆 CIP 数据核字(2015)第 277236 号


**责任编辑**　赵蔚华
**封面设计**　张志全


上海戏剧学院编剧学教材丛书
**戏曲写作教程**
宋光祖　著

| | | |
|---|---|---|
| **出　　版** | 上海人民出版社 | |
| | （201101　上海市闵行区号景路 159 弄 C 座） | |
| **发　　行** | 上海人民出版社发行中心 | |
| **印　　刷** | 上海商务联西印刷有限公司 | |
| **开　　本** | 890×1240　1/32 | |
| **印　　张** | 10 | |
| **插　　页** | 2 | |
| **字　　数** | 231,000 | |
| **版　　次** | 2015 年 12 月第 1 版 | |
| **印　　次** | 2022 年 2 月第 3 次印刷 | |
| **ISBN** | 978 - 7 - 208 - 13433 - 1/J・425 | |
| **定　　价** | 50.00 元 | |

.